젊은작가상
수상작품집
10주년 특별판

수상 작가들이 뽑은

베스트 7

젊은작가상 수상작품집 10주년 특별판

수상 작가들이 뽑은 베스트 7

문학동네

| 차 례 |

편혜영

저녁의 구애

2010 제1회

편혜영
2000년 서울신문 신춘문예에 단편소설이 당선되어 등단. 소설집 『아오이가든』 『사육장 쪽으로』 『저녁의 구애』 『밤이 지나간다』 『소년이로』 『어쩌면 스무 번』, 장편소설 『재와 빨강』 『서쪽 숲에 갔다』 『선의 법칙』 『홀』 『죽은 자로 하여금』이 있다. 한국일보문학상, 이효석문학상, 오늘의 젊은 예술가상, 동인문학상, 이상문학상, 현대문학상, 김유정문학상, 김승옥문학상 대상, 셜리 잭슨상, 제1회 젊은작가상을 수상했다.

저녁의 구애

화환을 주문한 사람은 김의 친구였다. 김이 그를 마지막으로 본 것은 벌써 십 년도 더 전의 일이었다. 친구는 목소리만으로 김인 것을 알아차리고는, 그런 것을 확인하지 않을 만큼 부주의한 성격인지도 모르지만, 다짜고짜 병상에 누운 사람의 용태를 설명했다. 안부를 묻거나 의례적인 인사를 건네지도 않았다. 김은 한참 듣고 나서야 전화를 건 사람이 오래전 친구라는 것을, 병상에 누운 사람이 그와 친교가 유지되던 시절 자주 찾아뵙던 어른이라는 것을 알았다. 김은 친구가 얼마 전 인수한 화원의 전화번호를 어떻게 알아냈는지 의아해하느라, 사경을 헤맨다는 어른의 나이를 생각하느라—결국 생각해내지 못했다—쉴새없이 떠드는 친구의 말을 귀담아듣지 않았다. 이미 돌아가셨다고 해도 놀랐을 테지만 아직 살아계신다고 해서 더 놀랐는데 친구에게는 말하지 않았다. 오랜만에 통화가 된 친구에게서 인정머리 없는 놈이라는 핀잔을 듣고 싶지는 않았다. 정확히 기억할 수 없지만 돌아가셨다고 해도 그다지 놀랍지 않은 연세일 게 분명했다. 어른은 혼수상태에 빠진 이가 으레 그렇듯 인공 장치의 힘을 빌려 숨을 끌어올린 후 천천히 내뱉는 식으로 숨을 이어가고 있다 했다. 어른이 숨을 뱉어낼 때면, 친구가 말했다, 응원하듯 고개를 끄덕이면서도 시계를 보게 돼. 한탄인지 실망인지 짐작할 수 없는 목소리였다. 의사가 오늘 오후를 넘기기 어렵다고 했어. 친구가 조금 뜸을 들였다. 김이 무슨 말인가 해주기를 기다리는 것 같았다. 문병이나 문상을 위해 병원의 위치를 묻거나 슬픔에 복받친 위로나 회한 어린 공감의 말을 건네주기를. 김이 끝내 아무런 대꾸도 하지 않자 친구가 낮게 한숨을 쉬었다. 네게 화환을 부탁해. 김은 내키지 않지만 어쩔 수 없다는 듯 고개를 끄덕였다. 부탁한다면 역시 비용을 치르지 않겠다는 말일까 생각하면서. 아무리 남이나 다름없어진 사이라고 해도 죽어가는 이와 관련된 비용을 흥정하는 것이 박정하게 여겨졌다.

친구는 대금 결제 방식에 대해서는 입을 다물었지만 김의 휴대전화 번호를 묻고 장례식장 이름을 말하는 것은 잊지 않았다. 장례식장은 김이 한 번도 가보지 않은 도시에 있었다. 순전히 대화를 이어가기 위해 빈소가 왜 그 도시에 있는지 물어보려다가 관두었다. 십 년도 더 지나 이루어진 통화에서 김이 진심으로 궁금했던 것은 친구가 전화번호를 어떻게 알았을까 하는 것뿐이었다. 그와는 얼마간 같은 회사를 다닌 적이 있지만 그게 다였다. 재직하는 동안 단체사진을 찍었다면 멀찍이 떨어져 찍었을 것이고 인화된 사진에서 서로의 얼굴을 찾는 데도 조금 시간이 걸릴 만한 사이였다. 네가 올 거지? 친구가 물었다. 김이 주저하며 대답을 고르는 사이 그나저나 누구한테 연락하지? 친구가 덧붙여 물었다. 딱히 상의하는 것도 아니고 혼잣말도 아닌 소리였다. 그 시절의 지인들과는 이미 모두 연락이 끊겼다고 대답을 하려는데, 친구는 김의 대꾸를 기다리지도 않고 대답에 뜸을 들이는 게 못마땅하다는 듯 갑자기 역정 난 목소리로 내가 알아서 할게, 하고 말했다. 그러고는 화환 발신자의 이름을 불러주었다. 한 번도 들어본 적 없는 단체의 이름이었다. 김은 아무것도 묻지 않는 것이 예의에 어긋나는 것 같아 마지못해 무엇을 하는 단체인지 물으려고 마른입을 떼었으나 친구는 다시 병실로 돌아가봐야 한다며 전화를 끊었다. 처음과 마찬가지로 어떠한 인사도 없었다.

김은 친구의 무례와 냉대가 성격 탓인지 자신의 잘못에서 비롯된 것인지 생각했다. 시간을 들여 오래전 일을 곱씹은 끝에 친구가 보낸 서신이 떠올랐다. 김은 재직중이던 회사가 무리한 사업 확장으로 자금 압박에 시달리다 법정관리에 들어섰을 때 사직서를 냈다. 직원들이 자발적으로 급여 삭감을 감행하며 회사의 정상화를 다짐하던 때였다. 김은 다른 도시의 사업체에 일자리를 추천받았다. 김을 추천한 이가 병상에 누운 어른이었다. 그 일로 친구는 김을 비난했다. 동료애라고는 눈곱만큼도 없으며 이기적이고 타산적이라는 것이었다. 다른 사람에게 들은 얘기였으나 소문을 전한 이와도 이미 연락이 끊긴 지 오래였다. 김은 누구나 이기적이므로 누구에게든 이기적이라고 비난하는 것은 어떤 경우에도 타당하지 못하다고 생각했다. 만약 어른이 친구를 추천했다면 그 역시 망설이지 않고 이직을 택했을 것이었다. 친구는 김의 아랑곳 않는 태도에 상처를 받았다. 최후의 수단으로 이전 회사에서의 김의 몇몇 과오를 공개하는 서신을 이직할 회사에 보냈다. 그 일은 김이 한동안 구설수에 시달리는 것으로 흐지부지 마무리되었다. 김은 그 일로 우정이라는 것은 애정의 정도와는 아무 관계가 없으며 자신에게 헌신적이거나 유익할 때에만 유효한 감정이라는 것을 깨달았다. 그러나 모든 지나간 일을 되새기는 과정이 그렇듯 과거의 어떤 일이 미친 결과나 상처는 아무런 파동 없이 떠올랐고 그러는 과정에서 어느새 시간이 훌쩍 지나버린 것에 대한 서글픔과 뻔한 회한만 남았다.

장례식장 이름을 적어둔 메모지 위쪽으로 주문 상품과 배달지가 드문드문 적혀 있었다. 딱히 그것을 보고 있어서는 아니었지만 해야 할 여러 가지 일들이 두서없이 떠올랐다. 모든 것을 제쳐두고 당장 해야 할 일은 아니었다. 꼭 해야 할 일임은 분명했다. 게다가 언제든 시급한 일이 생길 수 있었다. 오늘이 아니면 내일, 어쩌면 오분 후에라도 당장. 자영업자의 일이란 게 그렇기 마련이었다. 김은 자신을 대신해 화환을 배달하고 부조금을 전해줄 사람을 떠올려보았다. 정확히는 모르겠으나 어른은 당장 상을 치른다 해도 호상이라 여길 만한 연세임이 분명했다. 게다가 친구의 말에 따르면 오랜 혼수상태로 사람을 알아보지 못한다고 했다. 서둘러 출발한다고 해도 병원에 도착할 때쯤에는 이미 돌아가셨을지도 몰랐다. 그 생각을 하자 애틋하고 애잔한 마음이 일었지만 죽어가는 이를 대할 때 누구나 느끼는 정도 이상은 아니었다. 김은 이직 후 사례를 표하고

자 실례가 되지 않을 정도의 선물을 사서 어른에게 인사를 드리곤 했다. 어느 해 추석의 사과 한 상자와 설의 말린 표고버섯 한 바구니, 다음해 설의 특상품 배 한 상자와 추석의 한라봉 한 상자 같은 것으로. 그리고 비용을 못 받을 게 분명한 근조화환으로. 무엇보다 아무리 크게 신세를 졌다 해도 이미 잊어도 좋을 만큼 충분히 시간이 지났다.

*

장례식장은 남쪽으로 삼백팔십 킬로미터 떨어진 도시에 있었다. 나 같으면 십 년도 더 연락이 끊긴 사람에게는 부고를 전하지 않을 거예요. 김이 치통을 앓는 것처럼 눈썹을 찌푸리며 말했다. 김이 어렵게 떠올린 사람들은 모두 바쁜 일과가 있었다. 중요한 약속이 있었고 미루지 못할 업무가 있었다. 부고는 원래 크게 알려야 해. 죽은 줄도 모르고 안부를 묻는 짓을 못하도록 말이야. 그것처럼 바보 같은 게 없거든. 옆집 화원 사내가 말했다. 작년에 삼십 년 지기였던 고등학교 동창이 죽었어. 우리 중에 제일 건강한 친구였는데. 부고를 못 들은 녀석들은 아직도 그 친구 안부를 묻지. 죽었다고 대답할 때마다 그 녀석이 죽은 게 실감나. 사내가 죽은 친구를 회상하듯 말을 삼켰다. 그때 입었던 옷이야. 김이 검은 상의를 받아들며 고개를 끄덕였다. 김이 이해한 것은 사내의 슬픔이 아니라 고등학교 동창과 삼십 년 지기라는 것으로 짐작한 사내의 나이였다. 사내의 머리는 하얗게 세 있었다. 생각보다 나이가 적은 편이었다. 그나저나 옷이 너무 크군. 낡기도 했고 말이야. 사내가 말했다. 괜찮아요. 이런 옷이 다 거기서 거기지요. 길게 내려온 소매가 손등을 완전히 덮었다. 하긴 면접 보러 가는 것도 아닌데. 사내가 고개를 끄덕이며 상의 소매를 두 번 접으라고 일러주었다.

김은 성인 남성 평균 신장보다 십오 센티미터 정도가 작았다. 김이 기억하기로는 열네 살 이후 키가 자라지 않았다. 그때 아버지가 죽었다. 키가 크지 않은 건 그때의 충격 때문이라고 줄곧 생각해왔지만 나중에서야 그게 아니라는 걸 알았다. 성인이 된 후 어깨 통증을 견디지 못해 한의원에 갔다가 벽에 걸린 '성장 가능 최대 신장 예측법'을 본 적이 있었다. 아버지와 어머니의 신장을 기준으로 몇 단계의 간단한 계산을 거치는 수식이었다. 아버지의 신장은 어머니가 기억하는 추정치를 사용했다. 어머니는 어슴푸레한 눈으로 아버지가 자기보다 한 뼘쯤 더 컸다고 회상했다. 정확한 것은 아니었으나 계산해보니 김의 신장 최대치는 지금보다 고작 사 센티미터가 큰 정도였다. 김은 허탈한 웃음을 터뜨렸다. 그는 소년 시절 갑작스레 아버지가 죽은 것과 그로 인해 어머니가 인근 공장의 삼교대 근로자가 될 수밖에 없었던 일, 부모로부터 방치된 소년이 작은 키 때문에 친구들의 놀림을 받으며 남아도는 시간을 어쩌지 못해 저질렀던 여러 가지 일을 떠올리며 아버지의 죽음이 삶의 연쇄된 고리들을 마음대로 바꿔놓았다고 생각해왔다. 그 때문에 유일한 유산으로 작은 키를 물려준데다 죽음으로 가족을 방기한 아버지에게 가책 없이 비난을 퍼부어왔는데, 그 모두가 오해라는 걸 깨달아서였다.

출발을 위해 막 시동을 걸고 나서 김은 여자와의 저녁 약속을 떠올렸다. 약속 시간을 한두 시간 뒤로 미룬다고 해도 지킬 수 없을 것 같았다. 이미 두 번이나 여자와의 약속을 지키지 못했다. 김은 자신의 부주의를 사과했지만 여자는 매번 그럴 만한 사정이 있었으니 괜찮다고 했다. 김은 애써 서운함을 감춘 여자의 말투가 오히려 못마땅했다. 여자는 화를 내는 대신 김이 점심으로 뭘 먹었는지 휴일에는 무슨 일을 하며 지냈는지 궁금해했고 자기에게 있었던 일을 얘기하고 싶어했으며 선택이 필요한 일을 상의하고 싶어했으나, 그럴 때마다 김에게 급한 손님이 찾아와 전화를 끊어야 했다. 며칠 뒤 여자는 여러 번 망설였음이 분명한 말투로 전화를 걸어서는 평범하기 짝이 없는 안부를 물었고 김의 무뚝뚝한 응대에 당황하여 할말을 찾지 못하고 싱겁고 일상적인 말만 내뱉었다. 손님이 왔으니 이만 끊자고 하면 말실수를 더이상 하지 않아도 된다는 안도감과 매번 김이 먼저 전화를 끊는 데서 오는 서운함이 뒤섞인 말투로 서둘러 인사를 하곤 했다. 그렇게 전화를 끊고 나면 바쁘거나 한가한 와중에 불쑥 여자의 얼굴이 떠올랐다. 여러 사람이 어울린 자리에서 줄곧 입을 다물고 앉아 있는 무표정한 얼굴이었다. 여자는 그렇게 말없이 앉아 있다가 뜬금없이 진지한 말을 내뱉어 비웃음을 사곤 했다. 이미 지나간 말에 대해 아무도 웃지 않는 농담을 했고 사람들이 어리둥절해하면 애당초 농담할 생각 같은 건 없었다는 듯 정색하며 굳은 표정을 지었다. 그런 여자를 볼 때면 김은 처음에는 조마조마해하다가 이내 불쾌한 기분에 사로잡히고는 했다. 그것은 그가 작은 키를 의식하여 어색해지거나 자신이 없어질 때 자주 하는 행동이었다.

여자는 김에게 사소하고 값싼 것이어서 부담스럽지는 않지만 시간을 들여 골랐음이 분명한 작은 선물들을 곧잘 주었다. 김이 지나가는 말로 읽고 싶다고 한 책이거나 화원에 두고 쓰면 좋을 사무용품, 소지하고 다니기에 적당한 크기의 지갑 같은 것이었다. 여자의 마음씀씀이와 달리 상자를 열거나 포장지를 푸는 김의 손은 떨리지 않았다. 김은 점점 여자에게서 풍기는 냄새가 못마땅해졌다. 사용하는 화장품이나 향수, 샴푸나 린스 냄새일 테지만, 여자에게는 화원에서와 같은 뒤엉킨 꽃 냄새가 풍겼다. 김이 좋아하는 냄새는, 딱히 냄새라고 할 수는 없지만, 무취였다. 김은 화원을 인수하고 나서야 아무리 좋은 향기라도 몇 가지 종류가 한데 뒤섞이면 금세 악취가 된다는 걸 실감했다.

*

출발은 순조로웠으나 남쪽으로 백이십 킬로미터 정도 내려왔을 때 정체 구간을 만났다. 마라톤 대회로 일정 시간 차량 출입이 통제되고 있다고 했다. 차에서 내려 담배를 피우고 있던 앞차 운전자가 일러주었다. 김은 차량 운전자들이 즐겨 듣는 라디오 교통정보 프로그램을 싫어해서 도로 사정에 어두웠고 그 때문에 자주 이런 일을 겪었다. 통제 구간은 완벽하게 텅 비어 있었다. 도로를 달리고 있는 사람은 하나도 없었다. 선수들은 이미 구간을 통과했거나 아주 먼 곳으로 낙오된 모양이었다. 김은 누군가는 이미 지나갔고 누군가는 좀 늦게 지나가게 될 도로를 멍하니 바라보다가 언젠가 마라톤 중계방송에서 들었던 아나운서의 말을 떠올렸다. 마라토너들은 보통 한 번에 두 번씩 숨을 들이마시고 두 번씩 내쉰다고 했다. 김은 그 말을 떠올리며 의식적으로 숨을 들이마시고 내쉬어보았다. 공기는 그의 몸속을 타고 흐르다가 다시 공기 중으로 힘없이 사라졌다. 그것은 전적으로 자신에게 일어나는 일이었지만 너무도 일상적이고 순조로워서 자신과는 무관한 것으로 여겨졌다.

통제가 풀려 다시 남쪽으로 얼마간 내려갔을 때 주머니에 넣어둔 휴대전화가 울렸다. 낯선 번호였다. 화환을 주문한 친구의 번호인지도 몰랐다. 어른이 이미 돌아가셨는데도 화환이 도착하지 않아 텅 빈 영안실이 못마땅해진 친구가 독촉 전화를 거는 것일 수도 있었다. 김은 전화를 받지 않았다. 상품 독촉은 흔한 일이었다. 고객들은 늘 받아야 할 것이 너무 늦게 도착한다고 투덜거렸다. 의뢰인이 언제쯤 도착하느냐고 물으면 김은 십 분이면 충분하다고 대답했다. 단 십 분이라도 교통 사정과 도로 사정은 계속 바뀌는 법이었다. 다시 전화가 걸려오면 근처라고 말하며 번지수가 다른 주소를 댔다. 그러면 의뢰인은 허둥지둥 주소를 불러주었다. 송장에 주소가 잘못 기재되는 것은 실제로 자주 발생하는 실수였다. 간혹 배달지연이 문제되지 않는 행운을 만나기도 했다. 독촉하던 의뢰인이나 수신인에게 뜻밖의 일이 생기는 경우였다. 꽃다발이 도착하기 전에 프러포즈하려던 애인에게 이별을 통보받거나 난데없이 폭력배가 나타나 개업식을 난장판으로 만들어놓는 일, 아이를 사산하는 바람에 산모가 혼절하는 일들이었다. 꽃을 늦게 배달해도 좋은 행운이란 그런 것들이었다.

톨게이트를 지나자 허공중에 불쑥 장례식장이라고 쓰인 커다란 간판이 나타났다. 간판 아래로 장례식장 개업을 알리는 현수막이 건물 한 벽에 내걸린 채 바람이 부는 대로 몸을 뒤척이고 있었다. 부근은 전부 농지였는데, 수확을 끝낸 황량한 농토 속에 네모반듯한 장례식장 건물이 우두커니 서 있었다. 약속 시간에 늦기는 했으나 다른 도시에서 출발한 것을 감안하면 이해할 만한 시간이었다. 문상객은 밤이 다 되어서야 몰려올 것이고 화환은 도착 순서보다 발송인이 중요한 법이었다.

장례식장 쪽으로 가는 곡선 도로에 막 접어들 무렵 다시 전화가 걸려왔다. 전화를 받으려다 미처 속력을 줄이지 못해 자칫 가드레일을 들이받을 뻔했다. 요란한 소리로 타이어를 끌다가 간신히 갓길에 차를 멈출 수 있었다. 김의 놀란 마음을 부추기듯 전화가 계속 울어댔다. 화환을 주문한 친구였다.

"어디야?"

"다 왔어."

"장례식장이야? 그럼 우선 병원 쪽으로 와."

"왜?"

"아직 안 돌아가셨어."

"……?"

"아직 살아 계셔."

"아직 죽지 않았다고?"

되묻고 나서야 김은 실수했음을 깨달았다. 살아 계셔서 다행이라고 대답했어야 한다는 생각이 들었지만 그 말도 실수가 될 게 분명했다. 죽음에 대해서는 경박하게 입을 놀리느니 그저 입을 다무는 게 상책이었다.

"참내, 아직 죽지 않았냐고?"

친구는 한숨을 쉬는 것도 같고 뭔가 대꾸해야 할 말을 찾는 것도 같았다. 진심을 털어놓자니 몰인정해 보여서 말을 삼가고 있는지도 몰랐다. 김의 당혹감과는 상관없이 자신의 물음에 답이라도 된다는 듯 친구가 말을 이었다.

"오래 못 버티실 거야. 병원에서 같이 임종을 기다리고 있지 뭐."

김은 병원으로 가는 대신 시가지 쪽으로 차를 몰았다. 시장기는 없었지만 시간을 보낼 생각으로 제일 먼저 보이는 우동집으로 갔다. 병원으로는 가지 않을 작정이었다. 누군가 죽어가는 순간을 목격하는 일이 내키지 않았다. 피와 뒤엉킨 출생의 순간을 목격하고 싶지 않은 것과 마찬가지 이유였다. 그에게 탄생은 지나간 일이었고 소멸은 먼 미래의 일이었다. 장례식이 시작되면 배달원처럼 빈소에 화환만 내려두고 다시 도시로 돌아갈 생각이었다. 도시로 돌아가면 체면과 의무감 때문에 잃어버린 시간을 벌충해야만 했다.

식사시간이 아니어서 식당이 한가했으나 주문을 받으러 오는 것도 주방에 주문을 전달하는 것도 물을 내오는 것도 음식이 나오는 것도 늦었다. 주인을 채근하지는 않았다. 친구에게 전화를 받은 지 겨우 사십여 분이 지나 있었다. 시간은 드문드문 이어지는 어른의 숨처럼 더디게 흘렀다. 김은 난생처음으로 누군가 죽기만을 기다린 사십여 분에 대해 생각했다. 사십여 분간 생이 더 이어지는 게 무슨 의미가 있을까 생각하고 죽음이 지연될수록 희박해지는 슬픔에 대해서도 생각했지만 대부분은 그저 멍하니 식당의 유리문 밖을 보았다. 다른 때처럼 여러 곳을 경유해야 했다면 장례식이 시작되기를 기다리며 다른 곳을 먼저 들러 시간을 보낼 수 있었을 것이다. 장례식 전에 어느 개업식에 들러 꽃이 줄줄이 달린 서양란을 내려놓고 팥떡을 얻어먹을 수도 있었다. 산부인과에 들러 눈도 못 뜬 갓난아기를 안고 있는 산모에게 남편의 직장 동료들이 보낸 꽃바구니를 가져다주거나, 프러포즈를 할 생각인 남자에게 상자에 포장된 붉은 장미 다발을 갖다줄 수도 있었다. 먼저 죽은 누군가의 빈소로 화환을 배달할 수도 있었다. 그런데 이 도시에서는 죽음을 기다리는 것 말고는 어떤 일도 할 게 없었다. 천천히 우동을 먹고 밖으로 나왔을 때는 겨우 오십팔 분이 지나 있었다. 김은 앞으로도 얼마간 누군가 죽기만을 기다리며 시간을 보내야 할 거였다.

한눈에 다 볼 수 있을 것 같은 작은 시가지를 통과하다 말고 한 슈퍼마켓 앞에 차를 세웠다. 어묵 통조림이 생각나서였다. 언젠가 이 도시를 다녀온 사람에게 어묵 통조림을 선물받은 적이 있었다. 우동과 어묵 통조림이 도시의 특산품 중 하나라고 했다. 선물을 준 이는 재미로 사왔을 게 분명하지만, 통조림은 사실 재난에 대비하기 위한 것이었다.

도시는 두 개의 지질학적 판이 만나는 근처에 있었고 오래전에는 기록에 남을 만한 강진이 있었다. 김이 태어난 직후의 일이었지만 위험을 경고할 때면 항상 언급되는 지진이었다. 보강되지 않은 전력선이나 수도관, 가스관이 끊어졌다. 곳곳에서 화재가 발생했다.

오래된 목조건물이 송두리째 흔들리다 한순간 무너졌다. 땅이 흔들릴 때면 벽이 단단한 건물일수록 버티지 못하는 법이었다. 무너진 벽돌 더미에 차와 사람이 깔렸다. 굴뚝과 지붕이 날아가 하늘로 솟아오른 세간이 사람들을 덮쳤다. 도로와 교량이 파손되었다. 지진 이후 엄격한 건축 기준이 적용되었다. 모든 종류의 건축물이 일정 수준의 진동을 견디도록 건설되었다. 내진 설계된 터널은 도시를 관통하는 각종 관(管)을 보호할 거였다. 지진 발생 후에 전기나 수돗물 공급을 신속하게 재개하고자 고안한 것이었다. 지진 후 학생들은 정기적으로 대피훈련을 하고 있고, 지진 발생시에 안전한 도로를 표시한 지도가 아직까지도 불티나게 팔리고 있었다. 한 텔레비전 프로그램에 나온 지진 전문가가 말했다. 그런 피해가 있었지만 앞으로 일어날 지진에 비하면 아무것도 아닙니다. 정말 무서운 건 말이죠. 아무도 언제 어느 도시에서 지진이 일어날지 예측할 수 없다는 겁니다. 다소 비관적인 성향의 전문가였다. 대부분의 학자들이 땅의 움직임이 보이는 특정한 양상으로 지진을 예측할 수 있는 것으로 믿고 있는 것과는 다른 생각이었다. 전문가는 화면을 똑바로 쳐다보며 말했다. 이 말은 지금이라도 당장 여러분이 서 있는 땅 밑이 갈라질 수도 있다는 얘깁니다. 전문가의 위협과 달리 김은 조금도 두렵지 않았다. 김에게 지진은 먼 땅 어딘가에서 쉴새없이 벌어지는 전쟁 얘기나 다름없었다. 거대한 피해를 안긴 다른 나라의 쓰나미나 온난화로 빙하가 녹고 있다는 얘기와도 같았다. 김에게는 화원의 꽃이 팔리기도 전에 시들어 죽거나, 누군가 돌을 던져 화원의 유리를 깨뜨리고 도망가는 게 전쟁이나 지진보다 더 불운이었다. 지진이나 쓰나미 같은 것은 어쩌지 못하는 사이 모두에게 닥치는 일이었다. 그러니 두려울 게 없었다. 모두 무사한데 자신에게만 불운이 닥치는 것, 김이 생각하는 불행은 그런 것이었다.

선물받은 어묵 통조림은 보존 기한이 팔 년이나 되었다. 재미삼아 먹어보니 국물은 짰고 어묵은 테니스공처럼 퉁퉁 불어 비상시가 아니고는 먹을 수 없는 맛이었다. 요즘은 어떤 고립 상황에서도 이틀이면 식량 공급이 가능하다고 했다. 겨우 이틀을 부지하기 위해 식감이 가죽 같은 어묵을 씹어야 한다는 얘기였다.

김은 슈퍼마켓 주인에게 어묵이나 우동 통조림 같은 게 있는지 물었다. 주인은 보고 있던 텔레비전 프로그램에서 눈도 떼지 않고 그런 물건은 없다고 잘라 말했다. 언젠가 이 도시를 다녀간 사람이 사다 주었다고 하자 주인은 십육 년째 같은 자리에서 슈퍼마켓을 운영하고 있지만 그런 통조림은 본 적이 없다고 단호하게 말했다. 김이 못미더운 표정을 짓자 맨 안쪽 진열대에 몇 가지 종류의 통조림이 있으니 살펴보라고 했다. 김은 어떤 통조림을 팔고 있는지 알아보려고 가게 안으로 들어갔다. 몇 개의 진열대를 지나 통조림 진열대가 나왔다. 종류는 많았으나 이 도시만의 것은 아니었다. 흔히 볼 수 있는 골뱅이 통조림과 참치와 꽁치, 고등어나 번데기 통조림과 몇 종류의 과일 통조림이었다. 진열대까지 따라온 주인이 어묵이나 우동은 통조림으로는 나오지 않지만 즉석조리식품으로 나온 게 많으니 그것을 사라고 권했다. 김은 대꾸하지 않고 차로 돌아왔다. 장례식장으로 가는 동안 몇 군데 슈퍼마켓에 더 들렀으나 어디에도 재난에 대비하는 통조림은 없었다.

*

김은 장례식장의 어두컴컴한 지하주차장으로 들어갔다. 입관하듯 선에 맞추어 차를 댔다. 운전석에 앉은 채 눈을 붙이려다 짐칸이 텅 비어 있다는 데 생각이 미쳤다. 어두컴컴한 짐칸 안에서 화환이 옅은 국화 냄새를 풍기며 낮달처럼 희미하게 빛나고 있었다. 김은 짐칸으로 들어가 조화 옆에 누웠다. 등을 타고 찬 기운이 전해졌다. 어두운 곳에서 차고 딱딱한 곳에 누워 있자니 염을 기다리는 시신이 된 기분이었다.

이대로 어른의 삶이 계속된다면 오늘밤 약속은 아예 지킬 수 없을 거였다. 김에게 어른의 죽음은 비통하고 엄숙한 세계를 떠나 정체되고 지연되는 시간의 문제로 남았다. 김은 망설이다 여자에게 전화를 걸었다. 여자는 무슨 일이냐고 묻기도 전에 알았다고 했다. 그는 서운한 듯 입을 다문 여자에게 자신은 지금 여자가 있는 곳에서 사백 킬로미터쯤 떨어진 곳에 있는데 이곳에서의 일이 아직 끝나지 않았다고 얘기했다. 여자가 주저하는 목소리로 언제 일이 끝나느냐고 물었다. 내 맘대로 끝낼 수 있으면 좋겠지만 그런 일이 아니에요. 김이 대답했다. 여자는 아무 대꾸도 하지 않았다. 퉁명스러운 대답에 마음이 상했을지도 몰랐다. 김은 매번 그런 사소하고 무의식적인 대답에 주의해야 하는 것에 잠시 짜증이 났으나 일이 아직 끝나지 않았고 언제 끝날지 모른다고 다시 한번 말했다. 여자가 짐짓 아무렇지도 않은 목소리로 뭔가 얘기하기 시작했다. 김은 여자와 통화하는 사이에 어른이 돌아가셔서 친구가 전화를 걸어오지 않을지 초조해졌다. 듣고 있어요? 여자의 물음에 건성으로 그렇다고 대답했다. 여자가 다시 말을 이었다. 김이 듣기 시작한 부분은 백화점 고객상담실로 찾아온 한 고객의 단정치 않은 차림새에 대한 것이었다. 아마도 계속 그 얘기를 하고 있었던 것 같았다. 여자는 고객이 몇 번이나 입은 속옷을 가져와 환불을 요구한다고 자주 한숨을 섞어 털어놨다. 지치고 피곤해 보였다. 김은 여자의 낮은 한숨소리를 들으며 여자가 있어서 많은 순간을 견뎌왔지만 문득 앞으로는 여자가 있는 순간을 견딜 수 없을 거라는 생각이 들었다. 물론 김은 지금도 자주 여자에게 위안과 온기를 얻었다. 그러나 어떤 것도 오래 지속되지 않았고 언제나 곧 사라져버렸다. 김은 갑자기 마음속에 내려진 결단을 미루는 게 어리석게 느껴졌다. 이미 충분히 여자와 거리를 두고 있었지만 여자의 한탄을 듣는 동안 더 멀어지고 싶어 조바심이 났다. 여자가 말을 멈췄다. 어쩌면 김이 다른 생각에 빠져 있는 동안 줄곧 입을 다물고 있었는지도 몰랐다. 이번에도 여자는 들었어요? 하고 물었다. 김은 못 들었다고 솔직하게 얘기했다. 여자가 다시 낮게 숨을 내쉬었다. 김은 순전히 통화를 끝내고 싶은 마음에 도시로 돌아가면 여자의 집을 방문하겠다고 약속했다. 김의 약속은 매번 서운해하는 여자를 달래기 위한 것이었다. 이대로 전화를 끊어버리면 여자는 한참 망설이고 갈등하다가 그에게 전화를 걸어올 것이었다. 여자가 반색하는 목소리로 그게 몇시쯤이냐고 물었다. 그는 누군가 죽고 나서 네 시간 후라고 대답했다. 여자는 김과의 통화에서 처음으로 웃음을 터뜨렸다. 그의 대답을 농담이라고 생각한 게 틀림없었다.

전화를 끊고 김은 장례식장으로 올라갔다. 일층에 있는 빈소의 대리석 제단에 영정사진이 덩그러니 놓여 있을 뿐, 네 개 층에 있는 열세 곳의 빈소는 모두 텅 비어 있었다. 상주도 조문객도 없고 과일이나 꽃, 향이 없이 제단 위에 놓여 있는 영정사진은 난데없었다. 돌아가시기도 전에 성질 급한 유족들이 빈소에 영정사진을 내려놓은 모양이었다. 사진의 주인은 백발이 섞인 머리를 가지런히 뒤로 넘긴 노인이었다. 시간이 많이 지난 것을 감안하더라도 김이 예전에 알던 어른은 아니었다. 사진 주인은 유쾌하고 장난기 많은 눈매로 슬쩍 웃고 있었다. 죽지 않은 채로 자신의 죽음을 애도하는 자리에 먼저 내려와 있는 것이 재미있다는 표정이었다. 김은 텅 빈 영안실에서 그 사진을 보며 자신은 살아 있다는 걸 실감했다. 이미 죽었거나 곧 죽게 될 것은 영정의 주인이었지 그가 아니었다. 김은 한 번도 죽음을 진지하게 생각해보지 않았음을 깨달았지만 그것이 다였다. 그는 살아 있었고 죽음에 대해서라면 그것이 목전으로 다가올 때까지—그것은 멀고도 먼 훗날의 일이 될 거였다—생각하고 싶지 않았다.

어둠이 어른의 숨처럼 천천히 내려앉고 있었다. 김은 장례식장 입구에 서서 어둠의 음영 속으로 황량함을 감추고 있는 농토를 바라보았다. 누군가 그에게 다가와 불을 빌려달라고 했다. 검은 양복을 입은 사내였다. 장례식장이 텅 비어 있었으므로 김은 그 사내 역시 순전히 의무감만으로 누군가 죽기만을 기다리며 시간을 보내고 있는 사람이 아닐까 하고 생각했다. 역시 그런 눈빛으로 김을 바라보는 사내의 양복은 잔뜩 구겨져 있었다. 검은 넥타이를 맨 와이셔

츠에는 몇 군데 붉은 국물 자국이 남아 있었다. 이거 원, 유니폼이 또 더러워졌네요. 낮에도 일을 하고 오느라고요. 싫다는데도 억지로 줘서 육개장을 먹었거든요. 육개장 먹는 것도 하루이틀이지 말이에요. 김이 셔츠에 묻은 얼룩을 빤히 쳐다보는 걸 의식했는지 사내가 말했다. 유니폼이라는 말에 김이 살짝 웃었다. 그러고 보니 주차장에 세워진 상조회사 차량을 본 것 같았다. 어디서 오셨어요? 사내가 물었다. 화원에서 왔다고 하자 이번에는 아직 안 돌아가셨어요? 하고 물었다. 김이 난감한 표정으로 고개를 끄덕였다. 사내가 김의 곤경을 이해한다는 듯 슬쩍 웃으며 말했다. 저도 그런데, 혹시 같은 분일까요?

장례식장에서 한참 떨어진 국도변에 닿을 때까지도 친구에게 전화가 걸려오지 않았다. 상조회사 직원과 함께 누군가 죽지 않는 상황을 계속 투덜거리게 될까봐 산책 삼아 나선 게 길어졌다. 김은 국도변에 서서 장례식장이 있는 쪽을 바라보았다. 불을 밝힌 커다란 간판을 넋 놓고 바라보다가 아직도 안 죽은 모양이네, 하고 중얼거렸고 부정한 생각을 발설한 데 놀라 입을 다물었다.

그때 전화벨이 울렸다. 친구의 전화였다면 김은 자신이 죽음을 재촉한 것 때문에 죄책감을 느꼈을지도 몰랐다. 아직 안 끝나셨어요? 여자였다. 안도감이 느껴지는 동시에 초조해졌다. 그 초조함 때문에 김은 자신이 여자로부터 떠나왔음을 다시금 깨달았다. 앞으로 여자와의 통화는 더 드물어질 것이고 간혹 이어지는 만남은 지루할 것이고 말투는 무뚝뚝해질 것이며 웃을 일이 점점 줄어들 것이다. 그럴수록 여자는 더 자주 전화를 걸어 자신에게 소홀하고 무관심한 김을 이해하려고 하다가 어느 날 문득 서운함과 허전함을 견디지 못해 울컥하여 화를 내고 얼마 후에는 화낸 것을 사과할 것이다. 그런 일이 얼마간 반복되다가 나중에는 오로지 마음을 되받지 못한 것을 억울해하며 김을 원망하고 미워하는 데 시간을 쓸 것이다. 그러다가 문득 이 모든 일을 되풀이할 정도로 김을 사랑하지 않으며 어쩌면 처음부터 사랑이 아니었음을 깨닫고 마음이 편안해지는 동시에 허탈해질 것이다. 김으로서는 그 순간을 기다리는 것밖에 할 수 있는 게 없었다. 어쩌면 그때 비로소 여자에게 애틋함을 느끼게 될지도 몰랐다.

김은 냉담했던 말투를 풀었다. 당신이 재촉하면 나는 어른이 빨리 돌아가시길 기도해야만 돼요. 여자가 웃음을 터뜨렸다. 여자가 웃자 김은 다시 조급해졌다. 여자가 언제까지고 그의 진심을 몰라서는 안 되기 때문이었다. 그는 아직도 웃고 있는 여자에게 불쑥 여기까지, 라고 말했다. 여자가 못 알아듣고 되물었다. 뭐가요? 그는 얼른, 농담은 여기까지라고 대답할까 생각했다. 어두운 벌판에 유일한 빛이라고는 장례식장 간판뿐인 곳에서 이별하고 싶지 않았다. 그리고 그가 내내 생각해오던 것과 달리 이 생각은 어쩌면 즉흥적인 것일 수도 있었다. 남쪽으로 약 사백 킬로미터를 달려오고 기다리느라 피곤해서 그런 마음이 드는 것인지도 몰랐다. 여자가 되물었다. 뭐가 여기까지예요? 재촉하는 여자에게 그가 대답했다. 우리요. 우리가 함께 있는 거요. 여자가 잠시 멈췄다가 말했다. 팀장이 찾아서 가봐야겠어요. 조심해서 오세요. 그분이 빨리 돌아가시길

빌게요. 전화는 끊어졌다. 홀가분해지리라고 생각했던 것과 달리 그의 마음은 무겁게 내려앉았다.

국도는 이미 어둠에 용해되어 끝을 감추고 있었다. 김은 그 자리에 쭈그리고 앉아 담배를 꺼내 물었다. 덩치 큰 차가 한 대 지나가면서 지표가 흔들렸고 요란한 바람이 불고 시커먼 매연이 쏟아진 후로 도로는 내내 잠잠했다. 세 대의 담배를 잇달아 피우고 자리에서 일어서려는데 그가 앉아 있는 쪽으로 뭔가가 천천히 다가왔다. 작고 흰 점이었다. 점은 계속 움직였고 점차 커졌다. 가까이 다가오면서 불분명한 형체 속에 모습을 드러낸 것은 흰색 운동복이었다. 가슴과 등에 숫자가 적힌 번호판을 단 마라토너였다. 그가 곁을 지나갈 때 후후 하하 하고 코와 입을 통해 일정한 간격으로 들이마시고 내쉬는 안정적인 숨소리가 고스란히 들렸다. 김은 어둠에 모습을 감춘 국도 속으로 마라토너가 서서히 사라지는 걸 지켜보았다. 그는 흔들리는 흰 점이 되어 차츰 작아져가다가 끝내 숨듯이 모습을 감췄다. 그 완전한 소멸은 오히려 어둠 너머 보이지 않는 곳에도 길이 계속 이어지고 있다는 생각을 일깨웠다. 김은 홀린 듯 흰 점을 삼킨 어둠 쪽으로 걸음을 옮겼다.

얼마쯤 걸어갔을 때 등뒤에서 나지막한 휘파람 소리가 들려왔다. 김이 자리에 멈춰 섰다. 어둠 속에서 모습을 드러낸 것은 김이 모는 것과 같은 종류의 트럭이었다. 바람 소리나 바퀴 소리, 짐칸에 넣어둔 물건이 덜컹거리는 소리 같은 것은 없었다. 잘못 들었지 싶었으나 트럭이 곁을 스쳐갈 때 다시 한번 선명한 휘파람 소리가 들렸다. 어둠에 모습을 감춘 운전자가 부는 모양이었다. 김은 휘파람 소리만 내며 전속력으로 달리는 트럭을 공연한 호기심에 물끄러미 바라보았다. 속력을 줄이지 않고 곡선 도로를 무리하게 돌던 트럭이 김의 시선에 놀란 듯 갑자기 사선으로 기울어지더니 노면을 타고 미끄러지기 시작했다. 트럭은 순식간에 가드레일에 부딪혀 옆으로 기울어졌고, 놀란 김이 짧은 감탄사를 내뱉기도 전에 불길이 치솟더니 이내 뜨거운 열기에 휩싸였다. 운전자는 보이지 않았다. 불길이 이미 그를 삼킨 것인지 그전에 용케 빠져나온 것인지 알 수 없었다. 트럭을 삼킨 불꽃이 순식간에 밤의 국도를 밝혔다.

김은 그 불빛을 바라보다가 휴대전화를 꺼냈다. 경찰이나 구급대원, 병원의 응급센터에 거는 대신 여자에게 전화를 걸었다. 여자는 전화를 받지 않았다. 고객의 불만을 듣고 있는 중이거나 단단히 화가 난 모양이었다. 김은 타오르는 불꽃을 바라보며 계속 수화기를 들고 있었다. 한참 만에야 전화를 받은 여자는 아무 말도 하지 않았다. 수화기를 통해 여자의 가느다란 숨소리가 들려왔다. 차분하면서 규칙적인 소리였다. 그 소리가 묘하게도 김의 마음을 가라앉혔다. 김은 여자의 숨소리에 맞춰 숨을 내쉬고 들이마셨다. 여자와 호흡을 맞추려면 조금 서둘러 숨을 뱉어야 했다. 몇 번의 시도에도 숨의 간격을 맞추기 어려워지자 김은 불쑥 여자에게 사랑을 고백했다. 여자는 잠자코 있었다. 여자가 아무 말도 하지 않는 것이 두려웠지만 어떤 대꾸를 하는 것도 두려워서 오로지 여자에게 틈을 주지 않기 위해 생각나는 대로 말을 이었다. 오랫동안 유심히 여자를 바라보는 기쁨을, 여자와 처음으로 우연히 팔꿈치가 스쳤을 때 박동한 심장을, 처음 여자의 손을 잡았을 때 거짓말같이 여겨지던 낯선 감각을, 그를 차분하게 하는 부드러운 숨소리를 얘기했다. 여자에게 사랑받지 못하지나 않을까 하는 불안감을, 여자를 사랑하고 있음을 깨달았던 순간의 설렘을 얘기했다. 얘기를 하는 동안 김은 여자에게 말한 것들이 이제껏 한 번도 생각해보지 않았던 것임을 깨달았다. 자신의 말은 모두 어디서 읽거나 누구에게 들은 얘기 같았다. 너무 상투적이고 진부해서 진심으로 여겨지지 않는 말이었다. 반면에 그래서 진심처럼 들리기도 했다.

스스로도 알 수 없는 말을 계속하는 것은 순전히 김이 검은 밤의 국도변에 홀로 서 있으며 근처에 빛을 내는 것이라고는 장례식장의 간판과 불타는 트럭뿐이기 때문인지도 몰랐다. 간판은 멀리서도 훤히 보이도록 빛나고 있었는데, 그 때문에 건물을 가리킨다기보다는 어둠에 묻힌 도시 전체를 가리키는 것처럼 보였다. 어쩌면 모든 학생들이 정기적으로 지진에 대비한 훈련을 하고 있으며 주민들은 지진 발생시 안전하게 집으로 돌아갈 수 있는 지도를 부적처럼 품고 다니는 도시에 있기 때문인지도 몰랐다. 재난에 대비한 우동과 어묵 통조림이 이 도시에서 오래 장사한 사람도 모르는 어떤 곳에서 팔리고 있고 불분명한 재난의 위협 속에서 누군가는 단지 노환으로 죽을 듯 죽지 않으며 계속 목숨을 부지하고 있는 도시이기 때문인지도 몰랐다. 만약 그가 사는 도시였다면, 그런 불안과 두려움이 없었다면, 그는 여자에게 여전히 무뚝뚝하게 굴었을 것이고 간혹 친절하게 굴고 나서는 여자가 오해할까봐 전전긍긍했을 것이다.

여자가 입을 열어 무슨 일이 있느냐고 물었다. 그 평이한 질문으로는 자신의 고백이 여자를 기쁘게 했는지 들뜨게 했는지 못마땅하게 했는지 화가 나게 했는지 도무지 짐작할 수 없었다. 김은 여자에게 그 말을 하는 내내 자신이 몹시 낯설게 느껴졌는데, 그 느낌 때문에 고백의 일부가 진심일지도 모른다고 생각했다.

그러나 진심과 상관없이, 여자의 마음과 상관없이, 그는 두려움이 점지해준 고백 때문에 곧 부끄러워질 것이며 어떤 말도 돌이킬 수 없어 화가 날 것이고 그 말이 불러온 상황과 감정을 얼버무리려고 애를 쓸 것이며 그럼에도 당시 마음에 인 감정의 윤곽이 무엇인지 헤아릴 것이었다. 그 생각에 김은 갑자기 전화를 뚝 끊어버렸다. 여자가 먼저 전화를 걸어오지 않을까 생각했고 그러면 전화를 받아야 하나 말아야 하나 생각했지만 전화는 걸려오지 않았다. 트럭은 여전히 맹렬하게 불타오르고 있었다. 김은 땅에 박힌 듯 멈춰 서서 조등(弔燈)처럼 환히 빛나는 그 불빛을 바라보았다.

(『저녁의 구애』, 문학과지성사, 2011)

김애란

물속 골리앗

2011 제2회

김애란

2002년 제1회 대산대학문학상에 단편소설 「노크하지 않는 집」이 당선되어 등단. 소설집 『달려라, 아비』 『침이 고인다』 『비행운』 『바깥은 여름』, 장편소설 『두근두근 내 인생』이 있다. 한국일보문학상, 이효석문학상, 오늘의 젊은 예술가상, 신동엽문학상, 김유정문학상, 한무숙문학상, 이상문학상, 동인문학상, 오영수문학상, 최인호청년문화상, 제2회 젊은작가상 대상을 수상했다.

물속 골리앗

장마는 지속되고 수박은 맛없어진다. 여름이니까 그럴 수 있다. 전에도 이런 날이 있었다. 태양 아래, 잘 익은 단감처럼 단단했던 지구가 당도를 잃고 물러지던 날들이. 아주 먼 데서 형성된 기류가 이곳까지 흘러와 내게 영향을 주던 시간이. 비가 내리고, 계속 내리고, 자꾸 내리던 시절이. 말하자면 세계가 점점 싱거워지던 날들이 말이다.

아버지가 돌아가시고 얼마 지나지 않아 장마가 졌다. 마을엔 길이 끊기고 휴교령이 내려졌다. 한동안 방안에 틀어박혀 나무만 봤다. 태풍에 몸을 맡긴 채 쉴새없이 흔들리는 고목이었다. 나무는 대낮에도 검은 실루엣을 드리우며 서 있었다. 이국의 신처럼 여러 개의 팔을 뻗은 채, 두 눈을 감고— 그것은 동쪽으로 누웠다 서쪽으로 휘기를 반복했다. 그리고 바람이 불 때마다 포식자를 피하는 물고기떼처럼 쏴아아 움직였다. 천 개의 잎사귀는 천 개의 방향을 가지고 있었다. 천 개의 방향은 한 개의 의지를 가지고 있었다. 살아남는 것. 나무답게 번식하고 나무답게 죽는 것. 어떻게 죽는 것이 나무다운 삶인지는 알 수 없지만, 그런 게 종(種) 내부에 오랫동안 새겨져왔다는 것만은 분명했다. 고목은 장마 내 몸을 틀었다. 끌려가는 건지 버티려는 건지 모를 몸짓이었다. 뿌리가 있는 것은 의당 그래야 한다는 듯, 순응과 저항 사이의 미묘한 춤을 췄다. 그것은 백 년 전에도 똑같은 모습으로 서 있었을 터였다. 나는 그 사실이 마음에 들었다. 먼지 낀 유리 너머로 소리가 삭제된 채 보이는 풍경은 이상하리만치 고요했다. 그리고 아무리 봐도 지겹지 않았다.

어머니는 아버지의 무덤을 걱정했다. 뉴스를 보고, 여기저기 전화를 걸고, 사람을 불러 선산에도 가보려 한 모양이었다. 하지만 밖을 돌아다니는 이는 거의 없었다. 마을 남자가 급류에 실려 사라진 후 더욱 그랬다. 남자를 찾는 아내의 절규는 빗소리에 묻혀 어디에도 닿지 못했다. 누군가는 그것을 다행이라 여겼다. 사람들은 이 비가 오십 년 만의 폭우라 했다.

장맛비가 내린 그 며칠은 내 생애 가장 어두운 시기 중 하나였다. 마음이 그랬다는 게 아니다. 집에 전기가 나가서였다. 이곳은 시골처럼 날이 빨리 저물었다. 이름만 대안도시일 뿐, 오래전 수도(首都)에서 밀려난 이들이 허허벌판에 둥지를 튼 곳이니 그럴 만했다.

전기가 원만하게 들어오는 날이라도, 땅거미가 지면 마을은 순식간에 어둠에 잠겼다. 몇 개의 빛으로는 물릴 수 없는 유구하고 원시적인 어둠, 우리가 도무지 어찌해볼 수 없는 어둠이었다. 사람들은 종종 자기 심박동에 홀려 신을 벗고 길 떠나는 꿈을 꿨다. 또는 알 수 없는 초조를 어쩌지 못해 옷을 벗고 아내 위에 올라탔다. 잘 모르지만 그랬을 거란 느낌이 든다. 우리가 붙잡고 헤매는 실 끝에는 언제나 가는 눈을 반짝이며 웅크리고 있는 원시인이 있으니까. 그들은 늘 우리를 쳐다보고 있으니까. 게다가 장마철엔 살냄새가 짙어졌다. 여름은 평소 우리가 어떤 냄새를 풍기며 살아왔는지 환기시켜줬다. 지상에 숨이 붙어 있는 것과 그렇지 않은 것들의 모든 체취가 물안개를 일으키며 유령처럼 깨어났다. 폭우 속, 사물들은 흐려졌고 그럴수록 기이한 생기를 띠었다.

주위는 소름 끼치게 조용했다. 이따금 개가 짖었으나 컹— 소리의 잔향은 들판 위 적막만 도드라지게 했다. 사람들은 기척이 없었다. 다들 무슨 생각을 하는지 알 수 없었다. 알아서 대피를 했을 수도, 우리처럼 집에서 꼼짝 않고 있는지도 몰랐다. 그것도 아니면 전부, 죽어버렸거나…… 마을은 텅 비었다. 동네 전체가 재개발구역으로 지정되면서, 사람들이 하나둘 떠나갔기 때문이다. 한동안 외지인이 어지럽게 드나들었다. 돈을 세는 사람, 현수막을 거는 사람, 사진기를 든 사람, 기도하는 사람, 그리고 방패를 든 사람이 있었다. 여러 말이 오갔고, 많은 일이 있었다. 어른들은 길에서 자주 울었다. 여염집 대문엔 다윗의 별처럼 하나둘 X자가 늘어갔다. 그러나 그것은 성경 속 이야기와 달리 누군가를 살려줄 수 있는 표식이 아니었다. 모두 그걸 알고 있었다.

부모님이 강산아파트에 들어온 건 이십여 년 전의 일이다. 지금이야 낡고 오래돼 흉물 취급받지만, '아파트'라 하면 뭐든 좋게 보던 때였다. 당시, 사람들은 모두 아파트를 갖고 싶어했다. 건물의 아름다움, 건물의 역사, 그런 것은 상관없었다. 아파트가 가진 상승의 이미지와 기능, 시세가 중요했다. 우리가 아는 대부분의 '괜찮은' 사람들은 다 아파트에 살았다. 부모님 역시 그 안에 속하길 바랐다. 강산아파트는 기역자 모양의 사층 건물로 총 열여섯 가구가 들어갈 수 있었다. 우리는 그곳 삼층 맨 끝 집에 살았다. 건물은 시내 외곽에 홀로 을씨년스럽게 자리했다. 야트막한 산 중턱에 세워져 마을을 훤히 내다볼 수 있는 위치였다. 국토개발 열풍을 따라 단기간에 막 지어졌지만, 다들 아파트란 원래 그렇게 세워지는 줄 알았단다. 배운 것, 가진 것 없이 오직 용접 기술로만 돈을 모은 아버지는 그곳에 입주한 걸 무척 자랑스러워하셨다. 기형적 외관이며 좁은 평수는 상관없이 사는 내내 크게 안도하셨다.

지금 강산아파트에 사는 사람은 거의 없다. 붉은색 페인트로 여기저기 커다란 X자가 칠해진 뒤, 모두 사라졌기 때문이다. 끝까지 이주를 거부했던 몇몇 이웃도 전기가 끊기자 결국 짐을 쌌다. 이제 이곳에 남은 사람은 어머니와 나, 둘뿐이다. 사람이 살지 않는 건물은 급속도로 황폐해졌다. 우리는 단단한 콘크리트 벽이 과일처럼 무르고 썩어가는 모습을 놀란 눈으로 지켜봤다. 복도에는 쓰레기와 건축자재가 뒹굴었다. 빈집의 깨진 유리창 안으로 빈번하게 빗물이 들어왔다. 구멍이 숭숭 뚫려 시커먼 아가리를 벌리고 있는 아파트 주위로 축축하고 으스스한 기운이 맴돌았다. 밤이 되면, 산중턱에 덩그렇게 솟은 재개발 아파트의 윤곽이 흐릿하게 드러났다. 사방이 캄캄한 가운데 주위를 밝히고 있는 곳은 오직 하나, 우리집밖에 없었다. 그것도 손전등이나 양초로 겨우 밝힌 위태로운 빛이었다. 가끔은 먼 곳에서 개 짖는 소리가 들려왔다. 누군가 버리고 간 애완견이 방에 갇혀, 배가 고파 우는 소리였다. 몇 번 찾아내 풀어주려 했지만 소용없었다. 울음의 진원지가 시시각각 변했기 때문이다. 한번은 지하에서, 한번은 이층에서, 어느 때는 또 옆집에서. 두서없고, 음산하게…… 어머니와 나는 며칠 동안, 유기견이 천천히 죽어가는 소리를 들어야 했다. 그것은 공동화(空洞化)된 건물 내장 깊숙한 곳에서 흐느끼는 바람을 타고 새벽 내내 들려왔다. 그리고 어느 날 그 소리가 그쳤을 때, 우리는 모든 게 끝났다는 걸 알았다.

어머니와 나는 벽에 금이 간 화장실에서 일을 봤다. 가스가 끊긴 부엌에서 밥을 먹고, 선풍기가 돌아가지 않는 방에서 잠을 잤다. 우리는 알고 있었다. 우리가 언제까지고 이곳에 머물 수는 없다는 걸. 강산아파트는 지금 스스로를 서서히 허물어뜨리며 자살하고 있다는 걸. 그래도 어떻게든 버티어보는 수밖에 없었다. 우리는 갈 곳이 없었다. 우리는 상중(喪中)이었다. 부모님이 은행에 주택담보대출을 다 갚으셨을 즈음, 이곳에 철거 명령이 떨어졌다. 이십 년

만에 이 집의 진짜 주인이 됐는데, 누군가 갑자기 새 주인임을 주장하며 나타난 거였다. 보상금은 터무니없이 적었다. 어디에서도 집을 구할 수 있을 만한 금액이 아니었다. 아버지는 마을 어른들을 따라 불안한 얼굴로 이런저런 회의에 참석했다. 그리고 해가 뜨면 미안한 얼굴로 신도시의 건설현장에 나가 아파트를 지었다. 공사장 한쪽에 쭈그려앉아 철근을 붙이고 파이프를 이었다. 그런데 어느 날, 갑자기 낯선 사람들이 찾아와 아버지가 죽었다고 말했다. 사십 미터 타워크레인에 올랐다 실족하셨다는데, 사실인지 알 수 없었다.

아버지가 죽고 얼마 지나지 않아 마을에 비가 내렸다. 툭— 최초의 빗방울이 이마에 닿았을 때, 사람들은 일제히 하늘을 올려다보았다. 그러곤 하나같이 이런 표정을 지었다.

'다행이군.'

몇 달간 지속된 폭염과 가뭄에 지쳐 있을 때였다. 논과 밭은 흙먼지를 일으키며 갈라졌고, 들판의 초목도 갈증을 견디는 데 모든 집중력을 쏟고 있었다. 안 그래도 인심이 사나워진 동네 사람들은 살인적인 더위에 성난 얼굴을 하고 다녔다. 그런데 그날, 먼 곳에서 적란운이 무거운 몸을 끌고 서서히 다가오는 모습이 보였다. 구름의 이동에 따라 마을 위로 거대한 그림자가 드리워졌다. 나는 어둑해진 허공 위로 가만히 손을 뻗어보았다. 두둑— 손바닥에 닿는 감촉이 시원했다. 곧이어 세번째, 다섯번째 빗방울이 뺨을 적시는가 싶더니 쏴아아— 소낙비가 쏟아졌다. 그리고 그게 시작이었다.

비는 매일 내렸다. 전국적으로 쏟아지는 비라지만 다른 곳의 사정은 알 수 없었다. 나는 내심 안도하고 있었다. 길이 끊겨, 한동안 용역회사 사람들이 드나들지 못할 테고, 아파트의 숨막히는 열기도 한풀 꺾일 거라 기대했다. 누구도 우리를 찾아올 수 없다면, 우리 역시 이곳에서 한 발짝도 나갈 수 없다는 생각은 하지 못했다. 전기가 끊기자 티브이와 전화가 먹통이 됐다. 인터넷을 쓰거나 휴대전화를 충전하는 일도 불가능했다. 우리가 바깥소식을 알 수 있는 방법은 전혀 없었다. 우리는 그저 기다리는 수밖에 없었다. 장마가 끝나기를. 혹은 나쁜 일이 생기기 전에 구조대가 오기를. 세상의 적어도 한두 명만은 이곳 철거 아파트에 사람이 산다는 걸 기억하리라 믿었다. 나가라고 그렇게 난리를 피웠는데 잊었을 리가 없었다.

어머니는 욕조에 물을 채워놓았다. 수도가 언제 끊길지 몰라서였다. 그러다 장마가 지속되자 액체를 담을 수 있는 대부분의 그릇에 수돗물을 받아놨다. 커다란 고무 대야는 물론이고 세숫대야와 주전자, 물통 및 여러 가지 색깔과 형태의 유리잔에까지…… 그것도 모자라 집에 있는 모든 봉지에 물을 담기 시작했다. 지난해 김장 때 쓰고 남은 파란색 비닐봉투와 음식을 보관할 때 쓰는 팩, 싱크대 서랍에 모아둔 크고 작은 봉지도 아끼지 않았다. 비상용 물을 받으며, 이렇게까지 할 필요가 있나 싶었지만, 오랜만에 무엇엔가 집중하는 어머니의 모습을 보니 돕지 않을 수 없었다. 살가운 성격이 못 돼, 그나마 내가 할 수 있는 일은 그런 것밖에 없었다. 물이 담긴 봉투는 둥글게 밀봉돼 아버지 방에 저장됐다. 큰 그릇은 바닥에, 작은 건 책장과 책상에 올려졌다. 전부 어마어마한 양이었다. 내부가 투명하게 비치는 봉지는 부화를 꿈꾸는 외계의 알처럼 빛났다. 혹은 동물의 장기에 붙어 있는 수포나 종기 같아 보였다. 아버지가 없는 아버지의 방엔 차곡차곡 물봉지가 쌓여갔다. 그리고 그 속에선 이따금 조용히 기포가 피어올랐다.

고인의 방에는 앉은뱅이책상과 고물 비디오 세트, 잡다한 운동기구가 놓여 있었다. 어느 집에 가도 볼 수 있는 잡스럽고 어수선한 방이었다. 그곳을 그나마 특별하게 만들어주는 건 책장 위의 은색 트로피가 전부였다. 십여 년 전, 아버지가 사내 체육대회에서 배드민턴을 잘 쳐서 받은 거였다. 비록 은상이지만 살면서 받은 유일한 상이기도 했다. 수상을 축하하는 상투적인 문구 위엔 두 팔 벌린 니케가 서 있었다. 흠집이 난 얼굴은 어딘가 초췌해 보였고, 도금된 젖가슴엔 먼지가 쌓여 있었다. 아버지는 생전에 운동을 좋아하셨다. 그래서 틈만 나면 내게 이런저런 것들을 알려주려 하셨다. 심지어 한밤중에 나를 깨워 수영을 가르쳐주겠다고 한 적도 있으니까 말이다. 그건 그해 여름 내가 받은 아홉 살 생일선물이기도 했다. 유성우(流星雨)가 쏟아지는 시간에 맞춰, 나를 강가로 데려간 거였다. 졸린 눈을 비비며 강둑에 갈 때까지 나는 무슨 일이 벌어질지 전혀 몰랐다.

아버지는 죽기 전에도 체조를 하고 계셨다고 한다. 아버지처럼 체불임금 지급을 요구하는 시위를 벌여야 했던 사람들과 교대로 크레인에 올라간 모양인데, 회사에서 전기를 끊어 밤이 되면 무척 어두웠단다. 언제 강제진압이 있을지 몰라 쪽잠을 잘 수밖에 없는데다, 자정 이후에는 체온이 급속도로 떨어져 눈이 저절로 뜨였다고 했다. 초여름이라도, 사방이 탁 트인 타워크레인 위에서 맞는 바람은 제법 쌀쌀했을 것이다. 그러니 동이 트고 몸이 더워질 때까지 맨손체조를 하실 수밖에 없었을 거다. 발을 헛디딜지 몰라 조심조심 하면서. 갈증이 날 땐 공장 화장실에서 떠온 물을 조금씩 마셔가면서. 선두에 선 사람도, 주요 간부도 아니었지만 가족을 위해서라도 그러지 않으면 안 된다 싶어…… 다른 건 잘 모르겠다. 다만 아무도 없는 고공 크레인 위에서 핫둘, 핫둘, 팔벌려뛰기를 하셨을 아버지의 모습을 생각하면, 등배운동을 하고, 노젓기를 하고, 토끼뜀을 뛰었을 아버지를 떠올리면, 지금도 몹시 가슴이 아프다.

세계는 비 닿는 소리로 꽉 차갔다. 빗방울은 저마다 성질에 맞는 낙하의 완급과 리듬을 갖고 있었다. 하지만 그것도 오래 듣다보니 하나의 소음처럼 느껴졌다. 자연은 지척에서 흐르고, 꺾이고, 번지고, 넘치며 짐승처럼 울어댔다. 단순하고 압도적인 소리였다. 자연은 망설임이 없었다. 자연은 회의(懷疑)가 없고, 자연은 반성이 없었다. 마치 어떤 책임도 물을 수 없는 거대한 금치산자 같았다. 그렇게 비가 오는 날에 할 수 있는 일은 거의 없었다. 티브이와 라디오는 나오지 않았고, 양초는 되도록 아껴야 했다. 나는 창밖을 내다보거나 이런저런 몽상에 잠기는 일로 시간을 때웠다. 그러곤 눅눅한 방바닥에 누워 지구의 살갗 위로 번져나가는 무수한 동심원의 무늬를 그려봤다. 동그라미 속의 동그라미 속의 동그라미들……
오래전에도, 그보다 한참 전에도, 지금과 똑같은 모양으로 떨어졌
을 동그라미들. 우리의 수동성을 허락하고, 우리의 피동성을 명령
하며, 우리의 주어 위에 아름다운 파문을 일으키는 동그라미들. 몹
시 시끄러운 동그라미들. 그렇게 빗방울이 퍼져가는 모양을 그리다
보면 이상하게 내 안의 어떤 것도 출렁여 세상을 이해할 수 있을 것
같은 기분이 들었다. 하지만 나는 나약한 사춘기 소년에 불과했고,
당장 뭘 이해하고 어떻게 움직여야 하는지조차 몰랐다. 그리고 그
시간, 떼를 입힌 지 얼마 되지 않은 아버지의 봉분 위에도 동심원이
고요하게 퍼져나가고 있을 터였다. 아직 떠내려간 것만 아니라면,
분명 그랬을 거다.

며칠 뒤, 세면대에 물이 나오지 않았다. 양변기와 개수대도 마찬
가지였다. 재개발 관계자들의 결정인지, 수해 때문인지 알 수 없었
다. 당분간은 받아놓은 물을 쓰면 되지만, 장마가 끝난 뒤가 더 걱
정이었다. 양치는 하루 한 번만 했고 오줌은 밖에다 쌌다. 똥을 처
리하는 건 그보다 번거로운 일이었다. 방법은 여러 가지였다. 아파
트 내 빈집에 누고 오는 법, 들통에 모아뒀다 허공에다 쏟아버리는
식, 빗물을 받아 변기에 들이붓는 것…… 어떻게 하든 높은 습도
속에서 기승을 부리는 악취가 문제였다. 소변은 베란다에 싸고, 대
변은 통에 받은 빗물을 이용하는 식으로 문제를 해결했다. 빗물은
많은 양을 한꺼번에 옮길 수 없어, 옥상에 자주 올라야 했다. 변기
속, 구멍을 타고 회오리쳐 사라지는 오물을 보고 있으면, 새삼 물에

잠긴 도시란 게 얼마나 더럽고 역겨운 곳일지 그려졌다. 인간이 지상에 이룩한 것과 지하에 배설한 것이 함께 엉기는 곳. 짐승의 사체와 사람 송장은 물론 잠들어 있던 망자들의 넋마저 흔들어 뒤섞어버리는 곳. 그런 데라면 결코 빠지지도, 들어가고 싶지도 않았다.

뉴스를 못 본 지 여러 날이 지났다. 언젠가부터 뉴스는 괜찮으니 음악을 좀 들었으면 했다. 나나 어머니 말고, 사람이 만들어낸 어떤 소리들 곁에 있고 싶었다. 하지만 우리를 둘러싼 건 빗소리뿐이었다. 어제도 듣고 그제도 듣고 쉴 때도 듣고 잘 때도 들은 물소리가 전부였다. 물론 전에도 이런 날이 있었다. 비가 내리고, 계속 내리고, 자꾸 내리던 시절이. 티브이에선 수재민의 모습과 구조 장면이 반복되고, 그런 게 별로 새로울 게 없던 날들이 말이다. 하지만 이런 식으로, 이렇게 오래 비가 내린 적은 없었다. 어머니도 살다 살다 이런 비는 처음이라고 했다. 지구가 정신병에 걸린 건지도 모르겠다고. 비는 보름 넘게 쏟아졌다. 아파트 일층은 어느새 물에 잠겨 있었다. 어쩌면 이층, 삼층까지 빗물이 차오를지 몰랐다. 고지대에 있는 건물도 이러한데, 마을 사정은 더 나쁠 듯했다. 마을은 긴 강을 따라 쌓아올린 둑 가까이 있었다. 언젠가 아버지가 나를 깨워 데리고 간 그 강이었다. 강물을 에워싼 제방은 오랫동안 보수를 하지 않아 장마철마다 문제가 됐다. 몇 번 신문에 나고 시민단체의 항의도 있었지만, 나아질 기미는 보이지 않았다. 그것은 이번에도 문제가 될 터였다.

오늘이 내일 같고 어제가 그제 같은 날들이 이어졌다. 아침이 저녁 같고 새벽이 저물녘 같은 하루가 반복됐다. 오랫동안 한곳에 고립돼 있다보니 날짜 감각이 무뎌지는 것 같았다. 세상은 낮에도 어둡고 밤에도 어두웠다. 해를 본 게 언제인지 기억나지 않았다. 어머니는 아버지의 무덤을 걱정했다. 하지만 우리가 할 수 있는 일이 아무것도 없다는 걸 알고 계셨다. 외부와 연락이 끊기자, 어머니는 하루종일 먼산을 바라봤다. 그게 망자에게 무슨 도움이라도 되는 양, 물안개에 싸인 산자락을 줄기차게 응시했다. 그리고 어느 순간부터 아버지 얘길 전혀 하지 않으셨다.

끼니때면 조그마한 비닐봉지를 하나씩 터뜨려 미숫가루를 타 먹었다. 봉지의 모서리 부분을 가위로 자르면 대접에 물을 따르기가 편했다. 어머니께도 몇 번 권했지만, 나 몰래 그릇을 귀신같이 씻어 놓았기 때문에 먹는 건지 버리는 건지 알 수 없었다. 어머니는 식사 관리를 철저하게 해온 편이었다. 전부터 당뇨를 앓아 혈당 조절을 해야 했기 때문이다. 어머니는 너무 많이 먹어서도, 적게 먹어서도 안 되었다. 어머니는 적당히 먹어야 했다. 하지만 이 '적당히'란 말이 무척 어렵게 느껴졌다. 그래도 중요한 건 어느 때고 굶어서는 안 된다는 거였다. 나는 어머니가 조금만 더 버티어주길 바랐다. 비가 멎으면 병원에도 가고, 장도 볼 수 있을 테니까. 어디서도 한 달 이상 비가 왔단 소리는 들어보지 못했으니까. 집안에는 먹을 것이 충분치 않았다. 하지만 아버지가 좋아해 넉넉하게 사놓은 문어포와 쥐포가 있었다. 지난해 저장해놓은 땅콩이나 고구마도 허기를 달래는 데 도움이 됐다. 쌀독도 어느 정도 차 있었지만, 휴대용 버너의 가스가 떨어진 지 오래라 밥을 짓기 여의치 않았다. 김이나 땅콩 따위를 담아 안방에 건네드려봤지만, 어머니는 소리 없이 빈 접시만 내놓았다. 드셨냐고 물어보면 퀭한 눈으로 고개를 끄덕이실 뿐이었다. 어머니가 상심해 있는 걸 보니 혼자 식탐을 부리기가 민망했다. 그것이 어머니를 모욕하는 일처럼 여겨졌다. 번번이 상기되면서 빈번히 잊게 되는 것 중 하나, 우리가 상중이란 사실이 이런저런 욕구를 짓눌렀다. 그래도 나는 먹었다. 그것도 아주 열심히, 소리 없이 먹었다. 어느 때는 생쌀을 한 움큼씩 씹어 먹었다. 앉은자리에서 쉬어빠진 김치를 한 접시씩 비우거나, 설탕을 퍼먹기도 했다. 그리고 어쩌면 어머니도 그러고 있을지 모른다고 생각했다. 냉동고 속 떡이나 생선은 썩은 지 오래였다. 쌀독에는 벌레가 꼬였다. 집안에선 점점 나쁜 냄새가 났다. 한동안 나는 그게 음식 냄새인 줄 알았다.

어머니는 말이 없었다. 말수가 줄다 점차 한마디도 않는 날이 많아졌다. '밥은 먹었니'라든가 '갈아입을 옷이 없진 않느냐'는 식의 보호자다운 얘기는 꺼내지도 않았다. 그렇게 아무것도 안 할 거면서 비상용 물은 왜 잔뜩 받아놓은 건지 알 수 없었다. 어머니가 이따금 하는 말은 '내 몸에서 이상한 냄새가 나지 않느냐'는 거였다. 나는 그렇지 않다고, 집안에 곰팡이가 펴서 그런 거라고 대꾸했다. 하늘엔 며칠째 두껍고 거대한 구름이 깔렸다. 가끔은 볕을 못 쬔 우리 가족이 구루병에 걸려 죽어가는 모습을 상상했다. 손발이 덩굴식물처럼 늘어나 벽면을 타고 한없이 올라가는 장면을. 어머니의 줄기와 내 이파리가 온 집안을 퍼렇게 덮어버리는 광경을. 그리고 사람들은 얘기하겠지. 옛날 옛적 저 집에 한 모자가 살았는데, 어느 날 폭우 속에 사라져 아무도 종적을 모른다고…… 내가 불길한 상념에 빠져 있는 동안, 어머니는 무얼 하고 계신지 몰랐다. 안방 문은 닫혀 있었고, 어머니는 거기서 잘 나오지 않았다. 어머니는 좀 이상했다. 알 수 없는 두려움에 사로잡혀 있는 것 같기도 하고, 멍하니 무기력해 보이기도 했다. 혹 인슐린이 부족해 그런가 싶었지만, 서랍에는 아직 병원에서 타온 약이 남아 있었다. 내가 알기로는 그랬다. 나는 좀 외로웠다. 얼마 전에 아버지를 여의었는데, 어머니마저 잃을지도 모른다는 생각에 불안했다. 그리고 이럴 때 내게 다른 형제가 있었으면 어땠을까 생각했다. 그들이 존재했다면 이렇게 어두운 날, 모든 자식들이 모여 뭔가 상의해볼 수 있었을 텐데. 그리고 그중 누군가는 모든 걸 나보다 잘해나갔을 텐데. 아버지를 매장하는 것도, 어머니를 위로하는 것도, 전구를 갈거나 잡다한 고지서를 처리하는 일 역시 말이다. 하다못해 그들은 나보다 더 잘 울었으리라.

날씨는 예측할 수 없었다. 빗줄기가 잦아드는가 싶으면 얼마 안 가 벼락이 쳤다. 구름이 가벼워졌다 싶으면 어느새 폭풍이 왔다. 자연은 자연스럽지 않게 자연이고자 했다. 예상하지 말라는 듯. 예고도 준비도 설명도 말며 납작 엎드려 있으라는 듯. 네 조상들이 했던 것을 너희도 하라는 듯 난폭하게 굴었다. 비상용 물은 점점 떨어지고 있었다. 음식도 마찬가지였다. 어머니는 연신 식은땀을 흘려

댔다. 장마는 한 달을 넘어서고 있었다. 빗방울이 가늘고 성기게 내릴 때도, 뭇매를 치듯 세차게 쏟아지기도, 가루처럼 포슬포슬 내려앉을 적도 있었지만, 어쨌든 하루도 그치지 않고 내린 것만은 분명했다. 비바람이 거세질 때면 아버지의 방에 묶여 있는 물들이 파르르 몸을 떨었다. 그릇 위로 동심원이 엷게 번지는 모습이 발견되기도 했다. 어쩌면 집이 흔들리고 있는지도 몰랐다. 가끔은 물이 우는 소리에 잠에서 깼다. 그것은 음정 없는 노래처럼 갈 길 잃은 전파처럼 웅웅웅웅 울어댔다. 한밤중 이상한 기척이 들릴 때면 자리에서 일어나 아버지의 방으로 향했다. 팬티 바람에 한 손에는 양초를 들고서였다. 나는 수십 개가 넘는 유리컵 앞에 쭈그려앉아 잔 속에 담긴 물을 한참 동안 쳐다봤다. 수면 위의 파문을 확인하기 위해서였다. 물들은 겁을 먹고 침묵했다. 그럴수록 나는 더욱 뚫어져라 컵을 응시했다. 불길한 징조를 고대하는 사람처럼, 나쁜 일이 일어나지 않아 실망하는 사람처럼 그랬다. 촛불의 일렁임 때문에 잔 속 떨림을 분별하기는 어려웠다. 하지만 잠을 청할 즈음엔 자꾸만 집이 흔들리고 있는 것 같은 기분이 들었다. 나는 자다 말고 벌떡 일어나 아버지의 방에 들어갔다. 그러고는 병든 짐승을 찌르듯 손가락을 길게 내밀어 봉지를 눌러봤다. 봉지는 힘을 준 만큼 쑤욱— 하고 들어갔다 이내 불룩 튀어나왔다. 그리고 이상한 기분에 흠칫 돌아보면 어머니가 나를 보고 있었다. 잠옷 차림으로 꼿꼿이 선 채 아무 말 않고…… 누군가 그 광경을 봤다면 분명 우리 식구가 다 미쳤다고 했을 거다.

장마가 절정으로 치닫는 날이었다. 밤새 천둥 번개가 내리치던 밤. 바람이 어찌나 세게 부는지 현관문까지 덜컹덜컹 흔들리던 밤. 우리는 일찌감치 잠자리에 들어 있었다. 내일이면 모든 게 괜찮아질 거라고, 인간은 자연을 이겨본 적 없지만 동시에 굴한 적도 없다고 열심히 자기암시를 걸면서 말이다. 그런데 그날 갑자기 어머니가 내 방에 찾아왔다. 잠옷 차림에 한 손에는 양초를 들고서였다. 촛불 사이로 일렁이는 어머니의 얼굴은 어딘가 왜곡돼 보였다. 유리창 위로 비 닿는 소리가 사납게 들려왔다. 어머니는 문지방에 선 채 담담한 목소리로 물었다. 혹시 지금 무섭냐고. 나는 어리둥절한 얼굴로 어머니를 바라봤다. 어머니가 입을 연 것은 꽤 오랜만의 일이었다. 엉거주춤 이부자리에서 상체를 일으키는 사이, 어머니는 안절부절못하며 혹시 네가 무서울까봐, 무서워하고 있을까봐 찾아온 거라고 거듭 해명했다. 나는 무슨 말을 해야 할지 몰라 망설이다 괜찮다고, 그러니까 어서 가서 주무시라고 했다. 어머니는 수치와 실망이 뒤섞인 기이한 표정으로 정말이냐고, 정말 무섭지 않냐고 물었다. 나는 한번 더 그렇다고 대답했다. 그러자 어머니는 불현듯 얼굴을 일그러뜨리며 날카롭게 소리쳤다.

"아버지가 죽었잖니!"

……그리고 얼마 만이었을까. 어머니가 사라진 것은. 들고 있던 양초를 팽개치고 달려나간 것은. 쿵쾅쿵쾅 어둠 속에서도 거침없고 날랜 걸음이었다. 어머니는 눈 깜짝할 사이 다시 내 앞에 나타났다. 한 손에 칼을 쥐고서였다. 순간 어머니가 자해라도 하면 어쩌나 겁

이 났다. 동시에 나를 해칠지도 모른다는 생각이 빠르게 스쳐갔다. 그러면…… 그러면 어떻게 하지? 도망쳐야 하는 걸까? 어머니를 혼자 두고? 바닥에서 시커먼 그을음이 올라왔다. 가슴이 쿵쾅거렸지만 어머니에게서 눈을 떼지 않은 채 침착하게 초를 바로 세웠다. 어둠 저편에서 물들이 심하게 몸을 떠는 소리가 들렸다. 냄비와 컵을 비롯해 각종 그릇에 든 물들도 뭔가 예감한 듯 일제히 흔들렸다. 어머니는 씩씩거리며 나를 노려봤다. 그러고는 휙— 아버지 방으로 뛰어갔다. 이쪽에서 새어나간 불빛이 흐릿하게 어머니를 비췄다. 문지방에 우두커니 선 뒷모습이 위태로워 보였다. 어머니는 양손을 번쩍 치켜올렸다. 그러고는 아랫배 근처를 향해 힘껏 내리꽂았다. 어떻게 해볼 틈도 없이, 순식간에 일어난 일이었다. 나는 비명을 질렀다. 하지만 어머니가 해친 것은 자기 몸이 아니었다. 물이 담긴 비닐봉지였다. 찢어진 비닐 사이로 콸콸콸콸— 물이 쏟아져나왔다. 어머니는 누군가를 무참히 살해하듯 그것을 찌르고 또 찔렀다. 그런 뒤 나머지 봉지들도 정신없이 가격하기 시작했다. 수십 개의 봉지들이 일제히 물을 토해냈다. 물은 거실로, 부엌으로 스멀스멀 기어갔다. 그것은 곧 온 집안에 퍼질 터였다. 어둠 속 물빛은 검고 끈적였다. 나는 뭘 어찌해야 할지 몰라 뒤로 주춤 물러섰다. 어머니는 여전히 방안의 수포를 터뜨리는 데 혈안이 돼 있었다. 어디서 그런 힘이 나오는지 알 수 없었다. 문득 끈적한 액체가 발을 적셔오는 게 느껴졌다. 수돗물과 성질이 다른 어떤 물질이 실타래처럼 천천히 퍼져가고 있었다. 피였다. 어머니가 흥분해서 방바닥에 놓인 유리컵을 잘못 밟은 모양이었다. 나는 그제야 내가 무엇을 해야 하는지 깨달았다. 더이상 머뭇댈 수 없었다. 있는 힘을 다해 달려들듯 어머니를 안았다. 다 자라진 않았지만 어머니를 제압할 수 있을 만큼은 완력이 생긴 나이였다. 어머니의 손목을 쥐고 힘을 주었다. 어머니는 흠칫하더니 내 품에서 빠져나가려 몹시 버둥댔다. 손에 든 칼도 놓으려 하지 않았다. 얼마 후, 어머니는 힘이 풀렸는지 자리에 털썩 주저앉았다. 그러고는 입을 벌려 통곡하기 시작했다. 참으로 길고 큰 울음이었다. 나는 어머니를 뒤에서 계속 안고 있었다. 어머니는 몸속에 든 물을 전부 빼내려는 듯 몸부림쳤다. 방안의 봉지들은 탄력을 잃고 점점 쪼그라들었다. 그리고 마침내 어머니가 울음을 그쳤을 때— 정체 모를 고요가 찾아왔다. 그러자 잊고 있던 빗소리가 다시 들려왔다. 새벽에 뚝 그치기라도 하면, 그 고요함에 놀라 모두 눈을 번쩍 뜰 만큼 시끄러운 소리였다. 우리는 잠시 그 소리에 귀를 기울였다. 문득, 어머니가 고른 숨을 뱉는 게 느껴졌다. 갓 잠든 아이의 호흡처럼 피로하고 달콤한 날숨이었다.

아침 요의에 깨 베란다로 나갔다. 팬티를 내린 뒤 난간 사이로 아랫도리를 내미는데 왠지 께름칙한 기분이 들었다. 오랫동안 몸에 익은 공감각이 기우뚱 흔들리는 느낌이었다. 고개를 들어 주위를 살폈다. 물안개가 낀 뿌연 대기 속에서 넘실대는 흙탕물이 보였다. 눈을 비빈 뒤 미간을 찌푸리며 다시 한번 눈앞의 광경을 확인했다.

"……"

발등 위로 두둑 오줌 방울이 떨어졌다. 마을이 없었다. 순간 여러 가지 생각이 한꺼번에 지나갔다. 제방이 무너진 걸까. 단순히 빗물이라 하기엔 엄청난 양이잖아? 그도 아니면 한 달 새 물이 불고 있는 걸 내가 의식하지 못한 걸까. 장마철이라 늘 같은 풍경을 보고 있다고 착각해왔는지도 몰라. 빗물은 우리집 바로 아래층까지 올라와 있었다. 그것은 아파트 전체를 집어삼키려는 듯 발밑에서 찰방댔다. 나는 후다닥 집안으로 뛰어갔다.

"엄마!"

안방에선 기척이 없었다.

"엄마?"

서둘러 화장실을 살펴본 뒤 아버지의 방으로 향했다. 다행히 어머니는 그곳에 곤히 잠들어 계셨다. 아직 물기가 덜 마른 장판은 질척댔고, 주위에는 다 치우지 못한 봉지들이 지저분하게 널려 있었다. 나는 어머니를 흔들어 깨웠다.

"엄마! 일어나봐, 응?"

어머니는 꼼짝하지 않았다. 나는 어머니를 좀더 세차게 흔들었다.

"큰일났어!"

어머니는 여전히 눈을 감고 있었다. 표정에도 변화가 없었다. 순간 가슴이 철렁 내려앉았다. 혹시 어머니가 당뇨 쇼크에 빠진 게 아닌가 싶어서였다. 그런 사람들은 가끔 환상을 본다는데. 어젯밤 어머니의 행동이 새삼 불길하게 여겨졌다. 안방으로 가 장롱과 문갑을 헤집었다. 그 안에는 빈 약병과 주사기 몇 개가 뒹굴고 있었다. 거실과 화장실, 개수대의 서랍을 뒤져봐도 마찬가지였다. 집안에는 단 한 개의 알약도, 주사액도 남아 있지 않았다. 머릿속이 하얘졌다. 나는 애써 호흡을 가누며 이런 때일수록 침착해야 한다고 스스로를 타일렀다. 그러고는 머릿속으로 당장 해야 할 일의 순서를 정했다. 일단 부엌으로 가 대접에 설탕을 부었다. 그런 뒤 작은 물봉지를 터뜨려 잘 섞었다. 숟가락을 쥔 손이 파르르 떨렸다. 나는 다시 아버지의 방으로 달려갔다. 어머니를 반쯤 일으켜세워 가슴에 안았다. 숟가락에 설탕물을 떠 어머니의 입에 흘려넣었다. 그것은 어머니의 턱밑으로 질질 흘러내렸다. 나는 재빨리 한 손으로 어머니의 입가를 닦아주었다. 순간 이상한 물체가 눈에 들어왔다. 방바닥 위에 문어포 조각들이 어지럽게 널려 있었다. 나는 의아한 눈으로 어머니의 머리맡에 놓인 네모난 문어포 봉지를 들어보았다. 어제만 해도 반 이상 차 있던 게 홀쭉해져 있었다. 순간 그럴 리 없다 싶으면서도 그럴지도 모른다는 생각이 가슴을 옥죄었다. 나는 천천히 어머니를 향해 상체를 숙였다. 그러곤 어머니의 코에 조심스레 귀를 갖다댔다.

"……"

바닥에 흩어져 있는 문어포 하나를 손으로 집었다. 그러곤 멍하니 입안에 그것을 집어넣었다. 의지와 상관없이 턱관절이 기계적으로 움직이기 시작했다. 하지만 그것도 잠시. 나는 곧 자리에서 벌떡 일어나고 말았다. 그러곤 어머니에게서 뒷걸음쳤다. 질겅질겅 입에 문어포를 문 채. 침을 흘리며. 넘어지고 일어섰다 다시 자빠지며, 허둥지둥.

창밖에선 여전히 비가 내렸다. 마을을 삼킨 황톳물은 어디론가 거세게 흘러갔고, 그 위로 현대의 아름답고 치명적인 쓰레기들이 둥둥 떠다녔다. 나가야 한다고 생각했다. 이대로 있을 수 없다고, 어떻게든 여길 빠져나가야 한다고 다짐했다. 주위를 둘러봐도 구조대를 태운 배 같은 건 보이지 않았다. 순간 단 한 번도 인정하지 않았던, 하지만 점점 뚜렷해져가는 생각이 머리에 스쳤다.

'사람들이 우리를 잊은 게 아닐까?'

등줄기에 오소소 소름이 돋았다. 비료 포대와 유모차 사이로 죽은 개 한 마리가 하늘로 배를 내민 채 쓸려가고 있는 모습이 보였다. 수면 위로는 무수한 빗방울이 자신의 이력을 새기며 태연하게 동그라미를 그려넣고 있었다. 나는 고개를 젖혀 있는 힘껏 소리쳤다.

"그만하세요. 네. 제발. 그만해. 그만하라고. 씨발!"

팔등으로 눈가를 훔치고 나자, 한시라도 빨리 이곳에서 벗어나야 된다는 생각이 들었다. 현관문을 열고 계단으로 내려가보았다. 아파트로 들어온 물은 이미 이층과 삼층 사이의 계단을 막아선 상태였다. 배. 배를 만들어야 해. 나는 다시 층계를 뛰어올라와 공구함을 꺼냈다. 그리고 쓸 만한 재료를 찾아 주변을 다급하게 둘러봤다. 가장 먼저 눈에 띈 것은 화장실 문짝이었다. 손으로 두드리면 탕탕 소리가 나는 속 빈 나무문이었다. 나는 망치와 주먹드라이버를 이용해 화장실 문짝을 뜯어내기 시작했다. 경첩과 문틀 사이에 주먹드라이버를 꽂고 망치로 몇 차례 힘껏 내리치자, 습기를 한껏 빨아들인 문짝이 생각보다 힘없이 덜그럭 뽑혀나왔다. 화장실

문을 거실에 뉘어놓고, 안방과 내 방 문짝도 같은 식으로 뜯어냈다. 그리고 마지막으로 아버지의 방문을 떼어내기 위해 걸음을 옮겼을 때, 손잡이를 붙들고 한참을 망설였다. 얼마 뒤 마른침을 삼키며 손아귀에 힘을 줬다. 방문은 끼이이익— 소리를 내며 안쪽으로 미끄러져갔다. 순간 보지 않으려 했는데, 마음과 달리 시선이 어머니를 향해 흘러갔다. 마 소재의 얇은 여름 이불을 덮어놓은 상태 그대로였다. 나는 분홍색 이불에 수놓인 꽃무늬를 한참 동안 바라보았다. 이상하게 하나도 슬프지 않았다. 대신 좀 무서웠다. 그리고 내가 어머니를 무서워하고 있단 사실에 죄책감을 느꼈다. 그리고 그때서야 눈물방울이 발밑으로 뚝뚝 떨어지기 시작했다. 온몸에서 힘이 쑥 빠져나가는 기분이었다. 나는 손에 든 망치를 내던지듯 툭— 내려놓았다. 그러곤 주저앉아 티셔츠를 걷어올려 얼굴에 뒤집어쓰고 울었다.

다음날 아침, 하늘에선 보슬비가 내렸다. 상체를 내밀어 밑을 내다보니 '천하정육점' 간판이 아래층 유리를 부수고 들어가 반쯤 처박혀 있었다. 더이상 지체해선 안 된다. 어떻게든 나가야 한다. 수해가 덜한 데로 가자. 나는 페트병에 남은 마지막 물을 마신 후, 부엌칼로 장판을 뜯어냈다. 그리고 아버지의 방에서 배드민턴 채를 가져와 장판을 덧댄 뒤 녹색 테이프로 둘둘 감았다. 그걸로 노를 저어 사람이 있는 곳으로 갈 생각이었다. 문제는 어머니였다. 만약 내가 이곳을 빠져나간 뒤 우리집이 물에 잠긴다면 어떻게 될까? 그러자 어제 본 개의 사체가 떠올랐다. 배를 까뒤집은 채 이리저리 부딪

히며 함부로 쓸려가던 죽은 개. 나는 어머니를 데리고 가야 한다고 생각했다.

먼저 망치로 베란다 창문을 남김없이 떼어내기 시작했다. 목장갑을 끼고 이불을 뒤집어쓴 채 유리창을 부수었다. 나무 문짝을 두 개씩 포갠 뒤 고무 튜브와 페트병을 이어붙였다. 베란다로 배를 끌고 와 손잡이가 있던 구멍에 빨랫줄을 묶었다. 그런 뒤 빨랫줄을 창틀 기둥과 연결해 고정시켜두었다. 이어 힘겹게 배를 끌어올린 후 창밖으로 던졌다.

"풍덩."

나무배는 물속으로 가라앉는 듯하다 이내 다시 떠올랐다. 나는 빨랫줄을 팽팽하게 잡아당겨 선체를 아파트 외벽에 최대한 붙인 후, 창틀 기둥에 묶어두었다.

어머니는 그대로 누워 계셨다. 분홍색 이불도 그대로였다. 나는 어제처럼 오래도록 꽃무늬를 쳐다봐선 안 된다는 걸 알고 있었다. 망설임 없이, 집에 있는 모든 테이프를 가져와 어머니를 휘감기 시작했다. 녹색 테이프와 갈색, 투명 테이프로 봇짐을 싸듯 꼼꼼히 이불 속 다리를 감고, 엉덩이를 두르고, 팔과 배와 가슴을 꽁꽁 쌌다. 그리고 머리에 테이프를 감으려는 순간, 마지막으로 어머니의 얼굴을 한번 봐야 하는 게 아닐까 하는 생각이 들었다. 하지만 이내 그러지 않는 것이 좋겠다고 생각했다. 그렇지 않은 건 아니지만 그보다 무서웠고, 무엇보다 어제처럼 울고 싶지 않았다. 나는 엄마 얼굴을 감싸고 있는 이불 위를 다른 곳보다 더 꼼꼼히 테이프로 둘렀다.

어머니를 끌다시피 옮겨와 숨을 돌린 후 하늘을 올려다봤다. 다행히 빗줄기는 약해져 있었다. 나는 심호흡을 한 뒤 어머니를 들어 올렸다. 그리고 베란다 창문 밖에 고정된 배 위로 어머니를 옮겼다. 아주 가볍게 내려놓아야 해. 깃털처럼 가볍게. 그러나 힘을 준 종아리에 쥐가 나 중심을 잃고 어머니를 놓쳐버리고 말았다. 텅— 나무 문짝 배는 어머니를 태운 채 좌우로 요동치기 시작했다.

"안 돼."

나는 창틀에 묶인 빨랫줄을 힘껏 잡아당겼다. 다행히 어머니는 문짝 위에 비뚜름하게나마 자리를 잡았다. 줄을 얼마나 세게 당겼는지 손바닥에 핏기가 어렸다. 나는 손바닥을 내려다보며 누구에게 말하는 것인지도 모르게 '고맙다'고 중얼댔다.

일단 마을을 벗어나자고 생각했다. 급류를 따라가다보면 반나절, 길어도 하루이틀 정도면 안전한 곳에 닿을 수 있으리라 기대했다. 하지만 아무리 배드민턴 채로 만든 노를 힘껏 저어가도 도시의 흔적은 보이지 않았다. 세상은 온통 물에 잠겨 있었다. 북극의 빙하가 녹아 순식간에 사라진 것처럼 그랬다. 배는 점점 물이 불어나는 쪽으로 가는 듯했다. 드문드문 머리를 내민 고층빌딩과 교회 첨탑이 눈에 띄었지만 그것도 어느 순간 보이지 않았다. 가도 가도 망망대해였다. 대신 대형 크레인이 자주 출몰했다. 물에 잠겨 크기를 가늠하기 어려웠지만 가로로 뻗은 기다란 철골의 길이로 보아 대부분

골리앗크레인이 틀림없었다. 그것은 물속 곳곳에 들쭉날쭉한 높이로 박혀 있었다. 마치 지구상에 살아남은 유일한 생물처럼 가지를 뻗고 물안개 사이로 음산하게 서 있었다. 그것들은 대부분 한쪽 팔이 길었다. 그래서 마치 한쪽 편만 드는 십자가처럼 보였다. 먼 데서도 그보다 더 아득한 수평선 너머로도 타워크레인의 앙상한 실루엣이 드러났다. 세계는 거대한 수중 무덤 같았다. 세상에 이렇게 많은 타워크레인이 있었나 싶을 정도로 잦은 출현이었다. 그리고 그때 나는 비로소 전 국토가 공사중이었음을 깨달았다. 아버지도 수십 년간 용접 일로 생활을 꾸려오셨으니까. 죽음 또한 건설현장에서 맞으실 수밖에 없었으니까…… 어머니는 실족사한 아버지의 시신이 축축한 걸 의아해하셨다. 물대포라도 맞은 양 머리부터 발끝까지 온통 젖어 있었기 때문이다. 어머니는 정확한 사인을 알 때까지 마을을 떠나지 않으려 했다. 관계자들은 진실을 쥔 손은 등뒤로 감춘 채 나머지 한 손으로 어색한 악수를 건네려 했다. 어머니는 그 손을 잡지 않았다. 그리고 그 대가로 아파트를 떠나는 대신 세상을 떠나셔야 했다. 배는 생각보다 말을 듣지 않았다. 작은 파도나 장애물 앞에서 금방이라도 뒤집어질 듯 휘청거렸다. 잡동사니로 얼기설기 만든 거니 그럴 만했다. 우리가 있는 곳이 어디인지 정확히 알 수 없었다. 이 많은 빗물이 흘러 어디로 가는지도 알 수 없었다. 대체 무슨 일이 벌어진 걸까. 집을 떠난 뒤 단 한 대의 헬리콥터도, 단 한 명의 사람도 보지 못했다. 이대로 가다간 감기에 걸릴지 몰랐다. 배가 언제까지 버티어줄지도 알 수 없었다. 나는 어두워지기 전에 부디 우리가 구조되기를 간절히 바랐다.

오후가 되자 바람이 거세졌다. 나는 어머니 곁에 바싹 엎드려 있었다. 조금만 무게중심이 흔들려도 배가 기우뚱거려 앉거나 설 수 없었다. 어머니의 시신 위로 타닥타닥 빗방울 듣는 소리가 났다. 출발하기 전, 어머니를 문짝에 묶어 고정시켜두지 않은 게 뼈저리게 후회됐다. 아파트만 벗어나면 누군가 금방 우리를 발견할 거라 예상했는데, 오히려 바깥 상황은 더 처참했다. 쉽게 구조되리란 생각에 먹을 것도 전혀 챙겨오지 않은 상태였다. 집을 나서고 얼마 안 돼 금방 허기가 졌다. 하지만 음식을 구할 방도가 없었다. 갈증이 날 땐 입을 벌리고 빗물을 마셨다. 물에 불은 돼지며 오물을 생각하니 황톳물을 마실 엄두가 나지 않았다. 문득 우리집 냉장고에 붙어 있는 중국집 쿠폰이 떠올랐다. 스티커 하나만 더 모으면 탕수육을 공짜로 먹을 수 있는 거였는데, 왠지 아까웠다.

해 질 무렵, 체력이 바닥났다. 나는 배드민턴 채를 옆구리에 낀 채 물살에 몸을 맡기고 있었다. 주위가 어둑해지자 두려움이 엄습했다. 지척을 분간할 수 없는 어둠 속에서 이 배도, 어머니도, 심지어는 나 자신도 지킬 자신이 없었다. 날이 저물기 전에 뭔가 수를 써야 했다. 뱃속에서 자꾸 꾸르륵 소리가 났다. 바닥을 보이지 않는 허기가 둘레를 넓혀가며 내 몸을 파먹었다. 나는 물에 뜬 10리터짜리 쓰레기봉투 하나를 낚아채 뒤졌다. 봉투 겉면에는 Y구청이라는 글자가 새겨져 있었다. 하지만 이곳이 Y시라고 말할 만한 근거는 어디에도 없었다. 봉투 안에선 동그랗게 접힌 아기 기저귀와 생리대가 썩은 내를 풍기며 쏟아져나왔다. 나는 다시 먹을 것을 찾아 헤맸다. 한참 뒤, 저쪽에서 공처럼 빵빵하게 부푼 물체 하나가 빠르게 떠내려오는 모습이 보였다. 자세히 보니 질소 충전식으로 비닐 포장된 땅콩 과자였다. 순간 기이하리만치 의식이 또렷해지며 알 수 없는 의욕이 솟았다. 과자 표면에 땅콩과 함께 버무려졌을 끈끈한 설탕 시럽을 떠올리니 입에 침이 고였다. 그런데 가만 보니 이쪽으로 쓸려오고 있는 건 그 과자만이 아니었다. 그보다 좀더 먼 곳에서 웬 시커먼 물체 하나가 빠른 속도로 내려오고 있었다. 처음에는 뭔지 잘 몰랐는데 자세히 보니 몸집이 어마어마하게 큰 나무였다. 그리고 그건 내가 아는 나무였다. 내가 태어나기 전부터 집 앞에 있던 거라 모를 수가 없었다. 한동안 위태롭게 휘청거리더니 폭우를 이기지 못해 결국 꺾인 모양이었다. 가지는 얼마나 물을 빨아들였는지 한껏 부풀어 있었다. 부러진 기둥이며 허옇게 드러난 뿌리는 처참하고 음란해 보였다. 나는 그것이 급류에 실려가는 모습을 잠자코 바라봤다. 그러고는 이내 시선을 거뒀다. 사실 나무 따위는 하나도 중요하지 않았다. 우선은 식량에 집중해야 했다. 한 손으로 배의 모서리를 잡고 다른 한 손을 과자 쪽으로 뻗었다. 그것은 손에 잡힐 듯 말 듯 계속 애를 태웠다. 손가락 관절을 최대한 벌려 과자봉지와의 거리를 좁혔다.

'조금만 더…… 제발 조금만……'

그렇게 힘을 주길 몇 차례, 가까스로 손에 땅콩 과자가 닿으려는 순간, 퉁— 소리와 함께 배가 부서질 듯 심하게 흔들렸다. 나는 재빨리 나무판을 잡고 바닥에 엎드렸다. 머리 위로 철썩 황톳물이 쏟아졌다. 배가 다시 균형을 잡을 때까지 꼼짝 않고 기다렸다. 하마터면 침몰할 뻔했던 터라 한숨이 절로 새어나왔다. 호흡을 가다듬고 주위를 둘러봤다. 그런데…… 어머니의 시신이 보이지 않았다. 순간 머릿속이 띵해지며 온몸에 열이 확 올랐다 휘발되는 느낌이 났다. 어디선가 희미하게 이명이 들리는 것도 같았다. 나는 허둥대며 주위를 둘러봤다. 저기, 아랫도리를 벌린 채 멀어져가는 정자나무가 눈에 들어왔다. 어머니는 복잡하게 얽힌 뿌리 사이에 단단히 붙박여 있었다. 순간 울음이 터져나올 뻔했지만, 어머니를 구하는 게 먼저였다. 나는 배를 버리고 혼신의 힘을 다해 헤엄치기 시작했다. 오래전 아버지가 가르쳐준 방식대로. 발을 구르고 팔을 휘젓고 숨을 고르며 앞으로 나아갔다. 어디선가 '그래, 그렇지' 하는 아버지의 목소리가 들려오는 듯했다. 눈과 입속으로 흙탕물이 계속 들어왔다. 숨이 차고 앞이 잘 보이지 않았다. 그래도 포기하지 않고 끝까지 어머니를 쫓아갔다. 지금이 아니면 영원히 볼 수 없을 거란 생각에 가슴이 터질 것 같았다. 나무는 다가오다, 물러서다, 다시 가까워졌다. 그러곤 결국 빠른 속도로 내 곁에서 멀어져갔다. 나는 울음을 터뜨리며 "엄마! 엄마!" 외쳤다. 시뻘게진 뺨 위로 하염없이 눈물이 흘러내렸다. 어머니는 물살을 따라 애드벌룬처럼 둥실둥실 먼 곳으로 흘러갔다. 녹색 테이프로 둘둘 감긴 얼굴이 이쪽을 오래도록 바라보는 게 느껴졌다. 정자나무는 걱정 말라는 듯, 마치 여러 개의 팔을 가진 신처럼 단단한 뿌리로 어머니를 감싸안은 채 저 끝으로 사라졌다.

날이 저물자 곧 무시무시한 어둠이 찾아왔다. 주위를 두리번거리며 두려움에 떨었다. 눈앞에 보이는 건 아무것도 없었다. 내 손과 발조차 보이지 않았다. 웅웅웅웅— 사방에서 바람 소리와 물 울음소리가 났다. 물밑에선, 자기에게 무슨 일이 생긴 건지 뒤늦게 이해한 영혼들이 바다 괴물처럼 긴 꼬리를 흔들며 유영하는 듯했다. 나는 타워크레인의 밑동을 잡고 매미처럼 매달려 있었다. 올라가 쉬고 싶었지만, 이미 때를 놓친데다 높이가 까마득해 엄두가 나지 않았다. 잘못했다간 발을 헛디뎌 지하 세계로 한없이 빨려들어가게 될지 몰랐다. 암흑 속에서 고요를 찢어발기는 세찬 물소리가 들려왔다. 회의를 모르고, 반성을 모르는 거대한 금치산자가 내지르는 포효였다. 몇 번 "살려주세요!"라고 소리쳐봤지만 내 비명은 아무데도 닿지 못하고 공허하게 흩어졌다. 나는 우주의 고아처럼 어둠 속에 홀로 버려져 있었다. 마치 물에 잠긴 마을이 아닌 태평양 한가운데에 떠 있는 기분이었다. 문득 죽은 사람이라도 어머니와 함께 있었을 땐 이 정도로 외롭진 않았다는 생각이 들었다. 신발은 거추장스러워 벗어던진 지 오래였다. 물속에 오래 있으니 아랫도리가 뻣뻣하게 굳어갔다. 이마에선 열이 펄펄 났다. 손바닥에는 이상한 물집이 잡혀 있었다. 이대로 가단 굶주림이 아닌 저체온증으로 죽을 확률이 높았다. 이따금 기둥에서 손을 떼 그대로 가라앉고 싶은 충동이 들었다. 세상에 혼자 남겨지느니 죽는 편이 나을지 몰랐다. 방법은 간단했다. 그냥 손에서 힘을 빼기만 하면 되는 거였다. 하지만 그런 생각을 하는 와중에도 나는 철골을 꽉 쥐고 있었다. 새벽이 되자 양팔의 힘이 풀리더니 급기야 쥐가 났다. 나는 크레인 기둥에 고개를 처박으며 흐느꼈다. 왜 나를 남겨두신 거냐고. 왜 나만 살려두신 거냐고. 이건 방주가 아니라 형틀이라고. 제발 멈추시라고……

다음날에도 나는 다시 넘실대는 황톳물 위에 있었다. 지나가는 스티로폼 판때기를 잡아 간신히 몸을 누인 거였다. 나는 조금 더 가보기로 했다. 정말 조금만 더 가면 마을이 나타날지 몰랐다. 항해 도중 계속 잠이 쏟아졌다. 그리고 허기가 밀려왔다. 졸린 것과 배고픈 것 중 어느 것이 더 절박한지 알 수 없었다. 비를 피할 만한 곳에서 배를 채운 뒤 긴 잠을 자고 싶었다. 혹은 푹 자고 일어나 끼니를 해결하고 싶었다. 나는 더운 음식이 먹고 싶었다. 장시간 빗속에 노출돼 있다보니 몸은 이미 차가워질 대로 차가워져 있었다. 뜨거운 국물로 내장을 덥히고 만족스러운 한숨을 내쉬고 싶었다. 나는 시원한 음식이 먹고 싶었다. 이왕이면 달고 개운한 것. 수정과나 팥빙수, 콜라 같은 것을 숨도 안 쉬고 들이켠 뒤 세포 하나하나를 산뜻하게 깨우고 싶었다. 나는 매운 음식이 먹고 싶었다. 돼지고기를 넣고 끓인 김치찌개나 오징어볶음, 닭볶음탕을 먹고, 땀을 뻘뻘 흘리며 피로와 긴장을 풀고 싶었다. 나는 짭짤한 음식이 먹고 싶었다. 더불어 신 게, 비린 게, 고소한 게 먹고 싶었다. 하지만 무엇보다도 '아무거나' 먹고 싶었다. 허기를 달랠 만한 것이라면 무어라도 좋았다. 주위에는 아무것도 없었다. 기우뚱 두 팔 벌린 골리앗 크레인만 간간이 나타날 뿐이었다. 뻘겋게 녹슨 철골 주위에는 신의 입김처럼 물안개가 자욱했다. 나는 내가 한계에 다다른 걸 알았다. 다시 밤이 오는 것도 두려웠다. 다시는 그런 어둠을 경험하고 싶지 않았다. 하늘은 소년의 불행 따윈 아랑곳 않고 여전히 지상과 점자(點字)로 필담을 나누고 있었다. 두둑두둑— 점잖고 여유로운 모습이었다. 자연은 저희들끼리 속삭였다. 신도 가끔 잠을 자는데, 이건 그가 꾸는 가장 나쁜 꿈 중에 하나라고…… 나는 반색하며 끼어들었다. 정말? 정말 그래? 모두 꿈인 거야? 하지만 정작 잠에 빠져든 건 나 자신이었다. 너무 지친 나머지 물에 몸을 반쯤 담근 채 선잠에 든 거였다. 언젠가 군인들이 행군 도중 서서 잠들 때가 있다는 얘길 들었는데, 물속에서도 그게 가능했다. 몇 초 혹은 몇 분이었는지 모르겠다. 꿈속에서 나는 쾌청하게 갠 하늘을 봤다. 살면서 그렇게 푸른 하늘은 본 적이 없었다. 파랑의 종류만도 수백 가지가 넘는다는데, 그런 걸 뭐라고 부르는지 모르겠다. 인디고블루, 프러시안블루, 코발트블루, 네이비블루, 아쿠아마린, 스카이블루…… 그리고 또 뭐가 있더라? 나는 그 이름을 알고 싶었다. 하지만 사실 그건 어떤 파랑도 아니었다. 그건 그냥 완벽한 파랑이었다. 어디선가 '울트라마린 아니야?'라고 대꾸하는 목소리가 들려왔다. 나는 아무렇지 않게 '그게 뭔데?'라고 물었다. 그는 부드러운 목소리로 '옛날 화가들이 그린 기도서의 색깔이야'라고 답했다. 나는 그게 무슨 색인지 몰랐지만 '기도서의 색'이라는 말만은 마음에 들었다. 그러나 이내 불쾌해져 기도가 그렇게 푸를 리 없다고. 내가 아는 기도는 세상에서 가장 비천한 색을 지녔다고. 닳고 닳아 너절해진 더러운 색이라며 화를 냈다. 그리고 화들짝 잠에서 깨 주위를 둘러봤을 땐 음울한 회색 하늘이 나를 굽어보고 있었다.

다시 해가 기울었다. 나는 두려움에 떨며 스티로폼을 정박시킬 만한 자리를 살피며 주위를 헤매었다. 이번에는 올라가 밤을 지새울 만한 구조물을 찾아야 했다. 땅에 단단히 뿌리박은 것이어야 하고, 너무 야트막해서도, 사정없이 높아서도 안 되었다. 하지만 한참을 가도, 그런 적당한 크기의 크레인은 좀처럼 나타나지 않았다. 탁하고 아스라한 수평선만 끝없이 이어질 뿐이었다. 나는 슬슬 불안해지기 시작했다. 어제는 크레인 아래에 붙어 있는 게 끔찍했는데 이제는 그거라도 있었으면 싶었다. 한참 물살을 따라 내려가던 중 마침 알맞은 높이로 솟은 타워크레인 한 대를 발견했다. 그런데 그게, 다른 것과 왠지 느낌이 달랐다. 모양은 똑같은데 다른 크레인엔 없는 무언가가 하나 보태진 모양이었다. 눈을 가늘게 뜨고 그곳을 응시했다. 그 위에…… 누군가 앉아 있는 것처럼 보였기 때문이다. 더구나 그 모습이 꼭 우리 아버지 같았다. 굽은 어깨도, 땅딸막한 체구도, 비둘기색 현장 점퍼도 비슷했다. 머리를 흔든 뒤 다시 그곳을 바라봤다. 허기가 져 헛것을 본 건지도 몰랐다. 하지만 크레인 기둥이 가까워질수록 사람의 형상이 점점 선명하게 드러났다. 그것은 갑자기 자리에서 벌떡 일어났다. 그러곤 고개를 젖힌 채 천천히 어깨를 돌리기 시작했다.

'뭐지……?'

크레인에서 눈을 떼지 않은 채 그쪽을 향해 다가갔다. 그것은 이제 허리를 숙였다 젖히길 반복하고 있었다. 그리고 그렇게 얼마의 시간이 지나고 나서야 비로소 나는 그가 무엇을 하고 있는지 알았다. 그는 하늘을 향해 두 팔을 활짝 벌렸다 다시 가슴 안으로 모았다. 그는 좌우를 번갈아보며 열심히 노 젓는 시늉을 했다. 더불어, 제자리뛰기를 하는가 하면 쪼그려앉아 연신 콩콩대기도 했다. 갑자기 가슴이 몹시 쿵쾅거렸다. 어쩌면 이곳에 유일하게 살아남은 생존자일지 몰랐다. 농성중이라 살아남을 수 있었던 사람. 나처럼 이 길고 지긋지긋한 장맛비를 견뎌낸 사람 말이다. 눈앞의 크레인을 향해 곧장 움직였다. 체력이 바닥나 있었지만 안간힘을 써 헤엄쳐갔다. 나는 크레인 기둥을 붙잡고 맨발로 사다리를 오르기 시작했다. 발이 미끄러워 최대한 조심하지 않으면 안 됐다. 옷이 젖어 걸음이 무거웠다. 사지가 불안하게 후들거렸지만 가슴은 쉴새없이 펄떡였다. 나는 그를 꼭 만나보고 싶었다. 그가 귀신이라 할지라도 만나지 않으면 안 될 것 같았다. 그는 이쪽을 등지고 있어 아직 나를 발견하지 못한 상태였다. 소리쳐 불러볼까 했지만 목소리가 나오지 않았다. 계단 중간쯤 오르자 잠깐 어지럼증이 일었다. 발을 헛디뎌 비명을 지를 새도 없이 몸뚱이가 저 아래로 기울었다. 한쪽 팔로 잽싸게 사다리를 잡았다. 그러곤 다시 계단 하나하나를 공들여 오르기 시작했다. 손바닥이 홧홧하게 아려왔다. 오랜만에 사람 만날 생각을 하니 가슴이 방망이질 쳤다. 그는 나보다 많은 것을 알고 있을 터였다. 높은 데서 모든 걸 지켜봤을 테니까. 여기가 어딘지, 무슨 일이 생긴 건지 내게 전부 얘기해줄 것이다. 어쩌면 먹을 게 있을지도 몰랐다. 잘하면 조금쯤 얻어먹을 수도 있으리라. 하지만 아니라도 상관없었다. 그저 누군가 나와 함께 있어준다면 그것으로 족했다. 그 역시 나를 보면 뛸 듯 반가워하지 않을까. 나는 마지막 남은 힘을 다해 사다리를 올랐다. 그리하여 마침내 타워크레인 꼭대기에 다다랐을 때, 거친 숨을 몰아쉬며 흥분한 채 고개를 들었을 때, 그곳에는 텅 빈 고요만이 오롯이 자리를 지키고 있었다.

타워크레인 바닥에 털썩 주저앉았다. 그러고는 이내 훌쩍훌쩍 울었다. 그가 사라졌다는 사실보다 다시 혼자 남겨졌다는 게 무섭고 서러웠다. 주위는 어느새 어두워져 있었다. 이제 어떻게 해야 하는지, 어디로 가야 되는지, 아무것도 알 수 없었다. 어쩌면 이곳이 내가 갈 수 있는 세계의 끝인지도 몰랐다. 여기구나. 여기까지구나. 쓰러지듯 철판에 몸을 던졌다. 그동안의 피로가 순식간에 밀려오며 온몸이 흐물흐물 녹아내렸다. 나는 한참 동안 멍하니 누워 있었다. 그리고 계속 죽음에 대해 생각했다. 여기서 내가 얼마나 버틸 수 있을까. 숨이 멎을 땐 어떤 기분이 들까. 죽은 뒤 내 몸은 어떻게 될까. 물에 불은 얼굴을 사람들이 알아볼 수나 있을까. 그전에 발견되기는 할까. 별별 생각이 다 들었다. 열흘 치의 감기약을 한꺼번에 털어 넣은 것처럼 머리가 몽롱했다. 입안이 마르고 온몸이 두들겨맞은 듯 쑤셔왔다. 대자로 누워, 고개를 돌린 채 내가 흘러온 길을 힘없이 내려다보았다. 내가 얼마나 온 건지. 여기는 어딘지. 눈앞에 보이는 건 칠흑 같은 어둠뿐일 걸 알았지만, 그래도 뭔가를 바라보고 싶었다. 그런데 막상 눈에 들어온 건 따로 있었다. 이상하게 주위가 희미하게 밝아지는 듯하더니 낯선 물체의 실루엣 같은 게 어른거렸다. 내가 또 헛것을 보는구나. 이마에 한쪽 팔을 얹은 채 허탈하게 웃었다. 그리고 얼마 후, 다시 고개 돌렸을 때 그것은 여전히 그 자리에 있었다. 병든 짐승의 배설물처럼 거무튀튀하고 흐물흐물한 물질이었다. 하반신이 마비된 사람처럼 두 팔을 이용해 힘겹게 그쪽으로 기어갔다. 그러곤 그 정체불명의 물체를 향해 손을 뻗었다. 그건 배설물이 아니라 종이죽이었다. 물에 젖어 형체를 잃어버린 마분지상자였다. 손가락을 뻗어 슬며시 종이죽을 헤쳐봤다. 축축하게 늘어진 붉은색 머리띠 하나가 손에 걸려 나왔다. 한동안 그걸 빤히 쳐다보다 종이죽을 더 파헤쳐보았다. 그 밑에는 놀랍게도 먹을 것이 있었다. 라면 한 개와 1.5리터짜리 사이다 페트병이었다. 라면 봉지를 손으로 만져봤다. 바스락 소리를 내는 게 아무리 만져봐도 진짜였다. 문득, 아버지가 나를 이리로 보낸 건지도 모른다는 생각이 들었다. 허둥지둥 비닐을 뜯어 생면을 입안에 욱여넣었다. 너무나 구체적이고 사실적인 맛이었다. 이번에는 사이다 병 뚜껑을 따 한 모금 마셔봤다. 꿀꺽꿀꺽 식도를 타고 내려가는 액체가 시원하고 알싸했다. 나는 좀더 적극적으로 사이다를 들이켰다. 컴컴한 입에서 작은 불꽃놀이가 일어나는 느낌과 함께 살짝 매캐한 눈물이 났다. 어둠 한가운데서 알전구를 씹어 먹는 기분이었다. 그것은 아주 짧은 순간 몸속에서 환하게 타올랐다 이내 사그라졌다. 그러자 문득, 아버지의 보호안경 위로 비쳤을 용접 불꽃이 떠올랐다. 아버지가 평생 마주한 불빛, 불빛. 그리고 내게 다른 빛을 보여주려 한 아버지의 마음도. 오래전 그날, 우리 부자는 사각팬티를 입은 채 강둑에 서 있었다. 아버지가 내 생일선물로 수영을 가르쳐주겠다며 앞장선 날이었다. 먼저 시범을 보인 것은 아버지였다. 아버지는 내 앞에서 팔의 각도가 어떻고 호흡이 어떻고 한참을 설명했다. 하지만 내가 계속 멍청한 표정을 짓고 있자 그냥 네 맘대로 해보라 하셨다. 네가 가장 먼저 할 일은 물을 무서워하지 않는 거라고. 물살의 흐름을 자연스럽게 느껴보라고 했다. 나는 물이 두렵지 않았다. 하지만 콧구멍으로 물이 들어오는 건 참을 수 없었다. 게다가 아버지 앞에서 뭔가 자꾸 실패하는 모습을 보이고 싶지 않았다. 아버지는 자세를 잡아주며 조금씩 깊은 데로 나를 이끌었다. 그리고 그렇게 아버지와 노닥거리고 실랑이 벌이는 사이, 어느 순간 놀랍게도 나는 수영을 하고 있었다. 개헤엄 치듯 우스꽝스럽게 버둥거리는 거였지만, 그건 무척 이상하고 편안하며 신기한 경험이었다. 어디선가 '그래, 그렇게'라고 말하는 아버지의 목소리가 들려왔다. 얼마 후, 아버지는 손목시계를 보며 이번에는 잠수를 해보라고 했다. 대신 물밖에 나왔을 땐 반드시 하늘을 봐야 한다고. 그 정도야 뭐. 나는 근거 없는 자신감과 여유를 부리며 물속으로 몸을 던졌다. 온몸에 힘을 빼고 물에 떠 있기만 하면 되는 거였다. 여름 강물의 속살은 차고 깊었다. 부드럽고 물컹하니 아득하며 편안했다. 생경한 듯 잘 아는 공간에 와 있는 것 같은 기분. 세상의 그 어떤 소음과도 차단돼 짧은 영원처럼 느껴지던 시간. 나는 더이상 견딜 수 없을 때까지 물속에 있었다. 힘들어도 조금만 더, 조금만 더, 하며 시간을 벌었다. 그러고 어느 순간, 숨을 참지 못해 수면 밖으로 나왔을 때— 내 머리 위로 수천 개의 별똥별이 소낙비처럼 쏟아지고 있었다. 나는 물속에 있었을 때보다 숨이 더 막혔다. 정말이지 그건 내가 지금까지 받아본 선물 중 가장 근사한 거였다. 나는 사이다를 들이켜며, 이내 사라지고 없는 불꽃 맛을 음미했다. 그러곤 나직하게 중얼댔다. 여기에선 어쩐지 그 유성우 같은 맛이 난다고.

주위는 조금씩 밝아졌다. 놀랍게도 비가 거의 멎은 듯했다. 이러다 다시 내릴지, 완전히 갤지 알 수 없었다. 이 마을 끝에 뭐가 있을지 모르는 것처럼. 앞으로 내가 어떻게 될지 모르는 것처럼 말이다. 나는 참으로 오랜만에 하늘에 뜬 노란 달을 보았다. 먹구름 사이로 천천히 고개를 내밀고 있는 반달이었다. 비록 흐릿하긴 했지만 그걸 보니 엄마, 나무뿌리에 안겨 떠내려간 엄마 생각이 났다. 녹색 테이프에 감긴 얼굴로 오랫동안 내 쪽을 바라보던 모습도. 어머니는 지금쯤 어디 계실까. 어디쯤 가셨을까. 부디 사람들이 발견할 수 있는 곳에서 편히 쉬고 계시면 좋을 텐데. 젖은 옷가지가 바람에 마르자 온몸에 소름이 돋았다. 밖에 나오니 물속에 있을 때보다 오히려 더 추운 느낌이었다. 어쩌면 조금 있다 체조를 해야 될지도 몰랐다. 나는 다시 기다려야 했다. 비에 젖어 축축해진 속눈썹을 깜빡이며 달무리 진 밤하늘을 오랫동안 바라봤다. 그러곤 파랗게 질린 입술을 덜덜 떨며, 조그맣게 중얼댔다.

"누군가 올 거야."

칼바람이 불자 골리앗크레인이 휘청휘청 흔들렸다.

(『비행운』, 문학과지성사, 2012)

손보미

폭우

2012 제3회

손보미

2009년 『21세기문학』 신인상 수상, 2011년 동아일보 신춘문예에 단편소설이 당선되어 등단. 소설집 『그들에게 린디합을』 『우아한 밤과 고양이들』, 장편소설 『디어 랄프 로렌』 『작은 동네』 『사라진 숲의 아이들』, 연작소설집 『사랑의 꿈』, 중편소설 『우연의 신』, 짧은소설 『맨해튼의 반딧불이』가 있다. 한국일보문학상, 김준성문학상, 대산문학상, 이상문학상, 제3회 젊은작가상 대상, 제4회, 제5회, 제6회 젊은작가상을 수상했다.

폭우

그녀의 남편은 전자제품 상점의 판매원이었는데, 어느 날 손님이 없는 매장을 어슬렁거리다가 갑자기 넘어졌다. 그는 평소에도 익살스럽게 행동하는 걸 좋아했고, 다른 사람들의 시선을 즐기는 편이었기 때문에 동료들은 그가 일부러 장난을 치는 거라고 생각했다. 이런 상황 때문에 병원에 가서 제대로 된 치료를 받을 시간이 약간—그게 비록 일이 분에 불과하다 해도—지체되었고, 그 사실을 알게 된 그녀는 매우 불쾌해져서 울어버렸다. 다행히도 그녀의 남편은 가벼운 뇌진탕이라는 진단을 받았고, 의사는 간단한 검사를 몇 가지 더 한 후 일주일쯤 병원에서 휴식을 취한다면 별일 없을 거라고 말했다. 입원해 있는 동안 그녀의 남편은 매우 편안해 보였고, 실제로 그는 자신의 인생을 통틀어 이토록 컨디션이 좋았던 적이 없었다고 말하기도 했다. 그녀는 규모가 작은 무역회사의 접수원이었는데, 근무가 끝나면 곧장 병원으로 가서 남편의 휴식이 완전해질 수 있도록 도왔다. 며칠 후, 그녀의 남편은 퇴원하고 싶다는 의사를 밝혔고, 결국 닷새째 되는 날 저녁에 그녀는 남편을 데리고 집으로 돌아왔다. 다음날, 그녀는 다른 날과 마찬가지로 농담을 던지며 쾌활한 모습으로 출근하는 남편을 보면서 어떤 감정들이 되살아나는 것을 느꼈다. 그날 저녁, 일찍 퇴근해서 저녁식사를 준비하던 그녀는 자신들의 결혼생활을 되돌아보며 일종의 회한에 잠겼고, 앞으로는 뭔가 달라질 것 같다는 막연한 기대에 사로잡혔다. 그들에게는 아주 약간의 여윳돈이 있었다. 어쩌면 그녀의 남편은 그 돈으로 전문대학에 입학할 수도 있다. 대학을 졸업한다면 지금보다 더 좋은 직장을 얻을 수 있을 것이다. 그들은 아이를 가질 수도 있다. 그녀는 남자아이를 원했다…… 그날 저녁 내내 그녀는 조금 들뜬 상태였지만 문득문득 불길한 예감이 들 때가 있었다. 그러나 그녀는 그것을 대수롭지 않게 생각했다. 그 바람에 그녀는 이 이야기를 구성해내는 중요한 사건의 면면—이를테면 그날, 그녀의 남편은 장식용 아로마 향초를 몇 번이나 넘어뜨렸고, 젓가락은 사용하지 않았으며, 숟가락을 떨어뜨렸고, 물컵도 두 번 이상 놓쳤다—은 보지 못했거나, 혹은 보고도 못 본 척했다. 그날 저녁 이후 그녀는 충만함과 불안감을 동시에 느끼며 구름 위를 떠다니는 느낌에 사로잡혔다가, 나흘 후 아침 그의 남편이 울상이 되어서 "여보, 나 아무것도 보이지 않아"라고 말했을 때, 비로소 땅 위로 내려올 수 있었다.

그들이 다시 병원을 찾았을 때, 어떤 의사는 "안구에 직접적인 이상이 있는 것은 아닙니다"라는 문장으로 시작하는 딱딱하고 학술적인 말을 늘어놓았고, 또다른 의사는 "일종의 스위치만 켜주면 시력이 돌아올 겁니다"라는 문학적 비유를 곁들여 설명했다. 공통적으로 그 이야기들은 그들에게 끊임없이 희망을 불어넣어주었다. 그리고 그것은 그가 이 년 동안 세 번의 수술을 받는 원동력이 되었다. 마지막 수술비를 마련하기 위해 그들은 더 작고 누추한 집으로 이사해야만 했고 얼마 정도 빚을 져야만 했다. 남편이 세번째—마지막—수술을 받던 날, 대기실에 있던 그녀는 마치 중요한 손님을 기다리는 사람 같았고, 약간의 중압감을 느끼고 있었다. 그녀는 자주 자신의 낡은 스웨터 소매로 콧물을 닦았다. 그러다가 대기실에 널브러져 있는 잡지들을 읽기 시작했다. 마치 무언가를 읽는 행위가 자신의 초라한 스웨터를 감춰주기라도 한다는 듯이. 하지만 불행하게도 거의 모든 잡지가 그녀에게 별 재미를 주지 못했고, 어떤 것은 단 한 글자에도 집중할 수 없을 정도였다. 그 이유를 그녀의 심리상태나, 혹은 병원 대기실에 있는 잡지—골프나 테니스를 다뤘거나, 혹은 고전음악이나 발레, 라이프 스타일과 관련된—가 그녀의 통속적인 취향과 몹시 동떨어져 있었던 것에서 찾을 수도 있겠지만, 사실 그렇게 판단을 내리는 건 좀 부당한 측면이 있다. 왜냐하면 그곳에 있는 잡지들은 너무나 오래된 것들이었기 때문이다. 이 병원의 원장은 잡지를 사는 일을 쓸데없다고 여겨서 수년 전부터 구매를 금한 상태였다. 그녀가 조금이나마 흥미를 느낄 수 있었던 건 『BlueShoe』라는 블루스 음악 전문잡지였다(이 잡지는 미국에서 1990년대에 발간된 것으로 한국에는 1994년과 1995년에 걸쳐 총 여덟 권이 발간되었지만, 수지가 맞지 않는다는 이유로 발간이 중지

되었다. 그녀가 읽은 것은 1995년 여름호였다). 그녀는 블루스가 음악의 한 종류라는 것조차 몰랐고 그저 끈적끈적하고 야한 춤에 불과하다는 인식을 가지고 있었지만, 그날 『BlueShoe』에서 읽은 어떤 블루스 음악의 노랫말을 오랜 후까지 기억했다. "나를 여기에 두지 말아요. 내가 중력을 이기고 날아오를 수 있게 도와주세요. 나는 그렇게 음탕한 여자가 아니랍니다." 잠시 후 레지던트가 수술이 끝났음을 알려주었고, 집도의에게 더 자세한 이야기를 듣는 것이 좋겠으니 따라오라고 했다. 그녀는 읽던 잡지를 가방에 쑤셔넣은 후, 레지던트를 따라 좁은 복도를 천천히 걸어갔다.

*

그들은 빗줄기를 뚫고 고메식당에 도착했다. 조금 늦었을 뿐 그들 부부가 고메식당 방문을 아예 취소한 건 아니었다. 부부는 매달 마지막 주 화요일 저녁마다 고메식당에서 식사를 하곤 했다. 식당 주인인 미스터 장은 비에 젖은 그들을 위해 수건을 건네주며 말했다. "엄청나게 쏟아지는군요. 태풍이 올라오는 중이라고 합니다." 잠시 후, 미스터 장은 절인 올리브가 담긴 그릇과 와인을 들고 그들의 테이블로 다가왔다. 부부는 기숙사가 딸린 중학교로 진학한 아들을 집으로 데려오느냐 마느냐 하는 케케묵은 주제로 이야기를 나누는 중이었다. 미스터 장의 등장으로 그들의 이야기는 잠시 끊겼다. 미스터 장은 사십대 후반으로 아직 결혼은 하지 않은 것으로 알려져 있었다. '미스터 장'은 단골들이 지어준 별명이었다.

미스터 장은 와인을 따르면서 지나가는 말투로, 그러나 깍듯한 태도로 질문했다.

"아이가 어디 멀리 있나봅니다."

"이야기한 적 없나요? 우리 아들은 우수한 학생들만 받는 중학교에 다니고 있어요. 기숙사가 딸린 학교죠. 지금은 이학년이에요." 부인이 대답했다.

"많이 보고 싶으시겠습니다."

"네, 아주 많이요. 이번 방학에는 집에 올 거예요."

사람들은 그들이 아주 잘 어울리는 한 쌍이라고 생각했다. 남편은 사십대 초반으로 결코 나이보다 젊어 보인다고 할 수는 없었고, 지쳐 보이는 인상이었지만, 이목구비가 뚜렷하고 신뢰감을 주는 표정을 짓는 남자였다. 아내는 남편보다 다섯 살이 어렸다. 전형적인 미인은 아니었지만 얼굴을 보면 책이 빽빽하게 꽂힌 고급 원목 책장과 반들반들하게 닦인 값비싼 경첩, 혹은 작지만 격식 있는 티 테이블이 연상되는 여자였다. 미스터 장은 직업적인 호기심과 관찰력으로, 그녀가 '이번 방학에는'이라고 표현한 것을 알아차렸지만, 역시 직업적인 감각으로 그것에 대해 질문해서는 안 된다는 것 또한 알고 있었다.

식당 문을 닫을 시간이 훌쩍 넘은 뒤에도, 그들 부부는 이야기에 열중해 있었다. 자주 있는 일이었다. 때로 그는 격앙된 몸짓을 보였고, 그녀는 이따금씩 두 손으로 냅킨을 쥐어짰다. 직원들을 먼저 퇴근시킨 미스터 장은 그들에게 다가가서 물잔을 채워주었다. 부부는 그제야 식당에 남은 손님이 자신들뿐이라는 것을 알았다.

"우리가 너무 늦게까지 있었군요. 미안합니다. 곧 돌아가겠어요."

"아닙니다. 괜찮습니다. 더 필요하신 거 없습니까?"

미스터 장은 웃으며 그들의 대답을 기다렸다.

"손님도 없는데, 우리랑 한잔하면 어떻습니까?" 그가 말했다.

미스터 장은 잠시 망설이다가 대답했다.

"술은 마시지 않겠습니다만, 영업시간이 끝났으니 그럼 잠깐 앉겠습니다."

미스터 장은 그들 옆에 앉았다. 그녀가 입을 열었다.

"난 어제 밤늦게까지 집에서 혼자 티브이 쇼를 하나 봤어요. 이이는 어제 동료 교수들과 늦게까지 술을 마셨거든요." 그리고 무슨 대단한 비밀이라도 누설하는 듯 목소리를 낮추고 "이이는 얼마 전에 전임 발령을 받았답니다"라고 덧붙였다. 그가 멋쩍은 듯이 웃었다.

"어쨌든 어제 유명한 여배우가 나왔는데…… 이름이 뭐더라? 얼마 전에 무슨 영화에도 출연한 여자인데…… 우체국의 편지를 훔치는 이야기였는데, 여보, 혹시 그 영화 기억해요?"

그는 잘 모르겠다는 듯 어깨를 으쓱거렸다.

"그 여자는 이혼녀인데 말이에요. 자기 아이에게 집중력장애가 있다는 거예요. ADHD 말이에요. 여덟 살짜리 아이였는데."

"요즘은 그런 애들이 워낙 많으니까." 그가 맞장구를 쳤다.

"그런 이야기를 들으면 걱정되지 않습니까?" 미스터 장이 물었다.

"뭐가요?" 그녀가 물었다.

"내 아이가 저러면 어쩌나, 뭐 그런 생각."

"글쎄요, 우리 아들은 한 번도 우리 속을 썩인 적이 없어요. 공부도 잘하고. 훌륭한 아들이죠."

그가 아내 쪽을 바라보며 말했다. 그녀는 남편의 말에 대꾸하지 않았고, 대신 익살스러운 태도로 미스터 장에게 질문했다.

"우선 결혼부터 하는 게 어떠세요?"

"전 이것저것 걱정이 많은 사람이라서 말입니다."

그녀가 웃으며 말을 받았다.

"사장님은 그런 생각을 할 필요 없어요, 영리하신 분이니까요. 결혼을 하고 애를 낳으면 그 아이도 분명 머리가 좋을 거예요."

"제가 영리한지 그렇지 않은지 부인이 어떻게 아십니까?"

미스터 장이 약간 심술궂은 표정을 하고 물었다.

"난 생긴 것만 봐도 그 사람이 영리한지 아닌지 알아요. 대학 다닐 때 정식으로 관상을 좀 배웠거든요. 남편과 결혼한 이유도 남편의 관상이 좋아서였는걸요."

그가 웃음을 터뜨렸고, 미스터 장도 따라 웃었다.

"여하튼 그 여배우가 말하기를, 자기 애가 옆집에 혼자 사는 노인과 지나치게 친해졌다는 거예요. 거의 매일 그 집에 놀러가고, 자신이 집에 있어도 옆집에서 놀고 오겠다고 가서는 몇 시간이 지나도 돌아오지 않더라는 거죠. 우리 모두 알다시피 여배우는 매우 바쁜 사람이고 옆집 사람과 친목을 나눌 시간 같은 건 없잖아요. 옆집 노인과 왕래는 없었지만, 가끔 지나가다 본 모습이나, 오고가며 들은 이야기로 판단했을 때, 노인이 별로 마음에 들지 않았던 거죠. 위험하다는 생각을 했나봐요. 그래서 옆집에 가서 자신의 아이와 어울리지 말아달라 부탁했다고 하더라고요. 좀 무례한 행동이지 않나요?"

미스터 장은 고개를 끄덕였다. 하지만 남편은 되물었다.

"여배우가 방송에 나와서 그런 이야기를 했단 말이야?"

"그렇다니까요." 그녀는 대답할 가치도 없다는 듯이 무성의하게 대답했다.

잠시 후 그들 부부가 계산을 하기 위해 일어났다. 어느새 비가 그쳤고, 비냄새가 섞인 늦여름 밤의 아련한 바람이 열어놓은 문을 통해 들어왔다. 미스터 장이 보기에 그들 부부의 표정은 어딘가 부자연스러웠고, 화가 난 것처럼 보였으며 또 얼마쯤은 슬퍼 보였다. 미스터 장은 차 쪽으로 걸어가는 부부의 뒷모습을 한참 바라보았다.

*

남편이 시력을 잃은 후, 그녀는 별다른 불평 없이 자신의 역할에 충실했다. 집에 돌아오면 좁은 탁자에다 저녁식사를 차렸다. 식사가 끝나면 돈 계산에 열중했다. 그녀는 빨리 빚을 갚고 싶었지만 그녀의 월급과 남편이 받은 퇴직금만으로는 어림도 없었다. 그녀가 계산기와 씨름하는 동안, 남편은 점자책을 읽거나 라디오를 들었다. 그는 게스트들이 우르르 나와서 청취자들이 보내온 웃긴 사연을 읽어주는 걸 좋아했다. 그는 그녀에게 컴퓨터 자판에 점자를 표시해 줄 것을 부탁했고, 그녀가 출근해 있는 동안 재미있는 이야기를 자판으로 쳤다. 그리고 그녀가 돌아오면 출력해서 방송국으로 보내줄 것을 부탁했다. 그녀는 그것을 읽어본 적도 없었고, 절반 정도는 방송국으로 보냈지만, 나머지 절반은 잃어버렸다. 어쨌든 남편의 사연이 소개된 적은 단 한 번도 없었다. 어느 날 항상 듣던 채널이 지겹다고 생각한 그는 라디오 채널을 이리저리 돌리다 우연히 자신이 사는 구의 홍보직원이 하는 이야기를 들었다. "우리 구는 구민들의 문화생활 수준을 높이고자 합니다. 그 계획의 일환으로 아주 저렴한 수업료로 수강할 수 있는, 다른 구와 차별화되는 강좌를 열 예정입니다." 구청에서는 '도서관의 역사'라든지, '이탈리아 음식의 격조' '플로베르와 디킨스'라는 이름의 강좌를 야심차게 열었고, 각 분야의 권위자에게 고액의 강의료를 지불하고 수업을 맡겼다. 구청의 이러한 노력은 지역 뉴스에 '시민과 함께하는 인문학' 내지는 '구민 곁의 품격 높은 문화탐방'이라는 제목으로 대대적으로 홍보되었고, 호평이 잇따랐다. 그는 아내에게 그 강좌에 대해 이야기해줬고, 일주일에 한 번쯤은 이런 강좌를 들어도 좋을 것 같다고 말했다. 결국 그녀가 선택한 강좌는 '미국의 대중음악'이었다. 미국에 대해 좋은 인상을 가지고 있었고, 남편이 시력을 잃은 후에는 라디오를 즐겨 들었기 때문에 대중음악에 대해서도 잘 알고 있었다.

매주 수요일 저녁이 되면 그녀는 자신의 유일한 외투를 걸치고 차가운 바람을 헤치며 집에서 두 정거장 떨어진 구청까지 걸어갔다. 그녀는 강좌를 들으러 걸어가는 그 길과, 강의실의 냄새, 네모반듯한 책상, 그리고 항상 값비싼 캐시미어 코트를 걸치고 오는 강사를 좋아했다. 강사는 미국에서 대학과 대학원을 다녔다고 했으며,

그에 걸맞게 미국의 대중음악뿐만 아니라, 영화, 소설, 시, 연극에 대해서도 해박한 지식을 가지고 있었다. 그녀는 노트에 강의 내용을 빽빽하게 기록해두었다가 집으로 돌아오면 남편에게 얘기해주었다. 그는 눈을 감은 채 의자에 앉아 그녀의 이야기를 들었다. 그녀는 아무것도 보지 못하는 그가 눈을 감고 있는 것이 어떤 의미인지 항상 궁금했지만 물어본 적이 없었다.

강좌가 열린 지 석 달쯤 지났을 때, 구청장은 갑자기 각 부서의 책임자를 불러모았고, 장시간의 회의를 거쳐서 강좌들을 모두 없애기로 결정해버렸다. 어느 수요일, '미국의 대중음악' 강사는 이 수업은 더이상 진행되지 않을 것이고, 다음주 이 시간부터는 '생활요가'가 진행될 예정이니 원하는 사람은 계속 수업을 듣고, 아니면 환불을 받으라고 친절하게 설명해주었다. 강사의 얼굴에서는 실망감이나 아쉬움을 찾아볼 수 없었고, 오히려 홀가분하다는 인상이었다. 수업이 끝난 후, 그녀는 빈 교실에 혼자 우두커니 앉아 있었다. 버림받은 기분이었고, 굴욕적인 느낌이었다. 이십 분쯤 후, 그녀는 벗어두었던 외투를 걸쳐 입고 건물 밖으로 천천히 걸어나왔다. 주차장을 통과해서 뒷문 쪽으로 나가면 훨씬 빨리 집에 도착할 수 있다는 것을 알고 있었기 때문에 그녀는 항상 그 길을 통해 집으로 가곤 했는데, '미국의 대중음악' 강사는 그녀가 건물 밖으로 나오던 그 시간에 주차장 한가운데 서서 전화통화를 하고 있었다. 캐멀색 캐시미어 코트를 걸친 그는 마치 통화를 하고 있는 상대가 바로 앞에 있기라도 한 듯이 흥분해서 주먹을 쥐고 크게 흔들어대고 있었다. 그 바람에 그는 손에 들고 있던 차 키를 떨어뜨렸고, 곧바로 주웠지만, 몇 발짝 가지 못해 다시 주먹을 흔들다가 또 떨어뜨리고 멈춰 서버리는 우스꽝스런 짓을 반복하고 있었다. 그녀는 그 모습을 가만히 바라보았다. 그리고 전화통화가 끝날 때까지 기다렸다가 그에게 다가갔다. "안녕하세요." 강사가 그녀를 알아보는 데까지는 약간의 시간이 필요했다. "저는 선생님의 '미국의 대중음악'을 듣던 학생이에요. 정말 선생님을 존경해요." 그녀는 강사가 자신을 알아보지 못할까봐 불안함을 느꼈고, 그래서 강사가 "아, 안녕하세요"라고 인사했을 때, 안도했다.

*

집으로 돌아오는 차 안에서 그들은 아이에 대한 문제로 또다시 실랑이를 벌였다. 아파트 주차장에 도착했을 때, 아내는 차문을 소리 나게 닫고는 집안으로 들어가버렸다. 그는 차 안에 남아서 아파트 앞에 일렬로 심어놓은 관목의 실루엣과 가로등 불빛에 반짝이는 물웅덩이, 그리고 비에 젖은 보도의 끝을 멍하니 바라보다가 결국 소방차 전용 주차공간으로까지 시선을 옮겼다.

몇 년 전에 집에 불이 난 적이 있었다. 그가 연락을 받고 집에 도착했을 때, 바로 저 자리에서 소방차 몇 대가 돌아갈 채비를 하는 중이었다. 누군가 물었다. "당신이 아이 아버지요?" 당시 열두 살이었던 아들은 멀끔한 모습으로 옆집에 사는 할머니의 손을 꼭 잡고 있었다. 당시 그녀는 혼자 살고 있었는데, 몇 년 전 남편이 심근경색으로 죽고 자녀들은 모두 결혼해서 따로 살고 있었다. 그녀는 가끔씩 그들 부부에게 급한 일이 생길 때마다 아들을 돌봐주곤 했다. 하지만 불이 났던 그날 밤은 아내가 아들과 함께 있기로 되어 있는 날이었다. "다행히 큰불은 아니었어요." 옆집 할머니는 그에게 변명하듯 말했다. 화재 때문에 가장 많은 피해를 본 곳은 아들의 방이었다. 더 정확하게 말하면 그 방을 제외하고는 별 피해가 없었다. "아드님 방에서 불이 시작되었습니다." 소방대원은 그렇게 말했었다. 아들의 앨범이나 옷, 일기장, 상장과 성적표 같은 것들이 다 사라져버렸다. "글쎄, 자꾸 이 녀석이 집에 가 있겠다고 하지 뭐겠수. 자기도 다 컸다고 하도 고집을 부리기에, 밥만 먹이고 집으로 보냈는데, 이런 일이 생길지 누가 알았겠수." 할머니가 그에게 설명했다. 그는 아들에게 물었다. "엄마는 어디 갔어?" 아이는 눈을 내리깔고 입술을 앙다문 채 고개를 흔들었다. 열두 살. 그는 그때 처음으로 이 아이가 '성장하고' 있다는 사실을 깨달았다. 차마 아들의 손을 잡아주거나 안아줄 수 없었다. 할머니가 미소를 지으며 그에게 말했다. "아이가 참 의젓해요." 그녀는 작년에 폐암으로 죽었다. 폐암 진단을 받고 난 후 일 개월도 채 살지 못했다. 이제 그 집에는 그녀의 막내아들 부부가 거주하고 있는데, 그들과는 별로 왕래가 없었다.

화재가 일어난 후 그들 부부는, 아니 그들 가족은 화재에 대해 한마디도 하지 않았다. 다만 그는 가족과 좀더 많은 시간을 보내려고 노력했다. 몇 달 후에 아이는 도시 외곽의 기숙사가 딸린 명문 사립중학교로 진학하고 싶다고 말했다. 학비가 비싸고 우수한 학생들만 들어갈 수 있는 곳이었다. 아이가 일곱 살이 될 때까지 그들 가족은 미국에 거주했기 때문에 아들은 또래보다 영어를 능숙하게 구사할 수 있었다. 부부는 아들을 적극적으로 지원해주었다. 그 학교에 들어간다면 같은 재단의 고등학교에 입학할 수 있고, 그렇게 된다면 명문대 입학은 따놓은 당상이었다. 아들이 입학시험에 합격했을 때 부부는 부러움의 시선을 한몸에 받았다. 하지만 언제부터였을까? 아내는 아들을 멀리 보낸 것이 잘못된 선택이라고 말하기 시작했다. 그리고 틈만 나면 아들을 집으로 데려와서 근처의 중학교로 전학시켜야 한다고 주장했다. 그럴 때마다 그는 '아들의 미래'를 위해 거기에 두는 것이 올바른 일이라고 아내를 달랬고, 그러면 그녀는 또 그의 말에 수긍하곤 했다. 하지만 또 어떤 때, 그들은 이 문제로 격렬하게 싸우기도 했다. 싸움이 있을 때마다 아내는 문을 '탁' 하고 닫고 어디론가 가버리곤 했다. 그들이 거실에서 싸우고 있었다면 그녀는 침실 문을 탁, 닫고 방안으로 들어가버렸고, 방안에서 싸우고 있었다면 다른 방으로 문을 탁, 닫고 들어가버렸으며, 차안이라면 이런 식으로 차문을 탁, 닫고 집안으로 들어가버렸다. 그는 문을 닫는 행위를 통해 아내가 이 사태를 다른 식으로 해석하고 싶어하는 것이라고, 그러니까 단순히 화를 표현하는 것 이상의 의미가 있을지도 모른다고 생각했다. 그래도, 그는 언제나 그 문을 다시 열었고, 그들이—그러니까, 그와 아내가—닫힌 세계 속에 함께 있도록 만들었다.

잠시 후 그가 집으로 들어갔을 때 아내는 외출복 차림으로 멍하니 침실 화장대 앞에 앉아 있었다. 그 모습 때문에, 그는 어떤 미국 소설을 생각해냈다. 한 남자가 오랜 실패 끝에 자신에게 남겨진 가장 큰 보물이 바로 아내라는 것을 깨닫게 된다는 이야기였다. 그는 뭔가 이상한 감정을 느꼈는데, 그게 욕정이라는 것을 깨닫기까지 그리 오랜 시간이 걸리지는 않았다.

"뭐가 잘못됐어?"

"아이가 왔다 갔어요. 빨랫거리를 가져다놓았네요."

아들은 언젠가부터 집에 꼭 들러야 할 일이 있으면 그들이 없는 시간을 골라 몰래 왔다 가곤 했다. 그들은 그것을 어떤 식으로 받아들여야 할지 몰랐다. 잠시 동안 그들 부부는 아무 말도 하지 않으려고 애썼다. 잠시 후 그녀는 어디론가 전화를 걸기 시작했다.

"어디에 전화하는 거야?" 하지만 그는 그녀가 어디로 전화를 거는지 알고 있었다. 전에도 몇 번 이런 일이 있었다. 마지막은 육 개월 전이었다. 그녀는 그의 연구실로 불쑥 찾아와서는, 아이를 데리러 가자고 했었다. 학교와는 이미 이야기가 끝났다고 말했다. 늘 그랬다. 하지만 그들은 단 한 번도 아이를 데리고 오지 못했다. 그는 수화기를 들고 있는 아내의 등을 바라보았다.

"안 돼, 그러지 마. 우리가 이런 짓을 하면 할수록 개는 우리를 더 싫어할 거야."

그녀는 전혀 상관하지 않았고, 잠시 후 수화기를 내려놓더니 이렇게 말했다.

"이상하네요. 전화를 받지 않아요. 일단 출발해야 할 것 같아요."

그리고 "같이 갈 거죠?"라고 덧붙였다.

*

그날, 그들은 주차장 계단 옆에 서서 자판기 커피를 함께 마셨을 뿐이었다. 그녀는 강의 내용을 필기한 노트를 펼쳐서 보여주었고, 강사는 감탄한 듯 고개를 끄덕였다. 그녀는 문득 남편의 마지막 수술날 잡지에서 읽었던 노래 가사를 읊었다. "나를 여기에 두지 말아요. 내가 중력을 이기고 날아오를 수 있게 도와주세요. 나는 그렇게 음탕한 여자가 아니랍니다." 그녀는 『BlueShoe』에 대해 이야기했고, 이 노래를 아느냐고 물었다. 강사는 빈 종이컵의 바닥을 바라보면서 잡지에 제목이 함께 나와 있지 않았느냐고 되물었다. 그녀는 도통 기억이 나지 않았다. "죄송해요. 제가 기억력이 좋지 않아서요. 하지만 노래를 부른 가수나 그 노래에 대해서는 전혀 설명이 없었는걸요. 그냥 노래 제목하고 가사만 있었어요. 제목은 잊어버렸구요." 그녀는 자신의 얼굴이 빨개졌다고 생각했고, 그것 때문에 속상했다. 강사는 지금 당장은 잘 모르겠지만 어쩌면 나중에 제목이 생각날지도 모르겠다고 말했다. 그리고 『BlueShoe』를 가지고 있느냐고 되물었다. 그녀는 고개를 끄덕이며 원한다면 그 잡지를 드릴 수도 있다고 말했다. 그리고 다시 한번 그에게 진심을 담아서 말했다. "선생님 강의는 정말 유익했어요. 전 정말 많은 걸 배웠답니다."

헤어질 때, 그녀는 노트의 마지막 장을 찢어서 자신의 전화번호를 적어주었다. "혹시 그 노래에 대해 알게 된다면 전화 한 통만 주시겠어요?" 그날 밤, 그녀는 남편에게 그날의 강의 노트를 읽어주었고, 강사와 자판기 커피를 마신 이야기를 해주었다. "아주 똑똑하신 분이더라고. 우리는 상상할 수도 없을 정도로 말이야." 하지만 그녀는 강좌가 폐강되었다는 이야기는 하지 않았다. 다음주 수요일이 되었을 때, 강의를 들으러 가지 않는 그녀에게 남편이 무슨 일이 있는 거냐고 물었다. 그녀는 몸이 좋지 않아서 쉬고 싶다고 대답했다. 그들은 함께 저녁을 먹고 라디오를 들었다. 그리고 그녀는 남편이 라디오에 보낼 사연을 자판으로 치는 것을 도와주었다. 그리고 또다시 일주일이 지나고 수요일이 되었을 때에도 여전히 그녀는 집에 있었고, 그 다음주에도, 또 그 다음주에도 마찬가지였다. 하지만 그녀는 여전히 강좌가 폐강되었다는 이야기는 꺼내지 않았고, 남편도 더이상 캐묻지 않았다. 언젠가 저녁을 먹던 그녀가 남편에게 물었다. "내 얼굴이 기억나?" 그는 그녀의 얼굴을 떠올려보았다. 가끔 그녀는 거울 속에 비친 자기의 얼굴을 가만히 바라볼 때가 있었다. 서른세 살에 불과했지만 흰 머리칼이 드문드문 보였고, 볼은 축 늘어져 있었으며, 피부는 거칠었다. 밤중에 자다가 깨기도 했다. 그녀는 좁고 너저분한 방과 음식물 냄새가 진동하는 싱크대, 바퀴벌레가 드나드는 화장실을 둘러보았고, 마지막에는 남편의 잠든 얼굴을 바라보았다. 별다른 일도 하지 않고 집에만 있는 남편의 배와 등에는 지나치게 살이 붙어 있었다. 그녀는 남편이 마지막 수술을 받는 동안 대기실에 앉아 있던 자신의 모습을 종종 떠올렸고, 이유는 알 수 없었지만, 그 때문에 약간의 괴로움을 느꼈다. 겨울이 끝날 무렵, 그녀는 남편이 교통사고로 병원에 있다는 연락을 받았다. 그 당시 그는 지팡이를 가지고 혼자서 외출을 하곤 했다. 그녀가 응급실에 갔을 때, 남편은 왼쪽 다리에 깁스를 한 채 마치 죽은 사람처럼 눈을 감고 누워 있었다. 그녀는 자신의 심장박동이 빨라지는 것을 느꼈다. 남편의 부상은 경미했고 이 주쯤 지나자 완치되었다. 하지만 그녀는 나중에까지 그 느낌—가슴속에서 무언가 요동치던 그 느낌—을 생생하게 기억했다. 그후로 그는 혼자 외출하는 것을 그만두었고, 항상 집안에서 자판을 두드리곤 했지만, 사연을 방송국으로 보내달라는 이야기는 더이상 하지 않았다. 그녀는 타자 소리를 들을 때마다 무언가가 부서지는 느낌에 사로잡혔고, 마치 벌을 받는 것 같은 기분이었다.

3월의 마지막 주 수요일, 그녀는 전화 한 통을 받았다. 목소리를 듣자마자 그녀는 누구인지 알아차렸다. '미국의 대중음악' 강사였다. 그는 그동안 여행을 다녀왔으며, 문득 생각이 나서 전화를 걸었다고 말했다. "예의에 어긋나는 줄은 알지만, 도대체 그 가사가 어떤 노래인 줄 모르겠어서요. 혹시 그 잡지를 볼 수 있을까요? 『BlueShoe』를요." 그녀는 온 집안을 뒤져서 그 잡지를 찾아내려고 했지만, 결국 찾지 못했다. 하지만 그럼에도 그녀는 강사를 만나러 갔다. 그들은 이번에는 구청 근처에 있는 허름한 카페에서 만났다. 그녀는, 잡지는 다음주에 가져다주겠노라고 말했다. 그렇게 그녀는 수요일 저녁마다 다시 외출하기 시작했다. 남편에게는 강좌를 다시 들으러 가는 거라고 말했다. 어떤 면에서 그 말은 완전한 사실이었다. 다음에 만났을 때, 그녀와 강사는 구청에서 멀리 떨어진 카페에서 함께 커피를 마셨다. 강사는 음악, 영화, 소설, 시, 연극에 관한 이야기를 해주었고, 그녀는 그것을 열심히 필기했다. 남편에 대해 말하기도 했다. 남편이 맹인이라고 이야기하자, 강사는 맹인 뮤지션에 대한 이야기를 해주었다. 그날 밤, 그녀는 언제나 그랬던 것처럼 남편에게 강의 노트를 읽어주었고 끝에 이렇게 덧붙였다.

"내가 읽어주는 걸 이해할 수 있어?"

*

비가 다시 내리기 시작했다. 이전보다 훨씬 더 거세진 빗줄기가 차체를 때리는 소리가 차 안을 가득 메우고 있었다. 와이퍼가 쉴새 없이 움직였지만, 시야는 계속 흐려지기만 했다. 늦은 시간인데다 비까지 와서 외곽고속도로는 한산했고, 그것이 문득 그를 두렵게 만들었다. 아까부터 그의 아내는 입을 꾹 다문 채 운전을 하고 있었다. 그는 아내가 미친 짓을 하고 있다고 생각했지만, 얘기를 꺼낼 엄두가 나지 않았다. 어떻게든 다시 집으로 돌아가야 했다.

"개는 집으로 돌아오려고 하지 않을 거야."

그가 이렇게 말했을 때, 아내가 물었다.

"왜 그렇게 확신해요?"

"저번에 어떤 일이 있었는지 기억 안 나? 우리한테 전화해서 망신스러운 일 좀 당하게 하지 말아달라고 한 거 잊었어?"

"이번에는 억지로라도 끌고 와야 해요."

"돌아가자, 비가 너무 많이 와. 사고가 날지도 몰라. 내일 아침에 다시 가도 늦지 않아."

"난 당장 데려올 거야."

그는 아내의 옆얼굴을 바라보았다. 그녀는 잔뜩 화가 난 것처럼 보이기도 했고, 감당할 수 없는 슬픔에 잠긴 것처럼 보이기도 했다. 그는 조금 전 느꼈던 욕정은 착각이고, 자신이 느낀 감정은 아내를 때리고 싶었던 건지도 모른다는 생각이 들었다. 그는 어떤 감정의 갈기들이 말 그대로 자신의 몸을 헤집으며 어디론가 끌고 가려고 한다는 것을 알았다.

"걔는 돌아오지 않아. 시간이 필요해."

그가 이렇게 말하자, 그녀가 갑자기 갓길에 차를 세웠다. 그리고 조금 떨리는 목소리로 물었다.

"시간이라고요? 무슨 시간?"

그도 자기가 하는 말이 무슨 의미인지 잘 몰랐다.

"비상등 켜."

그는 그렇게만 말하고 입을 다물어버렸다. 그 이야기를 하려면 어쩔 수 없이 화재가 났던 날 밤으로 돌아가야만 했다. 그는 그녀에게 그날 어디에 갔었느냐고, 왜 아이와 함께 있지 않았느냐고 물어야만 했다. 하지만 그는 묻지 않았다. 그날 그녀가 집에 있었다면 화재는 일어나지 않았을 거라는, 그랬다면 아이는 그런 식으로 우리 곁을 떠나지 않았을 거라는, 혹은 화재가 일어났다 하더라도 아이가 불길 속에 혼자 남겨지는 일은 없었을 거라는 말이 그의 목구멍에서 맴돌았다. 하지만 그는 그런 이야기는 하지 않을 것이다. 그는 아내를 비난하고 싶은 마음이 없었다. 비는 점점 더 거세지고 있었다. 하늘이 번쩍, 했고, 곧 저 멀리서 무언가 무너지는 소리가 들려왔다. 그러다 문득 어쩌면 불을 낸 게 아이 자신이었는지도 모르겠다는 생각이 떠올랐는데, 그것은 무서운 생각이었고 재빨리 버려야 할 생각이었다. 그녀는 핸들에 얼굴을 묻고 있었다. 여전히 비상등을 켜지 않은 상태였기 때문에 그는 비상등을 켜기 위해 손을 뻗었다. 그녀는 여전히 핸들에 얼굴을 묻은 채로 그를 제지했다.

"위험하잖아. 비도 이렇게 오는데 빨리 집으로 돌아가자, 제발."

"상관없어요."

"여보, 제발. 너무 위험해. 죽을 수도 있다고."

"왜 내게 그날, 불이 났던 날 밤 어디에 있었는지 묻지 않는 거죠?"

그녀가 고개를 들고 그에게 물었다. 차 안은 깜깜했지만 가끔 도로 위를 지나는 다른 차들의 불빛이 비쳐 들면서 순간적으로 기묘한 무늬가 만들어졌다가 사그라졌다.

그는 빗줄기가 차창을 때리는 소리 때문에 정신이 아득해지는 걸 느꼈다.

"당신을 보호하려고 그랬어."

"나를 보호하려고요? 무엇으로부터요?"

그는 뭐라고 대답해야 할지 몰라 머뭇거렸다. 그녀가 다시 물었다.

"당신의 부정(不貞)으로부터요?"

"그게 무슨 소리야?"

그는 아내를 바라보았다. 무슨 생각을 하는지 알 수 없었다.

"그게 무슨 소리야?" 그는 다시 한번 물었다.

"그날, 집에 불이 났던 날, 내가 어디에 있었는 줄 알아요?"

"어디에 있었는데? 그날 당신이 집에만 있었더라면 개가 이런 식으로 우리를 떠나진 않았을 거야. 나는 이 말을 하지 않으려고 지난 삼 년간 노력해왔어. 그런데 당신은 지금 나에게 뭐라고 하는 거야?"

어둠 속에서 그녀의 얼굴은 일그러졌고, 잠시 아무 말도 하지 않았다. 그녀의 눈에 눈물이 차오르는 것 같았다.

"그게 무슨 말이죠? 걔가 우리를 이런 식으로 대하는 게 나 때문이라는 거예요?"

"그날 당신이 아이를 버려뒀었잖아."

"당신은요? 당신은 그 아이를 버려두지 않았어요? 나를 버려두지 않았어요?"

"무슨 말이야?"

"난 그날 당신을 따라갔었어요."

그녀는 차창의 빗방울을 걷어내려고 노력하는 와이퍼를 노려보며 다시 한번 말했다.

"당신을 따라갔었다고요."

그녀는 그렇게 말하고 와이퍼를 껐고, 한 손으로 눈물을 닦았다. 이제 아무것도 보이지 않았다. 온통 물뿐이었다.

"세상에, 정말 이 이야기 하고 싶지 않았는데."

그는 어떤 말을 해야 할지 몰랐다. 그녀는 터져나오는 울음을 참으며 말을 이었다.

"그날 밤 당신은 그 여자 집으로 갔죠. 그 여자의 집으로요. 난 건물 앞에 차를 세우고 집안으로 들어갈까 말까 고민하고 있었어요. 그리고 두 시간 후쯤 당신이 여자와 나오는 걸 보았어요. 그 여자랑요."

*

강사를 집으로 초대하자는 이야기를 꺼낸 것은 그녀의 남편이었다. "똑똑한 선생님의 이야기를 나도 직접 듣고 싶다고." 그녀는 가난하고 초라한 생활을 강사에게 보여주고 싶은 마음이 조금도 없었다. 하지만 불행하게도 그녀의 남편은 이 일을 아주 용의주도하고 섬세하게 다뤘다. 그는 직접 강사에게 전화를 걸었다. 그리고 강사가 초대에 응할 때까지 아주 끈질기지만 한편으로는 예의바르게 굴면서 결국 승낙을 받아냈다. 그녀는 남편이 아주 잔인하게 굴고 싶어한다는 걸 알았고, 어떻게든 이 약속을 취소시키고 싶었지만, 결국은 체념하고 말았다. 그녀는 집을 깨끗이 정리하고, 집안 구석구석에 살충제를 뿌렸으며, 음식물 쓰레기도 내다버렸다. 그녀의 남편은 그녀가 그런 일들을 처리하는 동안 손 하나도 까딱하지 않았고 그저 라디오에서 들려오는 웃긴 이야기에 귀를 기울이고 또 무언가를 자판으로 쳤을 뿐이었다. 그녀는 꽃집에서 사온 제라늄 화분 몇 개를 선반 위에 올려놓았다. 그녀는 선반과 벽 사이에서 『BlueShoe』를 발견했지만, 그것을 다시 쑤셔넣어버렸다. 저녁식사를 준비하던 그녀는 처음 남편이 퇴원했을 때, 그를 위해서 요리하던 일이 떠올랐지만 타자 소리 때문에 그 생각을 그만두었다.

그날 저녁, 강사는 그들의 집으로 왔다. 나중에 이 방문에 대해 무언가 말하도록 아내에게 강요받았을 때, 그가 맨 먼저 떠올린 것은 냄새였다. 불쾌하고 기묘한 냄새. 식사를 하기 전에 그들은 비좁은 탁자에 둘러앉아서 강사가 선물로 가지고 온 시디 몇 장을 차례로 들었다. 스티비 원더나, 다이앤 슈어, 레이 찰스 같은 맹인 뮤지션의 시디였다. "여보, 이 뮤지션들은 모두 눈이 먼 사람들이야." 그녀가 남편에게 말했지만, 남편은 아무런 대꾸도 하지 않았다. 그들이 마지막으로 들은 것은 〈중력에 맞서서*Defying gravity*〉라는 노래였다. 맹인 뮤지션의 곡은 아니었고 〈위키드*Wicked*〉라는 뮤지컬에 삽입된 노래였다. 강사는 친절하게도 가사를 번역해주었다. "아주 아름다운 가사예요."

> 한계를 인정하는 건 지쳤어요. 남들이 말했다고 해서 받아들이진 않을 거예요. 내가 바꿀 수 없는 것도 있지만 내가 해볼 때까진 절대 모르는 거예요. 차라리 중력에 맞서겠어요. 난 중력에 맞설 거야. 작별인사를 해줘요. 당신은 날 끌어내리지 못할 거예요.

그리고 이렇게 덧붙였다. "그때 말씀하신 가사와 아주 비슷하죠?" 음악을 듣는 동안 그녀의 남편은 눈을 감고 있었다. 그녀가 남편에게 물었다. "여보, 뭘 듣고 있어?" 그녀의 남편이 대답했다. "노래. 노래를 듣고 있잖아." 그들은 〈중력에 맞서서〉를 리플레이시켰고, 그녀는 준비해놓은 음식을 탁자로 가지고 왔다. 그녀는 강사가 식사하던 도중 남편의 모습을 뚫어지게 바라보는 것을 알고 있었지만, 아무런 말도 하지 않았다.

"그렇게 쳐다보지 마세요."

그녀의 남편이 불쑥 말했다. 그녀가 뭐라고 말하기도 전에 남편이 먼저 입을 열었다.

"선생님은 어떻게 그렇게 똑똑할 수 있습니까? 어떻게 그렇게 모르는 것이 없습니까? 저에게도 좀 알려주세요."

그녀의 남편은 숟가락을 탁자 위에 올려두고, 깍지를 끼고 그 위에 턱을 받쳤다. 아무것도 보이지 않는다는 것이 확실했지만, 그는 마치 무언가 보인다는 듯이 행동하고 있었다. 그녀는 그런 남편을 보자, 그가 교통사고를 당했을 때 죽은 사람처럼 눈을 감고 누워 있던 모습이 떠올랐고, 그때 느꼈던 감정들이 다시 한번 자신에게 되돌아오는 것을 느꼈다.

"전 똑똑한 사람이 아닙니다. 이 세상엔 저보다 똑똑한 사람들이 훨씬 많아요."

"그렇겠죠. 제가 아무리 재미있는 이야기를 라디오에 보낸다 한들, 그보다 더 재미있는 이야기들이 이 세상에 널리고 널렸다는 것과 마찬가지 이치이겠죠."

"어떤 이야기들을 보내셨습니까?"

"웃기는 이야기들이죠."

"좀 들려주실 수 있으십니까?"

그녀는 옆에서 고개를 절레절레 흔들고 있었다.

"원하신다면."

그녀의 남편은 자신의 웃기는 이야기를 시작했다. 하지만 그날 밤, 저녁식사가 놓인 작은 탁자에 둘러앉은 사람들은 아무도 웃지 않았다. 잠시 후에 강사는 전화를 한 통 받았고, 곧 집으로 돌아갔다. 그녀는 바깥까지 그를 배웅하러 나갔고, 그의 차가 떠나는 것을 지켜보았다. 그녀는 저멀리 사라져가는 차의 뒤꽁무니를 보면서 지난 몇 년간의 일이 자신에게 어떤 의미가 있는지에 대해 생각해 보았다. 집으로 돌아왔을 때, 그녀의 남편은 〈중력에 맞서서〉를 들으며 자판을 치고 있었다. 그녀는 시디플레이어를 꺼버렸다. 그리고 남편에게 말했다. "그분은 어쩌면 그렇게 모르는 게 없을까? 아내분도 아주 공부를 오래 하신 분이래. 아들이 한 명 있는데, 아들도 아주 똑똑하대." 그리고 이렇게 덧붙였다. "여보, 우리가 아이를 낳으면 아이는 똑똑할 수 있을까? 그럴 수 있을까? 아마 우리는 그렇게 똑똑한 아이는 낳을 수 없을 거야. 그렇겠지? 왜냐하면 우리는 멍청하니까." 그녀는 남편의 눈이 먼 것도, 그들이 아이를 낳을 수 없는 형편인 것도, 그리고 그 밖에 그들이 겪고 있는 불행의 모든 원인이 오로지 그들의 멍청함 때문이라는 것을 깨달았으며, 그것이 그들이 가지고 있고, 또 앞으로 가질 수밖에 없는 인생의 한 부분이라는 것도 깨달았다. 하지만 그녀가 그런 생각을 하거나 말거나 그녀의 남편은 계속 자판만 치고 있었다.

*

그는 그날에 대해 생각하고 있었다. 밥을 먹을 때 시력을 잃은 남편의 손놀림은 아주 기묘했지만, 그것을 대하는 아내의 태도는 놀라울 정도로 자연스러웠다. 그는 마치 완전한 정상인 같았다.

"차라리 내게 어디 가느냐고 한 번이라도 물어보지 그랬어? 그럼 당신은 그때 매주 수요일마다 아이를 혼자 놔두고 나를 따라다녔다는 거야?"

"결국 다 내 탓인 거죠."

"돌아가자, 집으로 돌아가야 해."

그들은 여전히 차에 비상등도 켜지 않고, 와이퍼도 작동하지 않은 상태로 갓길에 서 있었다. 비는 계속해서 쏟아지고 있었다.

"여보, 여기에 이렇게 있는 거 너무 위험해. 죽을 수도 있다고."

"상관없어요."

"당신이 생각하는 그런 게 아니야. 그냥 그 여자가 내가 처음 들어보는 노래에 대해 말했어. 그리고 『BlueShoe』에 대해 말했어. 그거 정말 희귀한 잡지잖아. 그걸 한번 보고 싶었고, 그 여자가 말하는 노래가 뭔지도 알고 싶었을 뿐이야. 그래서 그 여자를 만났던 것뿐이야. 당신이 생각하는 그런 게 아냐."

그녀는 아무런 대답도 하지 않았다.

"그 집에 들어갔을 때, 아주 안 좋은 냄새가 났어. 불쾌하고 기괴한 냄새였어. 우리집으로 당장 돌아오고 싶었다고. 거기엔 그런 의미밖에 없어. 당신이 생각하는 그런 게 아니라고. 거기엔 불쌍한 부부가 있었을 뿐이야."

"알아요, 눈이 먼 남편."

"어떻게 알아?"

"여보, 그 여자랑 잤어요?"

그녀는 입술을 지그시 깨물었다. 어둠 속에서 그녀의 이마와 반듯한 콧날과 그리고 가느다란 목이 그의 눈에 들어왔다.

"당신도 봤을 거 아냐. 못생기고 가난한 여자였어. 나와 어울리지 않아."

그는 어둠 속에서 반짝이는 그녀의 눈을 보았다. 이윽고 그녀가 입을 열었다.

"여보, 어떻게 그런 말을 할 수가 있어요?"

그녀는 다시 핸들 위로 엎드렸다. 그는 폭우와 저 멀리서 들려오는 천둥소리와 모든 것이 멈춰버린 자신들의 차에 대해 생각했다. 그들의 차는 이 세계의 아주 좁은 곳을 차지하고 있어서, 이대로 사라져버릴 수도 있을 것 같았다.

"그 여자를 만난 건 그때가 마지막이야. 그 집에서 밥을 먹는데 우리집에 불이 났다는 연락을 받았고, 난 곧바로 돌아왔어. 그게 다야."

그녀는 핸들에 얼굴을 묻은 채로 물었다.

"그 여자에게 다시 연락한 적도 없어요?"

"그래."

하지만 그건 거짓말이었다. 며칠 후 전화해보았지만 그 여자는 전화를 받지 않았다. 그리고 몇 달 후 그는 그 집을 직접 찾아갔지만, 결국 초인종을 누르지 못하고 돌아왔다.

"좋아, 우리 아들을 데리러 가자, 당장 데리고 오자."

그는 이제 그저 이곳을, 이 자리를 벗어나서 원래의 자리로 돌아가고 싶다는 생각이 간절했다. 하지만 그녀는 차를 출발시키지 않았다. 그는 어쩌면 지금이야말로 그녀를 정말로 때려야 하는 순간인지도 모른다고 생각했다.

그때 그녀가 말했다.

"그애는 우리에게 돌아오지 않을 거예요. 나도 알고, 당신도 알고 있죠. 우리는 그애를 영영 잃어버렸어요."

그들의 차는 아주 오랫동안 거기, 그런 식으로, 잠시 이 세계에서 사라져 있었다.

*

부부가 돌아간 뒤, 미스터 장은 테이블을 정리하기 시작했다. 우선 부부가 먹은 디저트 접시, 와인잔, 포크와 스푼 등을 주방으로 가져가서 싱크대에 넣어두었다. 식탁보를 걷어냈고, 새로운 식탁보를 덮고 빳빳해지도록 분무기로 물을 좀 뿌려두었다. 그리고 삼각형 모양으로 만든 새 냅킨을 세워두었다. 마지막으로 그들이 앉았던 의자를 테이블 안으로 잘 밀어넣었다. 그는 매장의 전등 스위치를 모두 내리고 나서 주방으로 돌아와 설거지를 시작했다. 설거지를 다 끝낸 뒤 미스터 장은 할로겐등만 남겨놓고 주방의 다른 전등불을 꺼두었다. 인스턴트커피 한 잔을 만들고, 싱크대 앞에 간이의자를 끌어와서 앉았다. 비가 쏟아지고 있었고, 간간이 천둥 번개가 치고 있었다. 미스터 장은 자신과 상관없는 이 세상의 불행들, 이를테면 갑자기 불어난 물 때문에 떠내려가는 사람들과 부서진 간판의 파편이나 나무 때문에 다친 사람들, 혹은 들이친 물 때문에 집을 잃거나, 자동차를 잃어버린 사람들을 생각했다. 또한 이 시간에도 어디선가 일어나고 있을 범죄와 아이를 잃어버린 부모, 부모를 잃어버린 아이, 병으로 쓸쓸하게 죽어가는 사람들, 원치 않은 아이를 낳고 있는 여자들에 대해서도 생각했다. 그리고 폭우 속에서 슬픔과 분노 때문에 멈춰버린 사람들에 대해 생각했다.

미스터 장은 인스턴트커피를 한 모금 마셨고, 자신이 누리고 있는 이 평안한 삶에 깊이 감사했다.

(『그들에게 린디합을』, 문학동네, 2013)

이장욱

절반 이상의 하루오

2013 제4회

이장욱

2005년 『문학수첩』 작가상을 수상하며 등단. 소설집 『고백의 제왕』 『기린이 아닌 모든 것』 『에이프릴 마치의 사랑』 『트로츠키와 야생란』, 장편소설 『칼로의 유쾌한 악마들』 『천국보다 낯선』 『캐럴』 등이 있다. 문지문학상, 김유정문학상, 제1회, 제2회, 제4회, 제6회 젊은작가상을 수상했다.

절반 이상의 하루오

1

내 일본인 친구의 이름은 다카하시 하루오(高橋春夫)인데, 그는 일본인답지 않게 여행을 매우 좋아했기 때문에 전 세계에 친구를 가지고 있었다. 하루오 자신의 말을 그대로 옮기면 이렇다. 나, 하루오는 일본보다 다른 나라에 친구들이 더 많다.

실제로 세어보지는 않았다고 하지만 아마 사실일 거라고 생각한다. 그는 연중 일본보다 일본 바깥에 있는 시간이 더 길고, 일본에 있을 때는 "죽은 듯이" 시간을 보낸다고 한다. 아무도 만나지 않고 아무런 활동도 하지 않는다. 일부러 그러는 건 아닌데, 지내고 보면 그렇게 된다는 것이다. 심해어나 바다거북처럼 시간을 보내다가 문득 비행기를 타고 다른 나라로 날아간다. 그게 나, 다카하시 하루오가 살아가는 방식이다. 그는 그렇게 말했다.

그럼 무슨 돈으로 생계를 유지하는가? 여행은 무슨 돈으로 다니는가?

이것은 나의 질문이었지만, 곧 우문임이 밝혀졌다. 나는 여행을 하는 것이 직업이고, 여행을 함으로써 생계를 유지한다—는 것이다.

하루오의 대답은 사실이었다. 그의 홈페이지를 방문해보면 유수의 다국적기업들이 배너 광고를 띄워놓고 있었다. 한 귀퉁이에는 내가 일하는 외국계 회사의 광고도 보였다. 마케팅 코디네이션 팀—이라고는 하지만 몇 안 되는 국내 대리점들의 공동 프로모션을 관리하는 수준—에서 일하게 된 지 얼마 되지 않았지만, 앞으로 해외 쪽으로 나가게 될지도 몰랐다. 그건 내가 바라는 바였다.

하루오는 영어로 홈페이지를 운영하고 있었는데, 그는 거기에 자신의 여행담을 연재하는 중이었다. 그 여행담은 꽤나 인기가 있는 모양이어서 전 세계에 폭넓은 독자층을 갖고 있었다. 조회수를 보면 일만 회는 보통이었고, 어떤 게시물은 십만을 넘기는 경우도 있었다. 덕분에 그는 세계 각국의 다종다양한 잡지에 자신의 글을 신게 되었고, 책도 몇 권 냈다고 했다. 그리고 언젠가부터 여행은 그의 취미가 아니라 직업이 되었다는 것이다.

나는 영어 공부 삼아서 자주 그의 홈페이지에 들렀다. 하루오의 문장은 대개 단문이었고 어려운 단어는 거의 없었다. 영어는 하루오에게도 내게도 외국어였고, 바로 그래서 편하기도 했다.

그의 글은 여행 정보를 전달하는 유는 아니었다. 파리에 가면 노천 주점에서 홍합 요리를 먹어보라거나, 페테르부르크에서는 예르

미타시보다 러시아미술관이 좋다거나, 뉴올리언스라면 밤의 버번 스트리트를 강추한다거나—그런 글이 아니라는 뜻이다. 일본과 비교하자면 이곳은 이렇고 저곳은 저렇다는 식의 내용도 없었다. 그는 관광지를 소개하지도 않았고 특별히 일본인으로서 글을 쓰지도 않았다. 그렇다고 맛깔스러운 에세이나 지적이고 감성적인 여행기도 딱히 아니었다. 나로서는 그런 것이 왜 그리 인기가 있는지 알 수 없을 정도로 그냥 무색무취하다고 해야 할까. 그러면서도 나 자신부터 그의 게시물들을 멍하니 읽고 있으니 신기하다면 신기한 노릇이었다. 글에다가 중세의 마법 같은 걸 걸어놓은 게 아닌가 싶을 정도였다.

사실 그는 자신의 행적을 글과 사진을 통해 노출할 뿐이었다. '노출'이라고 해서 사생활을 까발리면서 쾌감을 얻는다는 뜻은 아니다. 말하자면 자신이 있는 곳에서 자연스럽게 살아가는 모습을 옮겨 적는다고 하는 편이 옳았다. 그곳이 뉴욕 타임스스퀘어이건 치앙콩의 후미진 골목길이건 개의치 않는다는 투였다. 타임스스퀘어에서는 뉴요커처럼 살았고 치앙콩에서는 치앙콩에서 나고 자란 태국인인 듯이 살았다. 그랬다. '살았다'고 말할 수밖에 없는 방식으로, 하루오는 여행을 했다. 그걸 '여행'이라고 할 수 있다면 말이지만.

어쨌든 낯설고 새로운 게 없지 않을 텐데, 하루오는 그런 것에 별다른 관심이 없는 것 같았다. 기껏해야 자기가 어디에 있는 건지 갑자기 어리둥절해졌다는, 그런 정도의 느낌뿐이었다. 낯섦에 관심이 없는 여행가라니, 이건 거리 풍경에서 매일 신기함을 느끼는 노선

버스 기사만큼이나 도대체 말이 안 되는 게 아닌가.

나는 그렇게 생각했지만, 독자들 가운데 실제로 '프렌드'가 된 사람들도 있다고 하루오는 말했다. 어떤 친구는 온라인의 글로만 알고 있다가 우연히 여행을 간 곳에 살고 있어서 만나게 되고, 어떤 친구는 여행길에서 만났다가 나중에 그의 홈페이지에 들어와 연락을 주고받게 되고, 그렇다는 것이다.

우리—나와 그녀—로 말하자면, 후자의 경우였다. 여행중에 만난 뒤 홈페이지에 들어가 독자가 되었다는 뜻이다.

2

하루오를 만난 건 몇 해 전 델리에서 바라나시로 가는 야간열차 안에서였다. 그녀와 나는 만난 이후 처음으로—실은 처음이자 마지막으로—함께 여행을 떠난 참이었다. 그것도 해외여행을.

사실 그녀는 외국이 익숙했지만, 나는 그렇지 않았다. 그때 나는 추리닝에 토익 책을 끼고 사는 취업준비생이었다. 고교 시절까지만 해도 파일럿이 장래희망이었지만 해외여행이라고는 중국에 가본 게 전부인 위인이 나였다. 그것도 아버지가 추진한 동네 노인회의 마을 여행에 억지로 끼어서였다. 사내는 모름지기 넓은 세상을 알아야 한다—그게 아버지가 나를 어르신들의 중국 여행에 끼워 넣은 이유였다. 당신 자신이 비행기를 처음 타본다는 이야기는 하지 않았다. 내가 그때 '중원'의 넓은 세상에 나가서 한 것이라고는 건강

식품을 파는 상점에서 판매원의 지루한 설명을 들으며 물건을 집었다 놨다 했던 것뿐이다.

그녀는 달랐다. 전 세계에 라인을 갖고 있는 외국계 항공사의 객실 승무원이 되었으니까. 나는 파일럿이 꿈이었으되 책상머리에 앉아 핏발 선 눈으로 컴퓨터 화면을 노려보는 사무직원이 될 것이었고, 그녀는 안정된 공무원이 꿈이었으나 고도 구천 미터의 허공에서 일하는 스튜어디스가 될 것이었다. 이제 막 입사했을 뿐이지만 인천을 베이스로 미주 등지를 왕복하게 될 그녀의 미래는 밝았다. 미국 내의 호텔에서 퍼 디엄(체류비)을 받으며 머물 자격이 있는 인생이라는 얘기다.

그러니까 이건 거대한 쇳덩어리인데 허공에 붕 뜰 수 있단 말야. 가벼운 솜털이 가지 못하는 곳을 무거운 쇳덩어리는 왕래할 수 있다는 거지. 그녀는 첫 비행을 마치고 난 소감을 그렇게 말했다. 얼굴이 달떠 있었다. 꽤나 과학적인 소감이네—나는 그렇게 이죽거릴 뻔했지만, 그녀는 내 기분을 알아차리지 못하고 말을 이었다.

하룻밤 내내 비행기를 타고 머나먼 도시로 날아갔다가, 그곳의 호텔에서 시간을 보내고 다시 돌아오는 생활인 거야. 바다 건너의 마천루에 도착하면, 스무 시간밖에 날아가지 않았는데도 이틀이 지나 있는 거지. 돌아올 때는 반대야. 스무 시간이나 날아왔는데도 두 시간밖에 안 지나 있어. 시간을 호주머니에 넣었다가 다시 꺼내는 꼴이랄까.

그녀는 갓 내린 커피를 마시며 대단히 흥미롭다는 어조로 말했다. 그날 우리는 만난 뒤 처음으로 술을 마시지 않고 헤어졌다.

그녀 역시 내 꿈이 비행사였다는 걸 알고 있었다. 어렸을 때는 아카데미의 팬텀 시리즈나 하세가와 모델들을 수집했고 나중에 항공학교로 진학하는 걸 당연하게 생각할 정도였다. 집에서도 물론 반대하지 않았다. 문제는 시력이었는데, 고교 때 시력이 급격히 안 좋아졌기 때문에 안경을 써야 했던 것이다. 중대한 결격사유였다. 하지만 나는 꿈을 접지 않았다. 부모님을 졸라 라식수술을 받은 것이다.

그리고 그것으로, 모든 꿈이 물거품처럼 사라졌다. 나중에 알게 된 사실이지만 눈 수술은 치명적이었다. 신체검사 때 의사는 이렇게 말했다. 비행기라는 것은 전후좌우뿐 아니라 위아래로도 움직이는 기계지. 비행사는 급격한 중력의 변화에 견뎌야 해. 그런데 라식은 각막을 깎아내는 수술이야. 결론은? 기압이 갑자기 바뀌면 시야가 흐려질 수도 있고, 최악의 경우 안구 자체가 터져버릴 수도 있다는 거지.

나는 하늘에서 안구가 터지는 상상을 했다. 수없이 했다. 구름 속을 날아가다가 갑자기 거대한 태풍을 만난다. 기체가 상하좌우로 급격히 흔들린다. 그러다 문득 태풍의 눈으로 진입한다. 태풍의 눈은 고요로 가득하다. 그 고요의 한가운데서 갑자기 안구가 펑, 터져버리는 것이다. 시야가 사라진다. 시야가 캄캄해지는 게 아니라, 시야라는 것 자체가 그냥 없어진다는 뜻이다. 상상력이 꿈을 죽이기도 한다는 것을, 나는 그때 알았다. 이불을 뒤집어쓰고 상상을 반복한 끝에, 나는 흔쾌히 꿈을 접을 수 있었다.

하지만 요즘도 출장을 갈 때마다 공항에 들어서면 묘한 느낌이

든다. 그곳에서는 모두들 제 몸만큼 커다란 가방을 두어 개씩 끌고 머나먼 곳으로 떠나거나 머나먼 곳에서 돌아온다. 그런 곳에서 정장을 한 채 보딩 패스를 받고, 수화물을 보내고, 출국심사를 받기 위해 줄을 서서 허공을 바라보고 있으면…… 하릴없는 생각들이 나를 사로잡는 것이다. 세상의 모든 목적지들이란 어떻게 태어나는 것일까. 사람에게 목적지가 필요한 게 아니라 목적지가 사람들을 필요로 하는 게 아닐까. 인간이 떠나고 돌아오는 게 아니라 떠날 곳과 돌아올 곳이 인간들을 주고받는 게 아닐까—알록달록한 표지로 된 서양 잠언집의 문장 같은, 그런 생각들 말이다. 그러니까, 그녀에게 여행을 제안한 건 나였다.

열차는 꽤 지저분했다. 침대차였지만 쿠페식이 아니라 개방형이었다. 위아래로 두 칸씩의 침대가 마주보는 형태였다. 바닥에는 오물들이 흩어져 있고 상한 과일 냄새 같은 것이 차내를 흘러 다녔다. 나와 그녀는 냄새 같은 것은 아랑곳없이 창밖과 열차 안을 번갈아가며 구경하고 있었다. 한국을 떠날 때는 한겨울이었는데 인도에 도착하니 초가을이구나. 그녀가 하나 마나 한 말을 중얼거렸다. 그게 지구라는 물건이야. 나 역시 하나 마나 한 말로 대꾸했다. 과연 그렇다고, 그녀는 고개를 끄덕였다. 낮의 창밖으로는 어느 나라에나 있을 법한 정겨운 시골 풍경이 지나갔고 밤의 창밖으로는 역시 어느 나라에나 있을 법한 캄캄한 어둠이 흘러가고 있었다.

시타푸르쯤을 지날 때였던가. 열차 안에서 바닥의 오물들을 치우기 시작한 사람이 있었다. 잠을 자거나 무료하게 시간을 보내고 있는 사람들 사이에 얌전히 앉아 있다가 문득 몸을 일으키더니, 어디선가 빗자루와 걸레를 가져와 물까지 슬슬 뿌려가며 객차 바닥을 청소하기 시작한 것이다. 중키에 호리호리한 체구의 젊은 남자였다. 남자가 그 열차의 직원이 아니라는 것은 누구나 알 수 있었다. 낡은 면바지에 헐렁한 그레이 티셔츠를 걸친, 평범한 복장을 하고 있었으니까.

저 사람, 뭐하는 거야? 그녀가 남자 쪽을 턱으로 가리켰다. 다른 승객들 역시 그런 남자를 이상하다는 듯이 바라보고 있었다. 남자는 웃음 띤 얼굴로 승객들과 인사까지 나누며 청소를 계속하고 있었다. 남자가 가까이 다가왔을 때에야, 우리는 그의 얼굴이 인도인과는 다르다는 것을 깨달았다.

남자가 내 자리까지 와서 다리를 들어달라고 청했다. 나로서는 자연스럽게 그에게 말을 걸 기회가 생긴 셈인데, 내 입에서 나온 영어란 겨우 이런 것이었다.

당신은, 무엇을 하고 있습니까?

남자는 고개를 들어 나를 바라보더니 당연하다는 듯 대답했다.

나는, 청소를 하고 있습니다.

그의 싱거운 대답에 나는 다시 질문했다.

내 말의 뜻은, 왜 당신이 청소를 하고 있는가 하는 것입니다.

나는 '당신이'에 강세를 두고 말했다. 남자는 무표정하게 나를 바라보며 대답했다.

왜 내가 청소를 하면 안 되는 것입니까?

남자 역시 '내가'에 힘을 주어 대답했다. 나는 어이가 없어져서 실없는 웃음을 터뜨리고 말았다. 그녀가 끼어들었다.

이곳은 인도이고, 우리가 있는 곳은 다른 곳도 아닌 야간열차 안입니다. 인도의 열차는 대개 이렇게 지저분하고 오래된 것들입니다. 그것은 자연스러운 것입니다. 그것 자체가 인도의 일부라고 할 수 있습니다. 당신은 직원이 아니라 승객이며, 그렇기 때문에 청소를 할 필요가 없다고 우리는 생각합니다.

거의 연설에 가까운 그녀의 말을 듣고 나더니, 남자는 천진한 표정으로 빙긋, 웃었다. 그리고 그가 한 말은 다소 뜻밖의 것이었다.

당신들과 나는, 친구가 되도록 합시다.

그것이 하루오와의 첫 만남이었다.

그후 우리는 정말 '프렌드'가 되었다. 하루오의 얼굴을 보고 있다가, 그녀와 나 역시 서로를 마주보며 빙긋, 웃고 말았으니까. 우리가 웃는 이유를 우리 자신도 딱히 잘은 모르겠다는, 그런 표정으로.

3

하루오는 짐을 챙겨 우리 자리로 옮겨왔다. 그리고 그 밤의 열차 안에서 내내 오랜 친구처럼 이야기를 나누었다. 처음 만났을 때조차 전혀 어색하게 느껴지지 않았다는 건 좀 의아한 일이지만, 하루오는 공기처럼 자연스럽게 우리에게 스며들었다.

말하자면 이런 느낌이었다. 여행자인 그녀와 나는 이쪽에 있고, 여행지의 풍경과 사람들이 저쪽에 있다. 이쪽과 저쪽은 서로를 바라보지만 그 사이를 가로지르는 유리벽 같은 게 있다. 우리는 유리벽 저편의 세계를 구경하고 저편의 세계는 우리에게서 어떤 식으로든 수수료를 받는다. 여행이든 관광이든, 우리가 그 풍경 속에서 살아간다고는 할 수 없으니까. .

그런데 그 중간에 하루오가 슥 들어와 양쪽의 경계를 흩뜨려놓는다. 유리벽 같은 것이 갑자기 사라져버려서 바깥의 공기가 밀려들어온다. 그런 것이다.

새벽의 바라나시에 도착한 우리는 역시 같은 게스트하우스에 여장을 풀었다. 우리는 함께 노천카페에서 인도 맥주를 마셨고, 오토릭샤들이 윙윙거리며 내달리는 바자르를 헤맸으며, 갠지스 강변의 가트(계단)에 앉아 이런저런 이야기를 나누었다. 하루오는 처음부터 우리와 함께 떠나온 사람처럼 자연스러웠고, 그녀와 나 역시 그걸 자연스럽게 여겼다.

그게 하루오가 가진 기묘한 재능이라는 것은 나중에서야 깨달았던 것 같다. 하루오와 맥주를 마시며 떠들고 있으면 내가 외국의 언어를 쓰고 있다는 느낌이 사라지곤 했다. 하루오와 바자르를 헤맬 때는 그녀보다 더 오래 알고 지낸 옛친구와 걷고 있다는 착각에 빠지기도 했다. 그녀보다 더—라는 표현을 빼고 말하긴 했지만, 내 의견을 듣자마자 그녀도 동의를 표했다.

하지만 하루오가 우리 곁에만 붙어 지냈던 것은 아니다. 하루오에게는 하루오의 여행이 있다는 식이랄까. 하루오는 자주 사라졌다. 밤새도록 어딘가를 돌아다니다가 아침에 개처럼 지친 몰골로 나타나기도 했고, 어디선가 오토릭샤를 빌려 와 먼지 날리는 시골

길을 혼자 달리기도 했다. 인도인 친구들이라며 낯선 사람들을 게스트하우스로 데려와 차이[茶]를 마신 일도 있었는데, 그럴 때 둥글게 앉아 있는 인도 사람들 사이에 일본인이 끼어 있다고 생각할 사람은 거의 없었다.

하루오는 하루오의 주위에 아무도 없는 것처럼 자연스럽게 행동했다. 때로는 하루오 자신이 이미 하루오가 아닌 것처럼 보이기도 했다. 한번은 게스트하우스에서 가까운 바자르를 지나가다가 인도산 액세서리들을 파는 상인을 물끄러미 바라본 적이 있다. 저 사람, 어딘지 낯이 익다—는 느낌이 들어서였다. 잠시 후 그녀와 나는 입을 딱 벌릴 수밖에 없었다. 그 복잡한 시장통에 좌판을 벌여놓고 액세서리를 팔고 있는 것은, 다름 아닌 하루오였다. 인도인 친구에게서 물품을 받아 파는 것이라고 말할 때의 하루오가 어찌나 천연덕스럽던지, 그가 이곳에서 나고 자란 사람이 아닌가 착각할 정도였다.

너는 내가 알고 있는 일본인과 다르다—고 하루오에게 말한 적이 있다. 그때 하루오는 내 얼굴을 멍청하게 쳐다보더니, 너도 내가 알고 있는 한국인과 다르다—고 대꾸했다. 예의 그 빙긋, 하는 웃음과 함께였다. 그건 당연한 일 아니냐는 투였다. 옆에 있던 그녀가 나를 향해 편견이 너무 많다고 비난한 것 역시 당연한지도 모른다. '일본인답지 않게 여행을 좋아하는 하루오' 어쩌고 한 것을 두고 하는 말이었다. 하긴 이 글의 첫 문장도 그렇게 시작했으니 나로서는 할말이 없는 셈이다.

게다가 하루오는 엄밀히 말해서 전형적인 일본인도 아니었다. 하루오의 외할아버지는 미국인이었고, 하루오의 어머니는 오키나와 태생이라는 것이다. 오키나와라면, 하고 그녀가 말했다. 대만 쪽에 있는 그 섬들인가? 류큐제도라고 하던가?

하루오가 고개를 끄덕였다. 오키나와인들은 일본인이라고 할 수도 없고 일본인이 아니라고 할 수도 없고, 그렇다던데. 그녀가 애매하게 뇌까렸다. 그때 하루오가 던진 농담은 이런 것이었다.

말하자면, 절반 이상의 하루오는 어딘지 다른 하루오이다—라고.

오키나와에서 나고 자란 하루오는 도쿄의 큰아버지 집으로 이주한 뒤에 이런저런 불행에 시달렸다고 한다. 하루오가 도쿄로 오자마자 오키나와의 부모님이 이혼한 게 첫번째였다. 게다가 학교에서는 왕따에 시달렸다. 일본인으로서는 어딘지 모르게 이상한 외모에 말수가 적은 하루오로서는 교실이라는 우주에 적응하는 것이 가장 힘든 일이었다. 게다가 지원한 대학에는 보기 좋게 낙방까지 해버렸던 것이다.

하루오는 큰아버지 집을 나와 무작정 여행을 떠났다고 한다. 일종의 '자살여행'이었지. 삶에 의욕이 없었고 죽음에 특별한 거부반응이 없었기 때문에, 라고 하루오는 설명했다.

죽기 전에 그간 모아둔 돈을 모두 털어 여행을 가기로 마음먹은 하루오는, 절망에 빠진 청년답게 무작정 북극에 가고 싶다고 생각했다. 하지만 경제 사정 등 여러 이유 때문에 결국 가까운 한국을 택했다고 한다. 부산에서 출발해 서울, 춘천, 속초를 거쳐 7번 국도를 타고 내려와 부산으로 돌아가는 루트였다.

여행의 첫날, 하루오는 이상한 느낌을 받았다고 한다. 부산 뒷골목의 어느 게스트하우스에서—아마도 그건 모텔이나 여관일 거라고 그녀가 정정해주었다—머물게 된 하루오는 전에 없이 길고 깊은 잠을 잤다. 깨어보니 낯선 방이었다. 몇 겹의 삶이 지나간 듯 오래 잔 느낌이었다. 그 아침, 천장을 바라보며 누워 있던 하루오는 어쩐지 바다 밑바닥에서 빠져나오는 기분으로 몸을 일으켰다. 창문을 열고 소음으로 가득한 거리를 내려다보았다. 희미한 햇살이 있었고, 자동차들이 무수히 지나다녔고, 매연이 뒤섞인 찬 공기가 창문으로 밀려들었다. 하루오는 아, 하고 짧은 신음을 내뱉었다. 어딘지 모르게, 그것은 새로운 세계였던 것이다.

아침식사를 하기 위해 거리로 나갔다가 하루오는 사소하지만 기묘한 경험을 하게 된다. 길 저편에서 다가오던 젊은 여자 하나가 하루오에게 이렇게 물었던 것이다.

혹시…… 도를 믿으시나요?

하루오는 여자를 멍하니 쳐다보았다. 자신이 도를 믿는지 아닌지 알 수 없다는 표정을 짓고 있다가, 하루오는 자기도 모르게 빙긋, 웃음을 흘렸다. 여자도 하루오의 얼굴을 쳐다보고 있다가 그를 따라서 빙긋, 웃었다. 그것으로 그만이었다. 어쩐지 서로 더이상 말이 필요 없어진 듯한, 그런 기분이 된 것이다.

여자를 지나쳐 걸어가다가 하루오는 문득 이상한 느낌이 들었다. 여자가 한 말이 영어가 아니라는 것을 깨달았던 것이다. 물론 일본어도 아니었다. 발음으로 보아—하루오는 그 발음을 또렷이 떠올릴 수 있다고 했다—그것은 확실히 한국어였다. 자신이 아는 한국어라고는 김치와 불고기, 그리고 안녕하세요—라는 인사말뿐이라고, 하루오는 덧붙였다.

여자와 헤어지고 찬 공기가 흘러 다니는 거리를 걸어가면서, 하루오는 기이하게도 죽고 싶었던 마음이 어디론가 사라져버렸다는 사실을 깨달았다. 그것을 하루오는 이렇게 표현했다. 말하자면 그건, 나라는 존재가 오 센티미터쯤 다른 세계로 옮겨진 것 같은, 그런 순간이 아니었을까. 어쩌면 정말 도를 알게 된 것인지도 모르지만.

믿거나 말거나, 그건 겨울의 부산 남포동 거리에서 있었던 일이 분명하다—고 하루오는 진지한 표정으로 말했다.

4

바라나시를 떠나기 전날 밤이었다. 우리는 게스트하우스의 방에 앉아 술을 마셨다. 하루오가 들고 온 포도주였다. 그녀와 나는 인도와 갠지스강에 대해 여행자들다운 대화를 나누었다. 인도의 현재는 갠지스강의 신비와 IT 산업의 결합이다, 라든가, 조지 해리슨은 갠지스 강변에서 죽음을 기다리면서 무슨 생각을 했을까, 같은 싱거운 이야기들이었다. 하루오는 간간이 웃어주었을 뿐이다.

잠시 옅은 잠이 든 모양이었다. 어둠이 깊다는 느낌이 들었다. 깊은 물속에 잠겨 있는 기분이었다. 새벽 두세시는 된 듯했다. 나는 술을 마시던 그대로 침대 위에 누운 채였다.

어둠 속에서 하루오와 그녀가 이야기를 나누는 소리가 아련하게 들려왔다. 물속에서 들려오는 대화 같았다. 나는 무거운 눈꺼풀을 조금 들어올렸다. 하루오와 그녀가 눈에 들어왔다. 창밖에서 스며든 희미한 불빛이 하루오와 그녀에게 부드러운 실루엣을 만들어주었다. 그들은 나란히 앉아 가만히 손을 잡은 채 이야기를 나누고 있었다. 아주 오랜 연인들처럼 자연스러워 보였다.

이것은 밤과, 어둠과, 희미하고 연약하게 심장이 뛰는 물속의 풍경이라고 나는 생각했다. 그들의 모습이 너무 아늑하고 고요해 보여서, 나는 내가 깨어 있다는 기척조차 낼 수 없었다.

나는 물고기처럼 다시 잠에 빠져들었다.

아침에는 잔뜩 날이 흐려 있었다. 우리는 마지막으로 갠지스강에 나가보기로 했다.

우리는 아무런 목적 없이 걸었는데, 발이 멈춘 곳은 버닝 가트였다. 버닝 가트는 일종의 화장터로, 계단들 사이사이의 석조 제단에 장작이 쌓여 있고 그 곁에 천으로 싸맨 시신이 순서를 기다리는 곳이다. 한쪽에서는 이미 장작불이 타오르고 있었다.

우리는 가트 주변을 걸었다. 바람을 타고 검은 재가 점점이 우리를 지나갔다. 검은 재는 불규칙하게 흩날리다가 우리의 머리와 어깨에 내려앉았다. 그녀와 나는 곧 델리로 돌아가 인천행 비행기를 탈 것이었다. 하루오는 바라나시에서 네팔을 거쳐 방글라데시까지 내려가볼 요량이라고 했다. 거기 어디서 일본으로 돌아갔다가, 두어 달 뒤에는 남미를 돈 뒤에 쿠바를 거쳐 북미로 향할 거라는 계획도 덧붙였다. 일본에 있을 때는 "죽은 듯이" 시간을 보낸다는 이야기도 그때 들은 것이다.

버닝 가트 뒤쪽으로 천으로 싸맨 시신들이 드문드문 수레 위에 놓여 있었다. 그 위로 빗방울이 떨어지기 시작했다. 천이 젖어 들고 있었다. 내 곁의 수레에 놓여 있던 시신의 윤곽이 스르르 드러나는 것을, 나는 물끄러미 바라보았다. 가슴과 허리의 굴곡, 가는 다리 선이 시신을 덮은 주홍색 천 위로 조금씩 도드라지고 있었다. 젊은 여성의 시신인 것 같았다. 나는 그 윤곽에서 시선을 떼지 못했다. 오늘은 춥네—나를 힐끗 바라본 그녀가 몸을 여미며 중얼거릴 때까지.

찬 안개가 물위를 흘러 다니고 있었다. 인도의 아침이라고는 믿을 수 없을 정도로 체감온도가 낮았다. 공기 중에 얼음을 몇 개 푼 것 같은 느낌이었다. 몇몇 인도인들만이 강물에 몸을 담그고 묵상을 하거나 가볍게 몸을 씻고 있었다.

강 저편은 황량해 보였다. 집도 사람도 보이지 않는 모래땅이었다. 그곳을 '죽음의 땅'이라고 부른다는 이야기는 게스트하우스의 주인이 해준 것이다. 가트에서 타고 남은 재들이 모두 그곳으로 흘러가기 때문에 붙은 말이라고 했다.

그녀와 나는 계단에 앉아 점점이 떨어지는 빗방울을 맞으며 강과 강 저편을 바라보고 있었다. 우리가 무언가 생각을 하고 있었던 것 같지는 않다. 그저 물위를 떠가는 재들을 바라보고 있었을 뿐이다. 아니면 재들이 우리를 바라보고 있었는지도 모르지만.

그때 우리의 눈에 들어온 물체가 있었다. 그것은 강물에 떠 있었는데, 가만히 보니 남자의 머리였다. 남자는 물위로 머리를 내놓은 채 흘러가고 있었다. 처음에는 시신인가 싶었지만, 때때로 팔을 들어 물을 젓기도 하는 것으로 보아 헤엄을 치고 있는 게 틀림없었다. 그것은 확실히, 배영이었다.

간혹 수영을 하는 사람을 본 적이 있지만, 빗방울까지 듣는 차가운 아침에 배영이라니. 그녀와 나의 멍한 표정이 일그러지는 데는 그리 오랜 시간이 걸리지 않았다. 수영을 하고 있는 사람은 바로 하루오였던 것이다. 어느 결엔가 또 우리 곁에서 사라진 하루오가, 거기 물위에 있었다.

하루오는 머리를 물 밖으로 내놓고 하늘을 바라보며 간간이 물을 저으며 흘러가고 있었다. '흘러가고 있다'고 표현할 수밖에 없는 속도였다. 아마도 강의 저편에 닿을 요량인지도 몰랐다. 하루오 주위의 수면에는 시신을 태우고 난 뿌연 재들이 형체 아닌 형체를 이루어 떠내려가고 있었다. 그런 하루오의 모습을, 우리는 가트에 앉은 채 멍하니 바라보고 있었다.

그녀가 중얼거리듯 말했다.

하루오가…… 떠내려가네.

나 역시 중얼거리듯 뭐라 대꾸했는데, 내 입에서 튀어나온 말은 나 자신에게도 어리둥절한 것이었다.

아무래도…… 절반 이상의 하루오니까.

그녀가 나를 돌아보았다. 내 목소리가 어딘지 퉁명스럽게 들린 모양이었다.

5

한국에 돌아온 뒤 나는 하루오의 홈페이지에 들러 그의 여행기 아닌 여행기를 읽기 시작했다. 어쩐지 탐닉이라고 해도 좋을 만한 열정이었던 것으로 기억한다.

한 게시물에서 하루오는 인도에서 만난 '프렌드'로 그녀와 나를 소개하고 있었다. 그것은 무관심도 아니었고 과도한 애정도 아니었다. 우리를 묘사의 대상으로 삼지도 않고 주인공으로 삼지도 않는다는 느낌이었다. 그냥 그녀와 내가 그의 글에서 숨쉬고 있을 뿐이었다. 카트만두를 거쳐 치타공까지 가면서도 하루오는 황량하고 아득한 그곳의 풍광에 감탄하지 않았다. 그는 여행길에서 만난 이들과 자신이 어떻게 지냈는지, 어떤 음식을 먹을 때 어떤 생각이 떠올랐는지, 그런 시시콜콜한 것들을 기록해놓고 있었다. 얼마 뒤 문득 쿠바의 음악을 들려주면서도 이것은 단지 음악일 뿐이라는 듯 말했으며, 멕시코의 거리에서 목격한 강도 사건을 적으면서도 나리타의 어디인 것처럼 쓰고 있었다. 하지만 이상하게도 그 모든 글들에서 내가 떠올린 것은, 재와 함께 갠지스 강물 위를 떠가는 하루오의 모습이었다.

세월은 빠르게 흘러갔다. 하루오의 홈페이지를 방문하는 빈도는 눈에 띄게 줄어들었다. 시간이 흐르니까 어쩔 수 없지, 하는 느낌이었지만 실제로는 그의 글에 대해 그리 흥미를 느끼지 않게 되었다고 하는 편이 옳았다. 하루오는 그토록 많은 장소들에서 살아가고 있었지만, 그의 글이 나에게 주는 인상은 점점 희미해지고 있었다.

그의 글을 읽으며 느꼈던, 이유를 알 수 없는 탐닉도 거의 사라졌다. 마음이나 집중력이라는 것에도 탄생과 소멸의 주기가 있는 법이니까……라고 나는 생각했다. 아마도 그 때문일 것이다. 그녀와 내가 헤어진 것 역시.

어느 날인가 그녀가 나를 불러낸 적이 있다. 그녀는 2단짜리 캐리어를 끌고 비행기에서 내린 모습 그대로 내 사무실 앞에 서 있었다. 퇴근하는 길인 모양이었다. 두 손을 앞으로 모아 캐리어의 손잡이를 잡고, 그녀는 가만히 서서 나를 바라보고 있었다.

그런 그녀를 향해 한 걸음 한 걸음 다가가는데, 무언가 내 가슴 속을 지나가고 있다는 느낌이 들었다. 한줄기 텅 빈 바람인지도 모르고, 늙은 나무에서 마지막으로 떨어지는 잎사귀인지도 몰랐다. 이것으로 그녀와의 관계가 과거의 일이 되었다는 것을 나는 깨닫고 있었다. 그건 그녀도 마찬가지였던 모양이다. 그날 저녁식사를 하면서 서로 눈이 마주쳤을 때, 우리는 동시에 어색한 미소를 지었다. 우리 두 사람 사이에 앉아 있는 타락한 천사가 우리의 표정에 무거운 돌을 하나씩 올려놓는 느낌이었다. 돌이 떨어지면 잠시 미소가 돌아오려 하고, 그러면 그 짓궂은 천사는 무거운 돌을 하나 더 올려놓는 것이다. 나는 하루오의 그 빙긋, 하는 웃음을 흉내내보려고 했지만 잘 되지 않았다.

나는 생각했다. 뭐랄까, 이건 그냥 일상적인 사건인 거야. 그래서 지금 당장은 아무런 영향도 미치지 않을 테니 괜찮아. 나는 그녀와 헤어져 집에 가서 잠을 잘 것이고, 내일은 출근을 할 것이고, 그리고 아무 일도 일어나지 않을 것이다. 나는 그런 엉뚱한 생각을 하면서 그녀와 마주앉은 시간을 흘려보냈다. 기린과 펠리컨이 같이 앉아 있는 것처럼, 서로 말이 없었다.

다음날 밤 그녀가 전화를 걸어왔다. 그리고 그 무렵 새로 사귄 미국인 애인에 대해 이야기했다. 새로 배운 악기라든가, 새로 익힌 외국어에 대해 설명하는 것 같은 어조였다. 같은 항공사에서 근무하면서 뭐가 어떻게 된 건지 모르게 자연스럽게 그렇게 되었다고 했다. 그것이 나와 헤어지게 된 원인인지 결과인지는 잘 모르겠다고, 그녀는 웃으면서 말했다. 나는 전화를 귀에 댄 채 고개를 끄덕였다.

어느 순간 인생은 '갑자기' 흘러가는 모양이다. 그 무렵 나는 같은 회사에서 근무하던 인턴 여직원과 가까워졌고, 모든 면에서 전형적인 연인 관계로 발전해 있었다. 고향에서 홀로 지내시던 아버지를 모셔 와 전쟁 같은 결혼식을 치른 것은 그로부터 얼마 뒤였다. 충동적으로 떠난 여행처럼, 모든 것이 내 곁을 휙휙 흘러간다는 느낌이었다. 결혼생활은 순탄치 않았다. 나는 자꾸 밖으로 돌았고, 아내는 그런 나를 견디지 못했다. 절반 이상의 나는 어디 다른 곳에서 살고 있는 듯한 느낌이었다. 그건 아마도 아내 역시 마찬가지였을 것이다.

해외 전출을 희망했던 것과는 달리, 나는 국내 대리점 관리를 벗어나지 못했다. 그도 그럴 것이 미국에 본부를 둔 모회사가 휘청거리는 바람에 한국 지사 역시 인원 감축 등 사업 전반의 구조조정이 시작되던 때였기 때문이다. 모든 것이 뜻대로 되지 않는다고 생각했지만, 실은 내 뜻이 무엇인지도 정확히 알 수 없었다. 원인과 결과가 마구 뒤섞이는 느낌이었다. 아내와는 한 해를 채우지 못하고 결국 이혼에 합의했다. 불행은 불행을 따라다니는 모양인지, 이혼 수속이 진행되는 와중에 아버지가 돌아가셨다.

아버지는 고향집에서 눈을 감으셨는데, 나는 그걸 아버지의 작고 겸손한 행복이라고 생각했다. 아버지는 평생 한 번도 떠나지 않은 자신의 공간에서 고요히 눈을 감으신 것이다. 오래전 함께 중국 여행을 떠나기도 했던 동리 어르신들은 이제 거의 남아 있지 않았다. 절반 이상이 세상을 떠난 탓이기도 했지만, 한편으로는 근방에 생긴 리조트 덕분이기도 했다. 그쪽에 땅을 갖고 있던 몇몇 고향 어른들은 '한몫' 잡아서 도회로 나갔다고 했다. 반면 아버지를 포함한 많은 토박이들은 리조트 건설 반대 시위를 벌이며 사이가 벌어졌다. 이후 리조트 쪽과 시청 쪽의 로비 몇 번에 시위는 유야무야되었다. 시간은 많은 것을 순식간에 바꿔놓았다. 고향은 고향이었지만, 나로서는 아무런 미련이 남지 않는 고향이었다.

사흘간의 장례는 참으로 간소했다. 가까운 곳에 살던 몇몇 지인들이 찾아오고, 내 직장 사람들 중 친한 이들 몇몇이 내려와 술을 마셔주고, 사설 공원묘지에 터를 구입해 아버지를 모시고, 장례가 끝난 뒤 아버지의 유품들을 정리하고, 사망신고를 하고……

읍내의 부동산에 작은 집과 쓸모없는 텃밭을 내놓고 나오는데, 아버지의 친구이기도 한 주인이 생전의 아버지를 회고했다. 멀쩡하던 양반이 갑자기 쓰러졌다 깨어난 와중이었기 때문에 더더욱 가슴이 아팠다고 덧붙이면서였다. 이보게, 여기가 어딘가? 내가 태어난 곳이 맞는가? 내가 태어난 곳은 어디로 사라졌는가?—아버지의 말을 들려준 뒤에 부동산 주인은 허공을 쳐다보며 안타까운 듯 혀를 찼다. 그래도 그 양반은 고향에서 뜨셨으니, 다행이지.

나는 정중한 인사를 건네고 부동산을 나왔다. 아마도 아버지의 옛친구를 만나는 것도 마지막일 것이다. 집과 텃밭이 팔리면 전화와 팩스로 일을 처리할 것이었다.

나는 아버지의 방에서 아버지의 요를 깔고 누운 채 고향에서의 마지막 밤을 보냈다. 낡은 벽지가 그대로인 천장을 바라보며 붓꽃 무늬들을 하나하나 세었다. 오십 개쯤의 붓꽃까지 세다가 숫자를 놓치면 처음부터 다시 세었다. 이백 개쯤의 붓꽃까지 세다가 숫자를 놓치면 처음부터 다시 세었다. 오백 개쯤의 붓꽃까지 세다가 숫자를 놓치면 처음부터 다시 세었다.

그녀와는 가끔 연락하고 지냈다. 아내가 아니라 스튜어디스였던 그녀 말이다. 한번은 아주 오랜만에 저녁식사를 함께한 적도 있다. 하필이면 우리가 처음 연애를 시작한 바로 그날이었다. 목소리들이 마구 날아다니는 술집에서, 대화라는 걸 생전 처음으로 해보는 사람의 기분으로 그녀와 이야기를 나누던 오래전의 그날.

하필이면……이라고 했지만, 어쩌면 우리는 그날을 기억하고 있다가 우연을 빙자해 만난 것인지도 몰랐다. 다시 만날 것도 아니면서 옛 기념일이라니. 우리는 참 괴팍하군. 누가 먼저랄 것도 없이 그런 말들을 뱉어놓고는 동시에 웃음을 터뜨렸다. 샐러드의 키위 드레싱이 좀 시었던지, 그녀가 얼굴을 찡그렸다. 내가 농담삼아 물었다.

공중은 어때? 좋은 곳인가?

그녀는 뜻밖에 풀이 죽은 목소리로 탁자를 내려다보며 중얼거렸다.

공중은…… 외로운 곳이야. 창밖을 봐도 신호등도 없고, 마주 오는 구름을 향해 손을 흔들 수도 없고.

혼자 중얼거리듯 그녀는 말을 이었다.

공중에 있는 건 사람들뿐이지. 내가 시중들 사람들.

내가 짓궂게 반문했다.

비행기 속도가 시속 구백 킬로미터라면서? 선동렬이 던지는 공보다 여섯 배나 빨리 움직이는 기계 안에서 주스와 생수와 식사를 서비스하는 일이잖아. 설마, 그걸 모르고 시작했다는 말이야?

그녀의 얼굴에 힘없는 미소가 떠올랐다가 사라졌다. 그녀가 문득 하루오 이야기를 꺼낸 것은 그 무렵이었다.

하루오를 봤어.

하루오? 하루오? 아, 하루오.

나는 그녀의 입에서 하루오라는 이름이 나오자 가벼운 감탄을 뱉어냈다. 물풀과 녹조와 쓰레기로 채워진 기억의 늪에 잠겨 있다가, 스르르 수면 위로 떠오르는 이름 같았다. 인도 여행을 한 지 꽤 된데다 그간의 생활에 변화가 심했기 때문인지, 이젠 '올드 프렌드'라는 느낌마저 들었다.

그녀의 이야기는 다소 뜻밖이었다. 그녀가 하루오를 본 것은 디트로이트의 공항에서였다고 한다. 아니, 그게 하루오인지 아닌지는 확실하지 않지만—이라고 얼버무리면서 그녀가 말을 이었다.

그녀는 승무원 전용 라인에서 순서를 기다리고 있었다. 두 손을 모아 예의 그 2단 캐리어를 쥐고 정복을 입은 채였다. 그런데 옆쪽 외국인 입국자들이 수속을 밟는 웨이팅 라인 쪽에서 작은 소동이 벌어지고 있었다.

한 남자가 공항경비대 소속 직원들과 실랑이를 벌이고 있었던 것이다. 남자는 간간이 괴성을 지르면서 항의했고, 직원 두 명이 남자의 양팔을 잡고 조사실로 동행을 요구하고 있었다. 낡은 청바지에 헐렁한 갈색 니트를 입은 동양계 남자였다. 목소리와 억양으로 보아 일본인인 듯했는데, '일본인답지 않게' 격렬히 항의하더라는 것이다.

저것은 하루오이다—라는 생각이 든 것은 실랑이를 벌이던 남자가 문득 그녀 쪽을 돌아보았을 때였다. 눈이 마주치는 순간 빙긋, 하는 웃음이 남자의 얼굴을 지나갔다고 생각한 것은, 아마도 자신의 착각이었을 거라고 그녀는 덧붙였다.

미국 공항에서는 전신 스캔이 '랜덤하게' 이루어진다고 그녀는 설명했다. 임의로 선택된 외국인 승객을 커다란 원통형 촬영실에 넣고 용의자처럼 두 팔을 들게 한 뒤 엑스레이 같은 것으로 전신을 스캔한다는 것이다. 9·11 테러 이후 강화된 조치라고 했다. 요구를 거부하면 때로는 입국허가를 받지 못할 수도 있었다.

그녀는 하루오를 돕지 못했다고 한다. 몰려온 공항경비대원들이 그를 조사실로 데려갔기 때문이었다. 단순한 항의를 넘어 일종의 난동을 부렸으니, 아마도 간단한 신상 조사 후 입국 거부 절차가 진행됐을지도 모르겠다고 그녀는 덧붙였다.

기념일이란 이렇게 쓸쓸한 것일까, 하는 생각을 나는 하고 있었다. 식당 창밖으로는 눈이 내리고 있었다. 겨울도 막바지인지라 소담스러운 눈송이는 아니었다. 젖은 눈, 젖은 눈, 나는 그렇게 중얼거렸다.

그녀는 앞으로의 계획에 대해 말했다. 조만간 항공사에서 근무하는 '캡틴'과 결혼이 예정돼 있으며, 로스앤젤레스에 정착할 계획이라는 얘기였다. 승무원 일은 이미 그만두었고, 한국은 이것으로 이별이라고 덧붙였다. 아주 길고 끝나지 않는 여행을 하게 된 셈이야—라고 그녀는 말했다. 그래도 가끔은 놀러와. 하나 마나 한 말을 뱉으며 나는 고개를 끄덕였다.

헤어질 때 그녀가 지나가는 말인 듯 들려준 이야기는 이런 것이었다.

그때 바라나시의 게스트하우스에서 하루오와 밤새 이야기를 나누었잖아.

그녀는 젖은 눈이 떨어지는 하늘에 시선을 두고 말했다.

너도 우리를 보고 있었으니까 기억하겠지. 그때 우리가 어떤 이야기를 나눴는지 알아?

나는 눈발이 굵어지는 하늘을 가만히 바라보았다.

나는 하루오가 아름답다고 말했어.

밤하늘에 시선을 둔 채 그녀가 말을 이었다.

그때도 하루오는 빙긋, 웃었는데, 그 웃음 뒤로 너무 쓸쓸한 표정이 떠오르는 거야.

그 표정 앞에서 그녀는 입을 다물 수밖에 없었다고 한다. 바라나시의 밤이 흘러가고 있었다. 그 어두운 방안의 고요 속에서, 하루오가 지나가는 말인 듯 아닌 듯 이렇게 중얼거렸다고 한다.

아름다운 건, 하루오를 제외한 모든 것이다.

그게 하루오의 말이었는데, 어딘지 건조한 그 말이 그때는 아주 조용하고 희박한 공기처럼 느껴져서, 뭐라고 더 대꾸를 할 수가 없었다는 것이다. 그리고 그 순간, 그녀는 이상한 느낌이 들었다고 한다.

그녀가 젖은 눈을 손바닥으로 받으며 가만히 말했다.

작은 사랑이 하나 지나간 느낌이었어……라고.

하루오에 대해서는 덧붙일 이야기가 하나 더 있다.

얼마 전부터 내가 일하는 한국 지사는 위기를 극복하고 회복세를 타고 있었다. 나는 오랜 무력감 속에 젖어든 채였지만, 회사는 정치권에 발이 넓다는 신임 회장의 강력한 의지에 힘입어 사세를 확장해가고 있었다. 한국 지사가 동아시아 및 동남아시아 시장 쪽을 총괄하게 되면서 사내에는 고요한 흥분이 일고 있었다.

나는 해외 영업을 강화하려는 회사 프로젝트에 참여한 뒤로, 외국인 사원 신규채용을 추진하는 일을 진행하게 되었다. 다양한 아시아계 외국인들을 선발하는 작업이었다.

뜻밖에도 나는 지원자들 가운데 하루오와 비슷한 일본인을 발견했다. 온라인으로 받은 지원서에는 다카하시 하루오가 아니라 하라 교스케라고 적혀 있었다. 하지만 사진으로 보아 그는 다카하시 하루오의 바로 그 눈매와 콧날과 입술을 가지고 있었다. 전체적인 인상은 지원서의 사진 쪽이 훨씬 날카로웠지만, 아무래도 하루오인걸, 하는 생각을 떨칠 수 없었다. 나는 반신반의했지만 확인할 방법은 없었다. 하루오의 홈페이지가 어느 날 문득 폐쇄된 뒤로, 그의 근황은 물론 글도 전혀 접할 수 없었기 때문이다.

면접 때, 나는 하라 교스케를 직접 대면할 수 있었다. 하라 교스케는 스트라이프 양복을 맵시 있게 차려입고 입가에 절제된 미소를 띨 줄 아는 남자였다. 예의와 절도를 갖추었다는 느낌이 들었다. 일본의 소규모 무역회사에서 인턴으로 근무한 적이 있고, 최근 한국 여성과 사귀게 되면서 한국의 문화에 깊은 관심을 갖게 되었다고 했다.

하라 씨는 혹시 다카하시 하루오라는 이름을 따로 쓰지 않으십니까?

나는 그렇게 물었다. 하라 교스케는 나를 보고 무슨 뜻이냐는 표정을 지으며 갸우뚱하더니 또박또박 답했다. 자신의 이름은 하라 교스케이며, 다카하시 하루오라는 이름은 알지 못한다는 것이었다.

면접이 끝난 그날 밤, 나는 혼자 집에서 술을 마시다가 하라 교스케의 번호를 찾아 전화를 걸었다. 하라 교스케는 인사 담당자가 밤늦게 전화를 건 게 이상한 모양이었다. 열시가 넘은 시간이니 당연한 반응이었다. 나는 아랑곳없이 질문을 던졌다.

하라 씨, 당신은 정말 다카하시 하루오가 아닙니까? 당신은 오래전에 여행에 대한, 아니 삶에 대한 웹 사이트를 운영한 적이 있고, 인도에서 나를 만난 적이 있습니다.

영문을 모르겠다는 듯한 침묵이 지나간 뒤, 하라 씨가 말했다.

그렇습니다. 나는 오래전에 인도를 여행한 적이 있고, 웹 사이트를 운영한 적이 있습니다. 하지만 그것은 여행이나 삶에 대한 것이 아니라 글로벌 트렌드에 대한 것입니다. 물론 글로벌 트렌드 역시 삶에 대한 것이긴 합니다만…… 어쨌든 나의 이름은 하라 교스케이며 다카하시 하루오라는 사람은 알지 못합니다.

나는 하라 씨의 말이 끝나기 무섭게, 이상한 열에 들떠서, 단호하게 말했다.

그렇죠? 당신은 역시 다카하시 하루오가 아닙니다. 당신은 다카하시 하루오여서는 안 됩니다. 다카하시 하루오는 여전히……

전화기 저편에서 하라 씨는 침묵을 지켰다.

……여행중일 테니까요.

그렇게 말한 뒤 나는 일방적으로 전화를 끊었다. 독한 중국술이 담긴 술잔을 들어 입에 털어 넣었다.

얼마 뒤 나는 회사를 그만두었다.

사유는 여러 가지였다. 프로젝트가 지지부진해졌다는 것, 거기에는 나와 우리 팀원들의 책임도 있다는 것, 회사 쪽의 압박이 조금씩 들어오면서 팀 내 갈등이 심각해졌다는 것 등등.

나는 별다른 계획 없이 사표를 제출했다. 회사를 옮길 수도 있고, 어쨌든 홀몸이었으니 전혀 다른 일을 할 수도 있을 것이다. 하지만 마음은 어느 쪽으로도 움직이려 하지 않았다.

며칠 동안 침대에 누워 천장의 아라베스크 무늬들을 바라보며 시간을 보냈다. 삼백 개쯤의 무늬까지 세다가 숫자를 놓치면 처음부터 다시 세었다. 칠백 개쯤의 무늬까지 세다가 숫자를 놓치면 처음부터 다시 세었다. 구백 개쯤의 무늬까지 세다가 숫자를 놓치면 처음부터 다시 세었다. 천오백 개까지 세다가, 나는 문득 인터넷에 접속해 인도행 비행기 티켓을 구했다.

여행이나 다녀오자는 느낌도 아니었고, 도를 찾아가자는 마음도 아니었다. 이렇게 말해도 좋다면, 어쩐지 그래야 할 것 같았다고나 할까. 아마도 나는 델리로 가서 바라나시행 야간열차를 탈 것이었다. 잠을 자거나 무료하게 시간을 보내고 있는 사람들 사이에 얌전히 앉아 있다가 문득 몸을 일으켜 청소를 시작할 것이었다. 그렇게 하고 있으면 누군가 이렇게 말을 걸어올지도 모른다.

당신은 혹시 다카하시 하루오를 아십니까?

라고.

나는 빙긋, 웃으며 이렇게 대답할 것이다.

절반 이상의 하루오라면,

아마도.

(『기린이 아닌 모든 것』, 문학과지성사, 2015)

황정은

상류엔 맹금류

2014 제5회

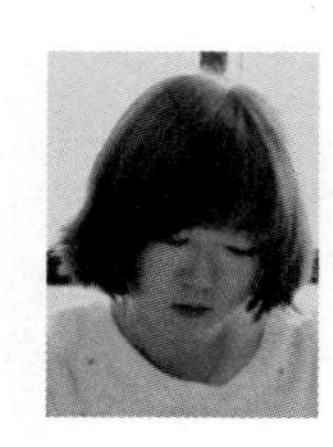

황정은
2005년 경향신문 신춘문예에 단편소설 「마더」가 당선되어 등단. 소설집 『일곱시 삼십이분 코끼리열차』 『파씨의 입문』 『아무도 아닌』, 장편소설 『百의 그림자』 『야만적인 앨리스씨』 『계속해보겠습니다』, 연작소설집 『디디의 우산』 『연년세세』가 있다. 한국일보문학상, 신동엽문학상, 이효석문학상, 대산문학상, 김유정문학상, 오늘의 젊은 예술가상, 5·18문학상, 만해문학상, 제3회, 제4회 젊은작가상, 제5회 젊은작가상 대상을 수상했다.

상류엔 맹금류

나는 오래전에 제희와 헤어졌다. 헤어질 무렵엔 무슨 대화를 나눴는지 기억나는 것이 없다. 나눈 대화가 거의 없었기 때문인지도 모른다. 그즈음엔 제희네까지 갈 일이 있어도 안에는 들르지 않고 집 앞에서 헤어졌다.

제희의 이름은 제희. 재희가 아니라 제희. 이름을 말할 일이 있을 때마다 제희는 자기 이름의 모음을 일러주었다. 아이 말고 어이. 재희 말고 제희. 제희에게는 누나가 넷 있었다. 막내가 제희였는데 딱히 아들을 바란 출산의 결과는 아닌 듯했다. 제희네 어머니가 장사로 너무 바빠 아이를 떼러 갈 시간을 내지 못했기 때문이라고 들었다. 자라는 동안에도 제희는 아들이라고 딱히 대우를 받거나 혜택을 누린 것이 없었다. 적어도 내가 들은 바로는 누나들과 공평하게 먹었고 얻어맞았고 나누어 받았다.

제희는 누나들과 닮았다. 사진을 보면 알 수 있었다. 다들 요모조모 달라 보이는 얼굴을 하고 있는데도 사진 안에서는 공통된 윤곽이 보였다. 그건 어쩌면 물리적인 형태라기보다는 분위기 같은 것인지도 몰랐다. 제희는 여자에게 친절했다. 친절하게 굴자고 마음먹고 친절한 것이 아니라 여성의 생태를 잘 이해하고 있는 것처럼 보였다. 누나들의 성장을 지켜보면서 간접적으로 경험한 여성성을 내면화한 듯했다. 제희와 같이 다니다보면 남자친구라기보다는 자매나 친한 남매 같을 때가 많았고 나는 그런 친밀감을 느낄 수 있다는 것이 좀 즐거웠다.

그해 제희네 아버지는 한쪽 폐를 제거하는 수술을 받았다. 젊은 시절에 제대로 치료하지 않은 결핵으로 이미 손상된 폐에 암세포가 번졌다는 것이었다. 제희네 아버지는 감기 치료를 하러 병원에 들렀다가 우연히 그 사실을 알았다. 암이 발견된 뒤로는 제희가 아버지를 모시고 병원을 다녔고 얼마 지나지 않아 수술을 시도해볼 수는 있지만 가망은 별로 없다는 최종 진단을 받았다. 소식을 들은 밤에 제희네 누나들이 마루에 모였다. 제희네 어머니와 제희까지 여섯 사람이 손을 잡고 둥글게 앉아서 이 고난을 잘 헤쳐나가자고 스스로에게 또 서로에게 다짐했다. 그건 분명한 기도였지만 일방적인 위탁은 아니었고 서로 간의 다짐이자 격려였다. 제희나 제희네 누나들에게는 신이 없었다.

나는 조금 떨어진 자리에 앉아 그들을 보았다. 제희가 손수 개조해서 벽에 걸어둔 선풍기 아래 크고 작은 액자들이 걸려 있었다. 오래된 사진과 액자들. 아름다운 여자. 가장 오래된 사진은 제희네 어머니였다. 흑백사진으로, 결혼하기 직전인 십대 후반에 그 사진을 찍었을 것이다. 헵번스타일로 머리를 말고 민소매 원피스를 입은 그녀는 아주 세련되고 아름다워 보였다. 눈에도 생기가 있고 표정이 풍부했다. 그리고 그녀의 아이들, 그들의 어린 시절이 있었다. 코스모스와 백일홍 곁에서 멜빵바지를 입고 찍은 사진. 옛날 집 마당에서 벌거벗고 등목을 하는 마른 아이들. 사진 속 아이들이 모두 그 마루에 모여 있었다. 역경을 함께 이겨내고 살아남은 사람들이었다. 내 사진도 언제고 그 벽에 걸릴 것이라고 나는 생각했다. 그러고 나면 또 언젠가 사진 속의 나보다도 훨씬 나이든 내가 그 사진 아래 앉아 있게 되는 날도 오겠지. 나는 그걸 의심하지 않았다. 제희와 나는 오래 만났고 서로의 집을 잘 알았다. 아마도 다음번 고난이 닥쳤을 땐 나도 그들과 손을 잡고 이 마루에 앉을 것이다. 제희네 어머니의 화분들에 둘러싸여서, 우리가 힘을 합쳐 이 고난을 잘 이겨내자고 진심으로 다짐하게 될 것이다. 그렇게 되는 것이 당연하고 자연스러웠다.

제희네 아버지는 여름이 끝날 무렵에 수술을 받았다. 여섯 시간이 걸렸는데 예상보다도 긴 시간이었다. 수술을 끝내고 나타난 의사는 피곤해 보이는 모습과는 다르게 상쾌한 어투로 경과를 일러주었다. 열고 보니 가슴이 너무 지저분한 상태라서 고름과 이물질을 깨끗하게 걷어내느라고 그만큼의 시간이 걸렸다는 것이었다. 유별나게 힘든 수술이었고 한번 더 이런 수술을 하라고 하면 자기는 사양할 것 같다며 그는 웃었다. 수술은 일단 성공적이라고 그는 말했다.

나는 제희네 부모님이 시장에서 장사를 했다고 들었다. 재래시장에서 과일을 팔았고 꽤 규모가 있는 가게로 장사도 잘되어서 시장 상인들 중에서도 번듯하게 살았다고 했다. 제희네 부모님은 주변 상인들하고 계를 들어서 크게 현금을 돌리곤 했는데 어느 해, 제희네 어머니의 소개로 계원이 된 여자가 곗돈을 가지고 달아났다. 제희네 어머니와는 자매처럼 지내던 사이로 일이 벌어지고 보니 시장 안에서 신용이 있었던 제희네 이름으로 여러 상인들에게 상당한 금액의 돈을 빌리기까지 했던 모양이었다. 모두 합치자 큰돈이 되었다. 그건 정말 큰돈이었다. 달아날 것을 작정하고 달아난 사람이라 쫓아갈 길도 찾아낼 길도 없었다고 제희네 어머니는 말했다. 이후의 상황은 제희네 누나들이 잘 기억하고 있었다. 전날까지만 해도 형님 동생, 하던 상인들이 제희네 상점으로 몰려와서 박스를 뒤집고 과일을 짓밟았는데 당시 고등학생이던 맏딸에게까지 찾아와서 학교를 그만두고 어떻게든 돈을 갚으라고 요구를 했던 모양이었다. 제희가 두 살이 되었을 무렵으로 제희네는 이때 크게 넘어졌고 그뒤로 다시는 전과 같은 모습으로 일어나지 못했다.

우린 의논해볼 데도 없었다, 라고 제희네 어머니는 말했다.

둘 다 실향민이었으니까. 상황이 이러저러하다고 하소연이라도 해볼 연고가 없었다. 그 상황에 머리털 까만 아이만 다섯이지. 우린 딱 두 가지 길을 생각했다. 함께 살든가, 함께 죽든가.

처음에 제희네 부모님이 생각해본 것은 후자 쪽이었다. 하지만 아이 다섯과 자신들을 한꺼번에 '확실하게' 죽일 수 있는 방법을 좀처럼 생각해낼 수가 없어서, 그렇다면 사는 길, 하고 방향을 틀었다고 제희네 어머니는 말했다. 제희네 아버지는 사정이 좀 나아질 때까지 아이들을 시설에 넣으면 어떠냐고 제안했지만 그건 그녀가 반대했다. 입양이라도 되면?

살았는지 죽었는지도 모르게 영영 만날 수 없게 된다면?

그걸 또 겪게 된다면?

잠든 아이들 곁에서 제희네 부모님은 다시 생각해보았고 이번엔 제희네 어머니가 빚을 두고 멀리 달아나는 것을 제안했다. 이것은 제희네 아버지가 반대했다. 그는 자기 잘못도 아닌 일 때문에 범죄나 다름없는 방식으로 달아날 수는 없으며 그렇게 도망치는 모습을 보여서 아이들 보기에 부끄러운 부모가 되고 싶지는 않다고 말했다. 제희네 어머니가 그 말에 공감했다. 거기까지 들려주고 제희네 어머니는 내게 묻듯 말했다. 그래서 어떻게 했냐.

그들은 아이들을 기르며 빚을 갚겠다고 결심했다. 과일가게와 집을 처분한 뒤 방이 한 개인 셋방을 얻어서 들어갔고 거기서부터 다시 시작했다. 전과 같은 상태는 아니더라도 조금씩 사정은 나아졌다고 제희네 어머니는 말했다. 딸들도 거의 시집을 보냈다. 사위들도 좋은 사람들이었다. 그녀에게는 고난 속에서도 아이 다섯 가운데 누구도 흘리지 않고 어떻게든 끌어안고 버텨서 길러낸 것에 관한, 단념하지 않고 가족을 가족으로 유지한 것에 관한 자부가 있었다. 제희네 어머니에게 세상에서 가장 나쁜 여자는 자식을 버린 여자였다.

나는 부도덕하다고 생각했다.

제희네 부모님과는 잘 지냈고 존경심도 가지고 있었으나 그 시점의 선택에 관해서는 그런 생각을 하지 않을 수가 없었다. 두 사람은 빚을 전부 갚기도 전에 늙어버렸고 제희네 누나들과 제희가 그 몫을 나누어 받을 수밖에 없었으니까. 맏딸인 큰누나는 진학을 포기하고 전철역에서 보세 의류를 팔았다. 그녀는 수입의 일부를 빚을 갚는 데 보태고 또다른 일부로는 빚의 이자를 갚는 데 보태고 남은 일부로는 생활하는 데 들어가는 비용을 보탰다. 그녀가 결혼한 뒤로는 둘째, 셋째, 넷째, 제희 순이었다. 제희네 누나들 가운데 대학에 진학한 사람은 단 한 명도 없었고 결혼해 사는 누나들을 비롯해서 모두가 형편이 그만그만했다.

나는 그것을 골똘히 생각해볼 때가 있었고 그때마다 좀 사나운 심정이 되었다. 제희네 부모님은 왜 도망가지 않았을까. 왜 새로운 곳에서 새롭게 시작하지 않았을까. 자식들에게 부끄럽지 않은 부모가 되고자 하는 것은 자신들의 욕심일 뿐이라는 생각은 안 해보았을까. 빚을 떠안으면서 딸들에게 짐을 지운 것이라는 생각은 해본 적이 없었을까. 자신들의 양심과 도덕에 따랐지만 딸들의 인생을 놓고 봤을 때는 부도덕한 선택이 아니었을까.

내가 두서없이 그런 이야기를 하면 제희는 어쩔 수 없다는 듯 웃었다. 그냥 그런 사람들인 거야. 그리고 그대로 도망을 가서 살았다면 우리는 만나지도 못했을걸? 제희는 그렇게 말했고 나는 옳다고 생각했다. 제희네 부모님이 도망을 결심했다면 제희는 나와 같은 고장에서 살지 못했을 것이고 고교 동창생인 우리에게는 어쩌면 접점이 없었을지도 몰랐다. 어쩔 수 없이 그렇게 납득은 하면서도 당시를 상상하면 한숨이 나왔다.

제희네 아버지가 퇴원한 날에 제희네 누나들은 다시 그 집에 모였다. 제희는 제희네 누나들과 돈을 모아서 환자가 드러눕고 일어나기 편하도록 전동으로 작동되는 침대를 사서 방에 넣어두었다. 제희네 아버지가 그 위에 앉자 제희네 누나들은 한 번씩 그의 머리를 끌어안았다. 우리 아버지, 한번 안아봅시다. 그의 조그만 머리가 이제는 그보다 더 크게 자란 딸들의 품에 한 번씩 묻히는 광경을 나는 지켜보고 있었다. 나는 내 부모님과 한 번도 그런 포옹을 해본 적이 없었다. 내 부모가 서로를 그렇게 포옹하는 모습을 본 적도 없었다. 어렸을 적부터 그들과 나는 사이가 좋지 않았고 부모님 간에도 마찬가지였다. 내가 제희네를 수차례 들락거리면서 동경하고 부러워하고 어떤 밤에는 눈물이 날 정도로 질투했던 것이 바로 그런 광경이었다. 그리고 그건 어쩌면 내가 그들로부터 나눠 받을 수 있게 될지도 몰랐던 어떤 것이었다.

제희네 아버지는 그뒤로 집에 머물면서 투병했다. 방사선치료를 하지 않아도 되는 것은 다행이었으나 수술 부위에 자꾸 문제가 발생했다. 폐를 들어낸 자리는 말 그대로 텅 비어 있는 상태였고 시간이 지나면 차츰 몸을 구성하는 다른 물질들로 채워지는데 그사이 염증이 생겨서 고름이 차지 않도록 관리해야 했다. 관리를 위해 옆구리에 구멍을 뚫고 배수로 삼아 짤막한 관을 박아두었는데 새로

돋아나는 살 때문에 그 길이 자꾸 막혔고 그게 완전히 막히면 목숨이 위태로워지는 상황이었다. 담당의는 재생력이 좋은 것이고 그건 좋은 징조라는 이야기를 한 모양이었지만 염증도 빈번했다. 제희네 아버지의 옆구리는 날씨, 습도, 기분에 예민하게 반응했고 두 달에 한 번씩은 재입원해야 하는 상황이 벌어졌다. 몸이 붓고 열이 나고, 그러면 내부 상태를 점검하기 위해 병원을 찾았고 그때마다 입원해서 수술이나 다름없는 과정으로 검사를 했다. 아물 만하면 열고 아물 만하면 여는 과정이었다. 제희네 아버지는 그간에 부쩍 지치고 여위었는데 그보다는 어깨 통증과 관절염으로 고생하며 종일 그를 돌보는 제희네 어머니의 피로가 더 심각했다. 지치고 우울하다는 것이 눈에 보였고 귀로 들렸다. 그즈음 제희네 어머니가 제희네 아버지를 향해 던지는 말은 곁에서 듣기에도 주눅이 들 정도로 거친 경우가 많았다.

제희가 나들이를 가자고 제안한 것은 여름이 끝나갈 무렵이었다.

수목원에 가자고 제희는 말했다.

부모님과 텔레비전을 보다가 수목원을 보았는데 저런 근사한 곳에 소풍 가고 싶다고 제희네 아버지가 말했고 제희네 어머니가 그즈음 드물게도 공감했다는 것이었다. 두 분이 여태 여행을 함께 가본 적이 없다는 것을 안 것도 처음, 아버지가 먼저 어딘가로 소풍을 가고 싶다고 말한 것도 처음이라고 제희는 말했다. 제희는 수목원을 몇 군데 알아보았고 수도권에서 너무 멀지 않은 곳으로 원시림이 잘 보존되어 있는 큰 수목원을 골랐다. 삼림 보호를 위해 관람객을 제한적으로 받아들이는 숲으로 사전에 예약을 해야 입장할 수 있는 곳이었다. 거기 모시고 가고 싶다고 하면서 제희는 함께 가겠느냐고 물었고 나는 가겠다고 대답했다. 나는 수목원에 가본 적이 없었다.

*

9월 초순이었다.

그해 여름은 다른 해보다 무더웠다. 그때까지도 더위가 가시지 않아 가만히 앉아 있어도 땀이 흘렀다. 제희네 어머니는 이날의 나들이를 위해 인견으로 만든 옷 한 벌을 샀고 도시락을 준비했다. 시동을 걸고 기다리는데 뭐가 들었는지 모를 짐이 여섯 개나 내려왔다. 마지막으로 그 짐을 싣고 다닐 카트를 실은 뒤 수목원을 향해 출발했다. 수목원까지는 별다른 막힘 없이 가더라도 두 시간이 걸리는 거리였다.

자유로로 진입해서 속도를 높이기 시작했을 때 제희네 아버지가 신분증을 가져오지 않았다고 말했다. 마지막 순간에 탁자 어딘가에 놓아두었는데 챙긴 기억이 없다는 것이었다. 예약한 인원만 예약한 이름으로 입장할 수 있는 숲이었으므로 입구에서 신분증 확인이 있을지 몰랐다. 그걸 가지러 되돌아갈 수도 없는 시점이었다. 제희네 어머니가 곧바로 그의 정신머리를 타박하기 시작했고 제희네 아버지는 자책도 아니게 화를 냈다. 그는 신분증을 탁자에 놓아두고 여기까지 와버린 다른 누군가를 비난하는 것처럼 혀를 찼다. 괜찮을 거야. 운전대를 잡고 있던 제희가 설마 거기까지 온 사람을 되돌려보내기야 하겠느냐고 여러 차례 달랜 뒤에야 상황은 진정되었다. 제희는 지나간 시절의 음악이 나오는 채널로 라디오를 틀어두었다. 때도 아니게 폭염주의보가 있던 날이었다. 에어컨디셔너의 냉기 속에서도 대시보드는 직사광선을 받고 뜨겁게 달아올랐다. 바람 소리가 시끄러워 냉기를 줄이면 바로 숨쉬기가 곤란해졌다.

제희와 나는 어른들의 컨디션에 신경을 곤두세우고 있었다. 제희네 부모님, 특히 제희네 어머니는 예민하게 들뜬 채로 기분이 좋아졌다가 나빠지기를 반복했다. 아무것도 아닌 것이나 아무것도 아닌 말이 꼬투리가 되었다. 제희네 아버지가 소음이 신경 쓰이니 에어컨디셔너를 좀 끄자고 말하자 나머지 사람들은 이 더위에 어쩌라는 것이냐고 쏘아붙였다. 제희네 아버지가 그러냐고 웃으면 그게 웃기냐고, 왜 우습지도 않은데 웃느냐고 정색을 하고 물었다. 제희가 능숙하게 화제를 전환해가며 둘 사이를 달래는 동안 나는 조수석 모서리를 손으로 붙들고 있었다. 고집스럽고 뜨거운 것을 무릎에 올려두고 앉은 기분이었다. 파도를 수차례 타고 넘는 것처럼 가라앉았다가 떠오르고 가라앉기를 반복하면서, 아슬아슬하게 나아가는 길이었다.

제희는 그늘에 차를 세우려고 주차장을 두 바퀴 돌았지만 적당한 자리를 찾지 못했다. 웬만한 나무 그늘엔 먼저 도착한 차들이 자리를 잡고 있었다. 그늘 한 점 없는 주차장 복판에 차를 세워두고 짐을 내리는 동안 해는 우리 머리 꼭대기에 있었다. 정오였다. 제희네 아버지가 뒷좌석에서 깨끗한 파나마모자를 꺼내 머리에 얹었다. 제희네 어머니는 나무 그늘 쪽을 바라보고 서 있었는데 이마를 덮은 곱슬머리 때문에 눈 아래 짙은 그늘이 져 있었다.

제희는 트렁크를 열어둔 채로 카트에 짐을 실었다. 도시락 찬합, 수박 반 통을 담았다는 아이스박스, 돗자리 두 묶음과 각종 피크닉 용품이 담긴 종이봉투, 간식을 담은 배낭이었다. 여섯 개의 짐은 부피도 모양도 제각각이라서 카트에 쌓기가 쉽지 않았다. 찬합은 둥글고 아이스박스는 아래쪽으로 갈수록 좁아지는 형태에 물병은 길쭉하고 돗자리는 더 길쭉해서 어떻게 쌓아도 균형이 잘 맞지 않았다. 특히나 피크닉 용품이 담긴 종이봉투는 아래쪽에 놓으면 찌그러져서 균형을 무너뜨렸고 위에 얹으면 짐을 고정하는 고무줄 틈으로 빠져 바닥으로 떨어졌다. 그런 과정을 반복하면서 벌써 몹시 구겨진 상태였다. 나는 지쳐서 뒤로 물러섰다. 제희는 저걸 끌고 숲으로 들어갈 작정일까. 카트를 끌기에 적당한 길만 있는 것도 아닐 텐데 어쩔 생각일까, 하고 생각했다. 산책을 하러 왔는데 그래서야 산책하기가 어려운 모양새였다. 한두 개는 두고 가도 상관없을 것 같았는데 제희네 어머니는 다 필요한 거라며 몽땅 가지고 입장하기를 고집했다. 제희는 뜨거운 시멘트 바닥에 무릎을 꿇은 채로 짐을 쌓았다가 내리고 다시 쌓기를 반복하면서 땀을 흘리고 있었다. 제희네 아버지는 부채를 부치면서 줄이 너무 짧은 것 아니냐고 말했다. 제희는 비뚤비뚤하게 쌓인 짐 위로 고무줄을 당기다가 고리에 발목을 다쳤다. 굵은 고무줄 끝에 수리 발톱처럼 생긴 금속 고리가 달려 있었는데 그게 어딘가에 잘못 걸렸다가 탁, 풀리면서 제희의 왼쪽, 그것도 안쪽 복사뼈를 때렸다. 조그만 돌이 쪼개지는 듯한 소리가 났다. 제희는 발목을 붙들고 앉은 채로 한동안 움직이지 못했다. 복사뼈를 덮은 손 위로 핏줄이 불거져 있었다. 괜찮으냐고 묻자 제희는 괜찮다고 답하면서 한두 번 발을 털어본 뒤 똑바로 섰다. 제희네 어머니가 멍한 눈빛으로 제희를 바라보고 있었다.

숲은 예상보다 조용하고 한적했다.

주차장에 차들을 내버려두고 숲으로 들어간 사람들은 다 어디에 모였는지 인적이 드물었다. 그늘을 찾아 어디론가 들어간 모양이라고 나는 생각했다. 신분증 문제로 입구에서 실랑이가 벌어졌을 때 우리 뒤쪽에 서서 다음 차례를 기다리고 있던 젊은 커플이 팔짱을 낀 채로 앞서 걷고 있었다. 그들도 양치식물원 쪽으로 모퉁이를 돌아 사라지자 넓은 편백나무 가로수길에 제희네와 나뿐이었다.

제희는 내 목에 카메라를 걸어주며 사진을 찍어보라고 말했다. 어머니와 아버지가 나란히 걷고 있을 때, 그럴 때 자연스럽게. 그게 쉽지는 않았다. 부채를 부치며 걷는 아버지와 큰 나무들에 한눈을 팔며 걷는 어머니, 그들의 뒤쪽에서 카트를 끌며 천천히 걷는 제희까지 한 번에 담아보려고 했지만, 누군가는 앵글 바깥에 있었고 제희네 아버지와 어머니가 워낙 떨어진 채로 걷고 있어 그 둘을 한 번에 앵글에 담을 수 있는 순간도 많지 않았다. 나는 몇 번 시도를 해보다가 무궁화와 반송, 당단풍에 카메라를 가져다대고 찍었다. 제희는 조금씩 다리를 절며 걷고 있었다. 그의 뒤쪽에서 기묘한 형태로 짐을 실은 카트가 용케 균형을 유지하며 끌려가고 있었다. 제희가 문득 멈춰 서서 허공을 바라보더니 봐, 라고 말했다. 나는 제희가 뭘 보라는 건지 알 수 없었다. 내게는 보이지 않았다. 이거. 보이지도 않는데 이것을 보라며 제희는 검지로 공중을 가리키고 있었다.

거미였다.

거미 한 마리가 거미줄 끝에서 바람을 타고 있었다. 구름 어딘가에서 내려온 것처럼 보였다. 다리가 투명하고 등에 아름다운 하늘색 무늬가 있는 거미였다. 제희네 어머니가 다가와 보더니 피난길에 숲에서 이런 거미를 더러 보았다고 말했다. 그녀는 거미를 능숙하게 손가락에 얹고 거미가 손등을 기어다니도록 내버려두었다. 거미를 들여다보는 얼굴에 장난기가 어렸다. 그녀는 이따금 그런 얼굴을 할 때가 있었고 그럴 때 나는 그녀의 어린 시절을 생각하게 되었다. 1939년생 노부인의 어린 시절. 그런 걸 생각하면 이상하고 아득한 기분이 되었다. 그녀는 어린 시절에 전쟁을 겪었다. 살던 집에서 짐을 꾸려 어딘지 알 수 없는 곳으로 피난을 가는 길에 가족을 영영 잃어버리기도 하고 폭탄이 터져 부모나 형제의 몸이 바로 곁에서 조각나기도 하는, 그런 전쟁을 말이다. 그녀는 내게 전쟁중에 있었던 일을 들려준 적이 있었다. 피난길에 갓난쟁이 막내를 등에 업었는데 어느 순간 부모님과는 헤어졌고 그뒤로 다시는 만나지 못했다. 갓난쟁이 막내는 그 피난길에서 죽었다. 막내를 이불로 감싸서 등에 업고 있었는데 공습 뒤 잔불이 남은 들판을 걸을 때 불티가 튀었는지 솜 속으로 번진 불에 타 죽었다는 것이었다. 아기가 울어대도 방법이 없어 그냥 업고 걷다가 문득 등이 뜨거워 아기를 내려놓고 이불을 열고 보니 새카맣게 그을려 죽어 있었다고 그녀는 말했다. 내가 그 이야기를 들은 당시부터 거슬러올라가도 오십여 년 전의 이야기였다. 그것을 함께 들은 제희가 슬펐겠다고 말하자 그녀는 슬펐다거나 잊었다거나 답하지는 않고 그때는 그런 일을 겪은 사람이 많았다고만 답했다.

나는 그 이야기를 들은 이후로 그녀의 어린 시절을 생각하면 다 타고 남은 하얀 잿더미로 덮인 들판에 서 있는 여자아이를 떠올리게 되었고 그 여자아이는 왠지 육십대 초반인 그녀의 얼굴을 하고 있는 경우가 많았다. 내가 알고 있는 얼굴, 노부인의 얼굴을 말이다. 그녀는 전쟁고아였다가 헵번스타일로 머리를 만 아름다운 여인이었다가 이제 오십견으로 고통을 받고 관절염으로 다리를 저는 노부인이었다. 그 사이사이에, 내가 모르고 제희도 모르고 심지어는 그녀 자신조차 잘 모르는 일들이 그녀에게 일어났을 것이다. 나는 그 사이를 잘 상상할 수 없었다. 폐허 속 여자아이, 유행하는 스타일로 맵시 있게 자신을 가꿀 줄 아는 아름다운 여자, 부어오른 관절 때문에 대체로 시무룩한 표정을 하고 있는 제희네 어머니. 각각이 다른 사람 같았다. 육십 년이었다. 반백 년이 넘는 시간. 거미가 그녀의 팔뚝으로 기어올랐다. 길 위로 나온 것들을 모조리 끝장내버릴 것처럼 날은 더 무더워지고 있었다. 나는 땀이 밴 손으로 카메라를 붙들고 있다가 거미를 들여다보고 있는 그녀를 찍었다. 거미는 다음 바람을 타고 어디론가 날아갔다.

여보.

제희네 아버지가 길 앞쪽에서 옆구리를 내려다보며 서 있다가 말했다.

나 이게 새는 것 같아. 좀 봐줘.

제희네 아버지.

제희네 누나들의 말을 빌리면 그는 교장이 되었어야 할 사람이었고 최소한은 독학자나 선생님이 되었어야 했을 사람이었다. 그는 부지런했고 주어진 일을 필요 이상으로 꼼꼼하게 처리했으며 한자리에서 긴 시간을 들여 해내야 하는 일을 잘했다. 보수정당의 오랜 지지자였으며 정치를 말할 기회가 있을 때는 약간 들뜬 채로 보수 성향의 신문에서 사용하는 어휘로 말했고 일기를 썼고 신문을 스크랩했고 재활용품을 깔끔한 솜씨로 손수 분리했고 밤에는 머리맡에 낡은 트랜지스터라디오를 틀어두고 누웠다. 트랜지스터라디오는 오래전에 그가 빚의 일부라도 갚아보려고 일본으로 건너가 불법적으로 체류하며 일했을 당시의 생활품이었다. 그는 그것을 틀어두고 자리에 누워서도 오랫동안 잠들지 않고 눈을 뜬 채로 누워 있었는데 그가 그렇게 누워서 무엇을 생각하는지 아무도 물은 적이 없었고 그가 스스로 말한 적도 없어서 결국엔 아무도 몰랐다. 언제고 한번은 내가 제희에게 아버지의 일본 생활에 대해 물은 적이 있었다. 제희는 조금 생각을 해본 뒤에 자신은 아는 것이 없다고 대답했다. 아버지에게 물어본 적이 없었느냐고 묻자 없다고 대답했다. 궁금한 적이 없었느냐고 다시 묻자 그러게, 궁금한 적도 없었다고 대답하며 제희는 그것 참 이상하다는 표정으로 고개를 기울였다. 제희네 아버지는 일 년 정도를 일본에 머물렀고 그간에 모은 엔화를 구석구석에 숨겨 돌아왔다. 공항 입국장으로 들어서는 그를 봤을 때 일 년 사이 너무 늙고 마르고 쇠약해진 모습에 누나들과 어머니가 충격을 많이 받았다고 제희는 말했다. 특히 머리카락이 거의 사라지고 없어서 어머니가 한동안 닭발을 가마솥에 삶아 먹이는 등의 노력을 한 뒤에야 어느 정도 예전 모습이 되었다고 제희는 덧붙였다. 제희는 그때 어렸는데 어머니가 닭발을 사러 가는 길에 자주 데리고 다녔다고 했다. 알고 지냈던 시장 상인들과 마주치는 것이 싫다며 일부러 버스를 타고 먼 시장까지 가서 닭발을 자루로 사서 다시 버스를 타고 돌아오던 길이 기억난다고 제희는 말했다. 제희네 아버지는 그걸 곤 국물을 마시고 천천히 회복되었지만 정수리 쪽에 당시의 흔적이 성글게 남아 있었다.

그는 작고 인자한 노인이었다. 한쪽 폐를 잃은 뒤로는 침대에 꼼짝 않고 드러누워 있는 때가 많았으나 여전히 깔끔한 솜씨로 재활용품을 분리했고 신문을 스크랩했고 손자들과도 잘 놀아주었다. 요즘은 귀가 잘 들리지 않는지 뭘 물으면 자꾸 엉뚱한 소리를 한다고 제희네 어머니는 불평했다.

아버지한테 너무 그러지 마세요.

제희가 부드럽게 일렀다.

몸도 아픈 사람한테 자꾸 그러면 가혹하잖아요.

제희네 어머니와 제희, 그리고 내가 벤치에 앉아 있었다. 뒤쪽으로 거대한 은행나무가 솟아 있었고 그 그늘로 그 주변은 몇 도쯤 서늘했다. 땀에 젖은 거즈를 교체하고 소독도 할 겸 제희네 아버지를 따라 남성용 화장실에 들렀다 나온 제희네 어머니는 열에 달아오른 얼굴을 하고 있었다. 붉게 주름진 목으로 땀이 흘러내렸다. 제희네 아버지는 화장실에서 나오다가 바위틈에 설치된 식수대를 발견하고 물을 마시고 있었다. 그는 수도꼭지에 입을 대고 한참을 마신 뒤 손수건에 물을 적셔 벌겋게 달아오른 목과 팔뚝을 닦았다. 그를 멍하니 바라보고 있다가 제희네 어머니가 말했다.

글쎄 나도 모르게 말이 그렇게 나오는데 어쩌냐.

전부 그가 자초한 거라고 그녀는 말했다.

내가 의지할 곳 없이 혼자 살아가는 게 너무 힘들어서 비슷한 처지의 남자를 이른 나이에 중신으로 만났다. 사람이 성실했고 그거면 됐다고 생각했다. 이날까지 정신없이 살아왔는데 내가 저 양반한테 뭐 받은 게 없다. 생일이라고 빵 한 덩어리, 장미 한 송이, 다정한 말 한마디 받은 적이 없다. 남들도 다 그러고 살려니, 하고 살았는데 이만큼 살고 보니 그게 아니다. 내가 사랑을 못 받고 살았다. 나만 그러고 살았고 남들은 그러고 살지 않았더라. 이제야 그걸 알고 보니 너무 열받는다. 저 얼굴 볼 때마다 나는 너무 열이 받는 거다.

제희네 아버지가 젖은 손수건을 손목에 묶고 무작정 길을 따라 걸어올라가기 시작했다. 저거 봐라. 제희네 어머니가 무표정하게 말했다.

혼자 가는 거, 저거 봐라.

제희네 어머니는 서쪽에 있다는 희귀식물관에 가보고 싶어했는데 그보다 먼저 밥 먹을 장소를 찾아보자고 말했다. 제희네 아버지가 벌써 밥을 먹느냐고 묻자 제희네 어머니는 밥을 먹지 않고 무슨 힘으로 여길 다 돌아볼 거냐고 쏘아붙였다. 나는 제희의 곁에서 걸으며 도시락을 펼칠 만한 공간이 있는지 둘러보았다. 길은 아스팔트로 포장되어 있거나 쇄석이 깔려 있었고 넓거나 구불구불하거나 좁았다. 길 양쪽으로는 출입이 금지된 화단과 야외식물원이었다. 돗자리를 펼칠 만한 공간은 없었다. 양치식물과 작약이 자라는 구간을 지나자 열대식물을 연구하는 센터가 나타났고 그 근방엔 관람객들이 좀 있었다. 제희네 어머니는 돔처럼 생긴 온실 안으로 들어가보고 싶어했는데 입장이 가능한 시간이 따로 정해져 있었다. 투명한 온실 벽을 통해 넓은 잎을 가진 열대식물이 보였다. 온실에서 빠져나온 수로는 주머니 모양의 연못과 연결되어 있었다. 갈대와 파피루스 사이로 연밥이 올라와 있었고 갈색 잠자리들이 물과 구름 사이를 날아다녔다. 물은 미지근해 보였다.

앉아 있을 만한 곳이 없어 계속 이동했다. 그늘지지 않은 곳은 복사열이 대단해서 그냥 걷고 있는 것만으로도 숨이 막혔다. 평평하지 않은 길이나 비탈에서 카트는 자꾸 한쪽으로 뒤집어졌고 그럴 때마다 짐이 흘러내리거나 무너져내렸다. 제희는 조금 전보다 더 많은 땀을 흘리고 있었고 다리를 상당히 절었다. 괜찮다고 하는데 괜찮아 보이지 않았다. 안쪽 복사뼈에 아주 작고 아주 짙은 자주색 멍이 올라와 있었다. 짐승의 발톱이나 송곳니에 찍힌 것처럼 보였고 그쪽 발로는 제대로 바닥을 딛지 못했다. 뼈에 문제가 생긴 것 아니냐고 묻자 제희는 고개를 저었다. 카트를 내가 끌겠다고 해도 내주지 않고 나중엔 대꾸도 없이 땀만 흘리며 묵묵히 걸었다.

벽돌이 깔린 갈림길에서 제희네 부모님은 오른쪽의 비탈로 올라가보자고 말했다. 그즈음부터 부쩍 늘어난 관람객들이 그 길을 택해 가고 있었다. 고운 흙으로 덮인 가파른 비탈이 정점에서 오른쪽으로 휘어져 있었다. 경사가 꽤 급했다. 비탈을 다 올라간 곳에 무엇이 있는지는 물론 보이지 않았다. 그저 사람들이 그 길로 가고 있었고 차가 올라간 흔적도 있었다. 저기 뭐가 있나보다고 우리도 저쪽으로 가보자고 제희네 어머니가 말했다. 카트에 실린 짐이 자꾸 아래쪽으로 쏟아졌다. 제희는 비탈에 무릎을 꿇고 짐을 다시 쌓은 뒤 고무줄을 더 팽팽하게 조였다. 올라가거나 내려오는 사람들이 제희와 내 곁을 둥글게 돌아갔다. 제희네 부모님은 뒤처진 일행엔 아랑곳 않고 앞서가고 있었다.

작은 계수나무들이 있었다. 오른쪽은 깎아낸 산비탈이었고 왼쪽은 야트막한 물이 흐르는 계곡이었다. 계곡을 내려다보며 점점 비탈을 올라가는 길이었다. 올라갈수록 계곡과의 낙차가 커졌다. 계곡엔 제멋대로 구르다가 거칠게 쪼개진 듯한 돌이 많았고 나무줄기엔 상당히 높은 위치까지 흙이 말라붙어 있었다. 비가 올 때는 꽤 거친 기세로 범람하는 듯했다.

제희네 어머니가 문득 멈춰 서더니 계곡에 내려가고 싶다고 말했다. 제희네 아버지가 동의했다. 물이 저기에 있으니 물 곁에 자리를 잡고 밥을 먹자는 것이었다.

말이 나오자마자 제희네 아버지가 계수나무 사이로 성큼 내려섰다. 첫번째로 발 닿는 곳에 낙차가 좀 있었다. 그는 노부인이 내려오기 편하도록 주변을 오가며 돌을 옮기고 굵은 나뭇가지를 모으고 꺾어서 발 디딜 곳을 만들기 시작했다.

나는 당황했다.

여기는…… 안 되지 않을까요? 이렇게 하면 안 되지 않을까요? 혼자 중얼거리듯이 물으며 안절부절 서 있었다. 저기 앉으면 된다고 하는데 내 눈엔 앉을 수 있을 만한 곳이 보이지 않았다. 젖은 흙이 달라붙은 채로 축 늘어진 나무들은 음산해 보였고 햇빛도 들지 않았다. 돌들 위로는 물에 휩쓸렸다가 쌓인 채로 썩어가는 잎들이 달라붙어 있었다.

나는 거기 내려가는 게 싫었다. 그렇게 행동해서는 안 되는 공공의 장소라는 검열도 작동했으나 무엇보다도 직관적으로 그 장소가 싫었다. 나는 그곳에서 분명히 뭔가가 비참하게 죽었을 거라고 생각했다. 그렇지 않으리란 법은 없었다. 수목원이지만 본래는 숲이니까. 눈물이 날 정도로 그리로 가고 싶지 않아서 다른 곳을 찾아보자고 나는 말렸다. 제희가 좀 거들어주기를 바라며 돌아보았으나 제희는 카트에 기대서서 체념한 듯 계곡을 내려다보고 있었다.

계곡 바닥은 습했고 부패중인 식물 냄새로 공기가 진했다.

제희가 축축하게 젖은 돌들 위로 돗자리 두 개를 펼치자 제희네 어머니가 도시락을 열었다.

계곡 쪽에서 보니 그건 계곡이 아니고 수로였다. 콘크리트로 비탈 측면이 덮여 있었고 사람의 머리통만한 배수 구멍도 몇 군데 보였다. 바닥에 깔린 돌엔 노란 줄무늬가 있었고 그 위로 찬물이 흘렀다. 제희네 아버지는 바위에 쪼그리고 앉아서 그 물에 손을 씻고 세수를 하고 목을 닦고 양말을 벗고 발을 닦았다. 먹어도 되는 물이라며 입도 헹궜다. 제희네 어머니는 물병 두 개를 물에 담갔다. 관람객들이 우리를 내려다보며 비탈을 오르고 있었다. 아홉 살 정도로 보이는 사내아이 한 명이 제희네 아버지가 만들어둔 받침을 딛고 비탈 아래로 내려섰다가 어머니로 보이는 여자에게 꾸중을 듣고 도로 올라갔다. 제희네 부모님은 내가 토라졌다고 생각했는지 달래려는 것처럼 자꾸 음식을 권했다. 나는 비탈을 등지고 앉아서 그걸 조금씩 먹었다. 만두처럼 소를 넣은 주먹밥, 야채김밥, 계란을 넣은 샌드위치와 소시지, 새우튀김, 치즈, 토마토, 단정하게 자른 오렌지, 수박, 깨끗하게 씻은 포도. 새벽부터 열심히 준비한 도시락이라는 것을 알 수 있었는데 맛이 조금도 느껴지지 않았다. 목이 메어 음식이 잘 넘어가지 않았다. 본래 이런 데 놀러와서는 이런 물 옆에서 밥을 먹는 거라고 활달한 기색으로 음식을 건네고 말을 걸어오던 제희네 부모님도 차츰 입을 다물었다. 제희는 거의 먹지 않았다. 얼굴이 창백했고 어머니가 주먹밥을 내밀면 고개를 끄덕이며 어서 먹으라고 말했다. 뭐라 말할 수 없는 표정으로 자기 부모님을 지켜보고 있었는데 제희가 그런 표정을 하고 있어서 나는 마음이 아팠다. 그건 얼마나 이상한 광경이었을까. 이상한 장소에 자리를 펼치고 밥을 먹고 있는 노부부와 그들 곁에서 울적하게 그들을 지켜보고 있는 젊은 남자, 그리고 그들을 등지고 앉은 여자.

비탈 아래쪽에서 원동기 소리가 들려왔다. 헬멧을 쓴 남자가 나타나서 계수나무 사이에 원동기를 세워두고 우리를 물끄러미 내려다보았다. 그가 이 구간의 관리인인 듯했다. 관람객 중 누군가가 신고를 한 것인지도 몰랐다. 그는 제희네 아버지를 아저씨, 라고 불렀다. 여기는 국립공원이고 여기서 이런 행동을 해서는 안 된다고 그는 말했다. 제희네 아버지는 알겠다고, 이것만 다 먹고 올라간다며 그를 향해 사람 좋게 웃어 보였다. 관리인은 아무런 대꾸도 표정도 없이 물끄러미 이쪽을 보고 있다가 비탈을 마저 올라가버렸다.

후식은 아무도 먹으려 들지 않았다. 수박 반 통은 고스란히 아이스박스에 도로 담겼고 절반 넘게 남은 도시락 찬합도 서둘러 포개졌다. 물비린내가 밴 돗자리 바닥엔 젖은 모래가 달라붙어 있었다. 나는 제희가 그걸 접어서 카트에 싣는 걸 도왔다. 제희네 어머니는 내려왔던 자리에서 나뭇단을 딛고 비탈로 올라갈 때 발을 헛디뎠다. 비탈을 내려오며 우리를 지켜보고 있던 사람들이 놀라서 소리를 질렀다. 제희가 그녀의 뒤쪽에 서 있다가 제때 그녀를 붙들지 않았더라면 계곡의 뾰족한 돌들을 향해 굴렀을지도 몰랐다. 먼저 비탈에 올라섰던 제희네 아버지가 크게 웃으며 그녀의 오른쪽 팔을 잡고 위로 끌어당겼다. 제희네 어머니는 짤막하게 비명을 지른 뒤 아픈 팔을 그렇게 마구 당기면 어떡하느냐고 말했다. 그런 얘기를 하면서 그녀는 웃었다. 제희네 아버지도 웃었다. 우리가 좋은 사람들이고 누구에게도 악의가 없다는 것을 보여주고 싶어하는 웃음인 것 같았다. 그 비탈에서, 그 웃음이 점차로 사라지는 것을 나는 아주 이상한 심정으로 지켜보고 있었다. 제희네 어머니는 통증을 참는 듯 눈을 꾹 감은 채로 어깨를 감싸쥐었다.

제희네 부모님은 비탈 위쪽을 단념하고 근처 식물원이나 둘러보자고 말했다. 피곤해 보였고 나들이에 관한 의욕도 사라진 것처럼 보였다. 느리게 이동했다. 나는 비탈을 다 내려온 곳에서 아까는 보지 못했던 안내판을 보았다. 맹금류 축사라고 적힌 안내판이 화살

표 모양으로 비탈 위쪽을 가리키고 있었다. 뒤처진 채로 그 앞에 한동안 서 있다가 일행에게 돌아갔다.

위쪽에 맹금류 축사가 있더라고 나는 말했다. 똥물이에요.

저 물이 다, 짐승들 똥물이라고요.

*

나는 오래전에 제희와 헤어졌다. 수목원 나들이가 있고 이 년쯤 지난 시점이었을 것이다. 헤어질 무렵엔 무슨 대화를 나눴는지 모르겠다. 무슨 일을 계기로 헤어지게 되었는지도 지금은 기억나지 않는다. 어째서일까? 그날의 나들이는 이렇게 기억하고 있는데.

수목원을 나오는 길에 제희네 부모님은 들어올 때보다도 떨어진 채로 걷고 있었다. 제희네 어머니는 주머니에서 이어폰을 꺼내 귀를 틀어막은 채 노래를 불렀다. 사랑도 매화처럼 한철이라 한철이로다. 제희는 슬퍼 보였다. 말을 붙여도 대답이 없었고 내 쪽을 쳐다보려고도 하지 않았다. 수목원을 떠나서 집으로 돌아오는 길은 공사중이었다. 도로 양쪽으로 벌겋게 벗겨진 길을 달리다가 산을 향해 움푹 들어간 곳에서 복숭아를 파는 노점을 만났다. 제희네가 먼지 쌓인 노점에서 복숭아를 둘러보고 가격을 흥정하는 동안 나는 손목을 비틀며 차 안에 남아 있었다. 차로 돌아온 제희네 어머니는 내 무릎에 작은 상자를 올렸다. 무화과였다. 불그스름하게 벌어진 것으로 여섯 개가 담겨 있었다. 언젠가 여름에 내가 무화과를 맛있게 먹더라며 집에 가져가서 먹으라고 그녀는 말했다.

이따금 생각해볼 때가 있다.

차라리 내가 제희네 부모님에게 적극적으로 동조하고 흔쾌히 그 비탈에서 내려서서 계곡 바닥에 신나게 돗자리를 깔았다면 어땠을까. 그편이 모두에게 좋지는 않았을까. 그러는 게 옳지 않았을까.

나는 지금 다른 사람과 살고 있다. 제희보다 키가 크고 얼굴이 검고 손가락이 굵은 사람으로 그에게는 누나나 형이나 동생이 없다. 그의 부모님은 자동차로 두 시간 걸리는 거리의 소도시에서 살고 있고 두세 달에 한 번쯤 나는 그와 함께 그 집을 방문해 밥을 먹고 돌아온다. 그는 내게 친절하고 나도 그에게 친절하다. 그러나 어느 엉뚱한 순간, 예컨대 텔레비전을 보다가 어떤 장면에서 그가 웃고 내가 웃지 않을 때, 그가 모는 차의 조수석에 앉아서 부쩍부쩍 다가오는 도로를 바라볼 때, 어째서 이 사람인가를 골똘히 생각한다.

어째서 제희가 아닌가.

그럴 땐 버려졌다는 생각에 외로워진다. 제희와 제희네. 무뚝뚝해 보이고 다소간 지쳤지만, 상냥한 사람들에게.

최근에 나는 텔레비전을 통해 우연하게 그 수목원을 다시 보았다. 나와 살고 있는 사람은 수목원의 규모에 감탄하며 거기 가보고 싶다고 말했다. 나는 제희의 뒤를 따라 터벅터벅 걸었던 가로수길을 멍하니 보고 있다가 거기 간 적이 있다고 답했다. 언제 누구와 갔느냐고 묻는 것처럼 그가 나를 바라보았으나 더는 아무 말도 하지 못했다.

나는 그날의 나들이에 관해서는 할말이 많다고 생각해왔다.

모두를 당혹스럽고 서글프게 만든 것은 내가 아니라고 말이다.

(『아무도 아닌』, 문학동네, 2016)

정지돈

건축이냐 혁명이냐

2015 제6회

정지돈

2013년 『문학과사회』 신인상에 단편소설 「눈먼 부엉이」가 당선되어 등단. 소설집 『내가 싸우듯이』 『우리는 다른 사람들의 기억에서 살 것이다』 『인생 연구』, 장편소설 『작은 겁쟁이 겁쟁이 새로운 파티』 『모든 것은 영원했다』 『…스크롤!』 『브레이브 뉴 휴먼』, 짧은소설 『농담을 싫어하는 사람들』이 있다. 문지문학상, 김현문학패, 제6회 젊은작가상 대상을 수상했다.

건축이냐 혁명이냐

이구는 누구에게도 딜런 토머스와 버로스, 헨리 밀러를 읽는다는 이야기를 하지 않았다. 그는 셰익스피어나 마크 트웨인, 너새니얼 호손을 읽는다고 했고, 시를 쓴다며 친구들에게 하이쿠를 읊어주기도 했다. 『18편의 시』와 『정키』 『북회귀선』은 그의 침대 밑에 숨겨져 있었고, 욕실 찬장에 숨겨져 있었다.

1957년, 미국의 모든 대학생은 비트제너레이션이 된 것처럼 굴었고, 심지어 MIT 공대생들조차 긴즈버그와 잭 케루악에 대해 떠들었다. 이구는 그들의 이야기를 들으며 미소를 지었다. MIT에 사년을 다녔지만 대학 동기들은 이구가 일본인인지 중국인인지 구분하지 못했다. 언젠가 한번 나는 대한민국의 황족이야, 라고 말한 적이 있지만 동기들은 대한민국을 모르거나 대한민국에 황족이 있다는 사실을 몰랐고, 결정적으로 이구의 나라에 관심이 없었다.

이구는 일본에서 태어났고, 어머니는 일본의 황족이며 아버지는 한국의 황족이지만 2차대전이 끝나자 일본과 한국 모두가 그를 자국민으로 받아들이길 거부했다. 그는 아메리카에서 공부하고 싶었고, 랭보처럼 배를 타고 싶었지만 국적이 없었고 여권도 없었다. 이승만은 이구에게 황족 행세를 하지 않는다는 조건으로 여권을 내주겠다고 했다. 이구는 황족 행세를 한 적이 없는데 왜 황족 행세를 하지 않겠다는 요구를 받아야 하는지 이해할 수 없었지만 이구의 아버지인 영친왕 이은은 펄쩍 뛰며 이승만의 불알을 걷어차버리겠다고 했다. 이구는 별수없이 긴자의 뒷골목에서 여권을 위조하고 부모에게 구나이초의 협조를 받아 여권을 만들었다고 거짓말을 했다.

이구는 1950년 요코하마에서 미국행 선박 제너럴 골든호를 탔다. 친구인 히로아키와 함께 샌프란시스코항에 도착했고, 켄터키주의 댄빌시에 정착했다. 이구 일행을 도와준 미군 사령부 보이스카우트 본부장인 피셔는 이구에게 당신도 재패니즈냐고 물었다. 이구는 잠시 주저하더니 자신은 대한민국의 황족이라고 작은 목소리로 대답했다. 피셔는 알아듣지 못했다.

사실 이구는 자신이 한국인인지 일본인인지 관심이 없었다. 그는 열아홉이었고, 바야흐로 국적 따위 상관없는 시대가 도래하고 있었다. 이구는 시를 쓰고 싶었다. 그는 레스토랑에서 일하며 딜런 토머스의 미국 낭독 순회공연을 쫓아다녔다. 낭독회에 동양인은 이구 한 명뿐이었다. 시에는 국적이 없지 않습니까. 이구가 말했다. 그러나 피셔는 바보 같은 생각이라며 고개를 저었고, 히로아키 역시 고개를 저었으며, 아버지는 전보에 욕을 적어 보냈다. 이구는 이후 누구에게도 시를 쓴다고 말하지 않았다. 대신 그는 건축을 공부했다. 1950년대는 전 세계가 새로운 나라와 새로운 사회를 만들기 위해 들떠 있는 시기였고 그곳이 자본주의국가든 공산주의국가든 모두 새 건물을 짓고 새 다리를 짓고 새집을 지었다. 그러니 너는 건축을 하는 게 좋겠다, 고 피셔가 말했다.

건축이라.

이구는 문득 모든 일이 잘 풀릴 것만 같은 기분에 사로잡혔다. *건축은 땅 위에 시를 짓는 일입니다.* 이구는 르코르뷔지에의 말을 주문처럼 외웠고, MIT 공대를 졸업한 뒤 이오 밍 페이의 뉴욕 건축사무실에 들어갔다. 뉴욕은 요란하고 화려한 도시였지만 골목 어디서나 비트족이 들끓었고 건축가를 환대해주었다. 이오 밍 페이의 사무실은 맨해튼에 있었으며, 이구의 집은 화이트플레인스에 있었다. 이구의 집을 구해준 진 다니(Jean Darney)는 복싱계의 명사로 슈거 레이 로빈슨을 모르면 미합중국을 모르는 겁니다, 라는 말을 하며 이구를 복싱 스타디움으로 데려가곤 했다. 진 다니는 여자를 꼬시는 법도 알려줬다. 무릇 연애란 복싱과 다를 바 없지요. 복싱은 힘으로 하는 게 아닙니다. 스피드도 아니지요. 복싱은 영역 다툼입니다. 마찬가지로 여자를 만날 때도 그녀를 당신의 영역으로 데려가야 합니다. 그녀가 잘 아는 식당, 잘 아는 극장, 잘 아는 거리에는 가지 마세요. 당신의 구역에서 당신이 잘 아는 사람들과 당신이 잘 아는 일들이 벌어지는 곳에서 데이트를 해야 합니다. 명심하세요. 연애는 영역 다툼입니다.

이구는 같은 사무실에서 일하는 우크라이나 처녀 줄리아 멀록을 데리고 긴즈버그의 낭독회에 갔고, 집으로 오는 길에 건축은 땅 위에 시를 짓는 일이라고 생각합니다, 라는 말로 환심을 산 뒤 나는 대한민국의 황족입니다, 라는 말로 그녀를 웃겼다. 한 해 뒤, 이구와 줄리아는 진 다니를 증인으로 세우고 브루클린의 성당에서 조촐한 결혼식을 올렸으며, 하와이로 신혼여행을 떠났다.

나는 박길룡의 『한국현대건축의 유전자』(2005)를 통해 이구의 이름을 처음 접했다. 『한국현대건축의 유전자』는 『공간』 400호를 기념해 기획된 '한국현대건축평전'을 단행본으로 펴낸 것으로 박길룡은 책에서 1963년에 발간된 『건축』에 실린 '이구 회견기'의 일부를 인용한다. "도시건축은 보다 합리적이고 경제적인 건축을 설계하였으면 좋을 듯하고 필요 없는 장식의 비용을 절약하면서도 아름다움을 추구해야 한다. 온돌은 경제적이고 살기 좋으나 개량할 점은 창호가 틈이 많아서 겨울에 바람이 많이 들어온다. 추위가 염려되니 이중창 구조가 필요하다."* 박길룡은 이구가 마지막 황세손이며 이오 밍 페이 사무실 출신의 인재라고 짧게 적었다.

모더니즘 건축의 마지막 계승자 이오 밍 페이는 이구와 일할 당시 '이오 밍 페이 앤드 어소시에이츠'라는 건축설계사무소를 차리고 활동하던 신출내기로 후에 프리츠커상(1983)을 타는 등 명성

* 회견 유덕호, 「건축으로 조국 재건에 기여—귀국중인 이구씨 회견기」, 『대한건축학회지』 제7권 제3호, 1963, pp. 23~24.

을 날리게 되지만 당시만 해도 중국인 무명 건축가에 불과했다. 이오 밍 페이와 이구는 나이 차이가 꽤 났음에도 돈독한 사이를 유지했다. 두 사람은 사무실의 유일한 동양인으로 단정하게 빗어 넘긴 머리에 동그란 안경을 끼고 미소를 띤 채 미니멀한 백색 사무실을 종종 걸어 다녔다. 이구와 함께 일했으며 후에 건축을 그만두고 미니멀리즘 작가로 이름을 날린 솔 르위트는 가끔 이구와 이오 밍 페이를 헷갈려 했다고 했다. 그럴 때마다 이구는 미소를 지으며 내가 이구, 라고 대답했고, 솔 르위트는 그를 보며 동양인은 온화하고 평화롭다는 오리엔탈리즘에 사로잡혔다며 고정관념에 불과하지만 그의 인상은 이후 제 작업에 일정 부분 영향을 끼쳤지요, 나중에는 웃고 있지 않아도 웃고 있는 것처럼 느껴질 정도로 얼굴에 깊이 스며든 이구의 미소를 보며 저는 Zen에 대해 생각했습니다, 라고 말했다. 건축비평가인 폴 골드버거는 이오 밍 페이의 비즈니스 성공 요인으로 Zen을 언급하기도 했지요. 이오 밍 페이가 중국인 모더니스트라는 걸 생각하면 터무니없지만 근거 없는 소리는 아니었습니다. 1960년대는 동양 문화에 대한 관심이 반문화의 거센 물결을 타고 퍼져나가는 시기였습니다. 특히 볼링겐 총서에서 나온 『역경 *The I ching*』은 최초의 완역본으로 존 케이지를 비롯해 수많은 예술가에게 영향을 미쳤고, 이오 밍 페이 역시 『역경』을 구입했으며, 저나 다른 동료들도 상당수 그랬던 것으로 압니다. 백만 부가 팔린 책이었으니까요. 이오 밍 페이는 『역경』을 거의 이해하지 못했지만 동양인이라는 점을 이용해 클라이언트와 대화가 잘 풀리지 않을 때마다 선문답을 유도하며 곤경을 헤쳐나갔습니다. 이구가 뉴욕을 떠나지 않았다면 이오 밍 페이와 함께 놀라운 성공을 거둘 수 있었을지도 모르겠습니다. 솔 르위트는 한국전쟁 당시 후방에서 전쟁 동원 포스터를 제작하며 한국에 대해 처음 알게 됐다고 말했다. 제가 본 것은 가난하고 헐벗은 작은 키의 사람들과 파헤쳐진 흙바닥, 불탄 산과 나무, 들판, 흙벽과 길 잃은 가축들뿐이며 그 어떤 도시나 집도 기억에 남아 있지 않습니다. 저는 잠에서 깰 때마다 다시는 이곳에 오고 싶지 않다고 생각했고, 그래서 이구가 한국에 간다는 소식을 들었을 때 이해할 수 없었지요. 이구가 한국행을 결심할 당시 저는 모마(MoMA)의 안내 데스크에서 일하고 있었고, 이오 밍 페이 사무실의 멍청이들과는 이미 척을 진 상태였지요. 댄 플래빈과 로버트 라이트먼은 야간 경비로 일하고 있었는데 저는 그들의 뒤치다꺼리를 하랴 작업을 하랴 정신이 없었습니다. 이구의 소식을 다시 들었을 때 그는 이미 뉴욕을 떠난 뒤였지요. 두 번 다시 그를 볼 수 없었습니다. 솔 르위트는 나중에야 지인을 통해 이구가 한국의 황세손이라는 사실을 알게 되었다며 회사를 다닐 때도 이구는 자신이 황족이라는 농담을 하곤 했었다고, 그게 농담이 아니라 사실인지는 전혀 몰랐는데, 사실이라면 좀더 사실적으로 말해줬으면 좋았을 텐데, 라고 말했다.

이구의 귀국은 군사정권의 결정이었다. 기를 쓰고 귀국을 막은 이승만과 달리 박정희는 조선의 마지막 황세손을 자신 아래 두고 싶어했다. 언론은 「이구씨 내외 혈육을 찾아 비운의 왕가 회상하며」* 「비운의 왕세손 이구씨의 편지」** 등의 기사로 이구의 귀국을 대서특필했다. 이제야 비로소 고국으로 돌아가게 됐다는 기쁨에 취한 부모와 달리, 이구는 난생처음 받는 언론의 관심이나 귀국이 전혀 얼떨떨하지 않았다. 그는 줄리아에게 이렇게 말했다. 한국이 정말 나의 고국입니까. 나는 대한민국의 마지막 황세손이지만 대한민국이 황제국이 된 건 단지 침몰하는 나라의 마지막을 부둥켜안는 고종의 발악이었고, 나는 그저 생물학적 아들의 아들의 아들에 불과한데, 이게 지금 시기에 무엇이 중요하며, 그들은 나에게 무엇을 요구하려고 하는 것일까요. 줄리아 멀록은 한국에 대해 몰랐기에 할 수 있는 말이 없었다. 그녀는 1920년 펜실베이니아로 이주 온 우크라이나 가정에서 자랐으며, 그녀의 아버지는 일확천금을 꿈꾼 탄광노동자였지만 이미 개발이 끝난 탄광촌을 떠돌다 진폐증으로 죽었고, 어머니는 식사를 하거나 섹스를 할 때, 심지어 대화를 할 때에도 남편을 쳐다보지 않는 엄격함이 몸에 밴 여인으로 남편이 죽고 난 뒤 곧바로 재혼해 줄리아의 가족은 새아버지를 따라 1935년 뉴욕으로 왔다고 말했다. 새아버지는 레스토랑 경영자로 친아버지와 정반대의 사람이었습니다. 그는 경망스럽고 화려하며 촌스러운 걸 혐오하는 사람이었지만 키는 어머니보다 작았죠. 이구 역시 저보다 키가 작았지만 그는 경망스럽지도 화려하지도 않았습니다. 저는 그에게 한국에 가고 싶지 않다면 가지 말자고 이야기했지만 그는 고개를 저었습니다. 호랑이를 잡으려면 호랑이 굴에 들어가야

---

* 동아일보, 1963. 6. 22.

** 동아일보, 1963. 7. 25.

합니다. 이구가 말했지요. 저는 무슨 말인지 몰라 되물었는데 한국의 속담이라고 하더군요. 그는 다정하지만 속을 알 수 없는 사람으로 그와 대화를 나눌 땐 수수께끼를 푸는 심정이 되곤 했습니다. 설명을 길게 하는 것을 몹시 꺼렸고 꺼린다고 터놓고 말은 안 했지만 표정을 보면 알 수 있었지요. 저는 더 묻지 않았습니다. 우리는 이민자고 사실상 뉴요커 모두가 이민자였으니까요. 이민자에게 질문은 금물입니다. 줄리아는 1963년 미국을 떠난 이후 사십 년을 한국에서 살았고 지금은 하와이의 오래된 아파트에 살고 있다. 이구가 설계한 하와이대학의 이스트웨스트 센터가 그녀의 집에서 십오 분 거리에 있다. 그녀는 가끔 신혼여행 생각을 한다며 미국을 떠난 것은 명백한 실수였지만 당시에는 그런 사실을 알 수 없었다고 말했다. 우리는 하와이에서 일 년간 함께 살았습니다. 그때 우리는 행복했고 행복할 땐 행복한 줄 모른다는 사실을 행복하지 않은 뒤에야 알게 되었지요. 그렇지만 이후 영원히 행복하지 않을 줄은 몰랐습니다.

*

서울의 오래된 건물은 최근 들어서야 빛을 발하게 된 듯하다. 여기서 오래된 건물은 경복궁이나 근정전 같은 전통 건물이 아니라 세운상가나 유진상가, 남산 시민아파트나 동대문아파트 같은 1960~70년대에 세워진 건물을 말한다. 한국전쟁 이후 서울은 백지에 가까운 도시였고, 우리가 지금 보는 대부분의 건물은 이후 새롭게 지어진 건물이기에 21세기에 접어들기 전까지 도시의 건물에 대해, 그 역사나 가치에 대해 말하는 일이 드물었지만 지금은 상황이 달라져 전문가가 아니더라도 서울의 낡은 빌딩들, 아파트들, 어처구니없는 형태로 지어지기도 했고 정부의 과한 욕심에 볼썽사납게 지어지기도 한, 전시대의 흉한 건물들을 사람들은 매력적으로 보기 시작했고, 아파트의 역사나 뒤늦게 영향을 받은 국제주의양식 아래 지어진 건물, 전세대의 거장 건축가들이 지은 건물을 찾아보고 이야기하며 책을 쓰고 전시를 하게 되었다. 서울은 육백 년이 된 수도지만 도시의 측면이나 건축의 측면에서 우리가 느낄 수 있는 역사는 사실상 거의 없었고, 이제야 비로소 역사가 형성되어 과거를 회고하거나 하는 등의 태도가 생겨나는 것은 아닐까 하는 생각이 들었고, 서울의 현대식 건물은 흉하고 무성의하지만 아이러니하게도 그래서 매력적인 오브제가 되었으며 많은 사람의 관심을 끌게 된 건 아닐까 하는 생각이 들었다. 내가 이구에 대해 쓰게 된 것도 그 때문일 것이다. 내 주변에는 건축을 전공한 친구가 많았고, 심지어 그들과 같이 살기도 했기 때문에 건축에 대한 대화를 나눌 기회가 많았는데, 우리는 르코르뷔지에와 카를로 스카르파, 프랭크 로이드 라이트와 루이스 칸의 작품에 대해 말했으며, 김수근에 대해 많은 이야기를 나눴지만 나는 그가 남영동 대공분실을 설계했다는 이유로 좋아하지 않았다. 나는 김중업을 좋아했는데 김중업의 건축을 실제로 본 건 몇 개 안 되며, 실제로 본 그의 작품엔 실망을 하고 말았다. 흑백사진 속의 세련된 인상과 달리 김중업의 작품은 관리 안 된 낡고 더러운 콘크리트 더미에 불과했고 과장된 지붕 장식과 필로티는 시적 울림보다는 피곤함과 쑥스러움을 안겨주었다. 그러던 내가 우연히 접하게 된 책이 강석경이 쓴 『일하는 예술가들』(1986)로 여기엔 장욱진이나 황병기, 이매방 같은 오래된 예술가의 생각이나 일상이 우아하고 담담한 필체로 기록되어 있었는데 김중업은 변영로를 스쿠터에 태우고 신촌을 달리며 시를 읊는 낭만적인 노년의 건축가로 등장한다. 책에는 1971년 필화사건으로 한국을 떠나 프랑스로 망명한 김중업이 프랑스 문화부 건축 담당위원이 되고 그런 그를 프랑스 정부의 의뢰를 받은 장뤼크 고다르가 찍어 〈김중업*Kimchungup*〉(1972)이라는 기록영화를 만들었다는 이야기가 나온다. 고다르는 〈주말〉(1967) 이후 장 피에르 고랭과 지가 베르토프 그룹을 결성하며 완전한 선회, 그러니까 그의 영화 속에 어느 정도 남아 있던 기성 영화의 문법을 거의 파괴하는, 그리고 완전히 정치적인, 물론 그에 따르면 정치적이지 않은 영화는 없으며, 정치적인 영화라는 말 자체가 정치적이기 때문에 정치적인 영화를 찍는 것이 아니라 영화를 정치적으로 찍어야 하는 것이지만, 아무튼 소위 말하는 급진 좌파 영화를 찍고 있을 즈음이었고, 예술가로서의 명성은 정점이었지만(늘 정점이긴 하지만) 산업적으로는 파멸적인 징후를 드러내고 있을 즈음이었다. 고다르의 삼십 분짜리 다큐 〈김중업〉은 프랑스 정부의 의뢰가 아니었으면 찍지 않았을 작품이지만 단순히 관용 다큐만은 아니었던 듯해, 나는 〈김중업〉을 찾기 시작했는데, 인터넷 어디서도 찾을 수 없었을 뿐만 아니라 IMDb에도 그런 영화가 있었다는 기록이 없었다. 내가 낙담할 즈음 파리로 유학을 갔던 대학 동기가 한국에 돌아왔다. 그는 함께 유학중인 한국인 여성과 결혼을 약속했고 그 때문에 돌아왔다며 지금은 파리 3대학에서 영화기호학을 전공중이고 필리프 그랑드리외의 실험영화로 논문을 쓸 생각이라고 했다. 나는 일찍이 필리프 그랑드리외의 〈음지*Sombre*〉(1998)라는 영화를 인상 깊게 본 기억이 있었고, 영화의 초반부에 나오는 아이들의 비명과 그 비명이 극장을 울리는 왁자지껄한 함성소리라는 사실과 숲으로 이어지는 긴 도로, 영화의 제목처럼 어둡고 음습한 남녀의 몸과 그 속에 자리한 그림자에 대해 말을 꺼냈고, 동기는 자신의 논문이 영화 속에 드러난 음지와 몸의 언어에 관한 거라고 했다. 필리프 그랑드리외는 〈음지〉의 제작노트에 영화를 만들지 마라, 이미지에 의해 벌어지는 일들이 저절로 프린트되도록 하라, 라고 썼다고 동기는 말하며, 영화 이미지란 사진 이미지와 어떻게 다르고 저절로 형성되는 이미지는 시간과 인물 사이에서 어떤 운동을 하는지, 그 운동은 시간과 인물에 어떤 영향을 끼치는지 그 운동이 시간과 인물을 변화시키는 것이 가능한 일인가, 그것은 사후에 벌어지는 일이 아닌가, 그러나 사후에 벌어지는 시간이 역사라면 우리는 역사 없이 무엇을 인식할 수 있는가, 라고 질문하며 필리프 그랑드리외의 영화는 시간과 인물에 전혀 다른 위치를 부여하고 있는지도 모르겠다고 말했다. 우리의 대화는 자연스레 영화 전반으로 옮겨가 다른 감독들에 대해 의견을 나눴고, 어느 순간 조르주 디디 위베르만이라는 프랑스 철학자에 대한 이야기가 나왔는데 내가 그의 책 『반딧불의 잔존』이 국내에 번역되었다는 말을 하자 동기는 반가운 기색을 드러내며 지금 조르주 디디 위베르만이 사진작가 아르노 지쟁거와 파리의 '팔레 드 도쿄'에서 '환영의 새로운 역사*Nouvelles Histoires de fantômes*'라는 전시를 진행중이며 전시의 부제는 '새로운 유령의 이야기'라고 했다. 전시장은 조르주 디디 위베르만과 아르노 지쟁거가 수집한, 언뜻 봐서는 연관을 찾을 수 없는 다양한 이미지와 수집물로 가득하며 그러한 이미지는 통상 말하는 예술적인 무언가가 아닌 단순한 기록사진과 사소한 물품이 뒤섞인 것들로, 이를 통해 기획자들은 이미지의 도서관, 그러나 원하는 정보를 정확히 찾을 수 없고 고정된 정보가 존재하지 않으며 기묘한 확장성과 통일성이 있는 이미지의 궁전을 만들어냈다고 말하며 이는 아비 바르부르크로부터 이어져온 프로젝트에 연원을 두고 있다고 했다. 나는 그 이야기를 들으며 박찬경이 한 이야기, 자신은 이상하게도 1960년대에 찍힌 다큐멘터리 사진, 전혀 결정적인 순간이라고 할 수 없는 사진을 보며 매력을 느끼는데, 이는 소위 말하는 미술품보다 이런 기록물이 더 미학적이기 때문에, 빈티지한 취향이나 사회적 요인 때문이 아니라 아름다움 그 자체로서 그런 기록물이 앞서기 때문에 그런 기록물을 수집하는 행위로 작품을 만들어왔다고 한 말을 떠올렸다. 나는 그가 말한 아름다움은 어떤 종류의 아름다움이며 그런 아름다움은 어디서 시작해 어디에 이르게 되는가에 대해 생각했고, 그러던 중 문득 〈김중업〉에 대한 생각이 떠올라 동기에게 그 영화에 대해 물었지만 그는 〈김중업〉에 대해 알지 못했다. 그러나 프랑스만큼 아카이빙에 충실한 나라가 없으니 아마 분명 그 영화를 찾을 수 있을 거야, 다른 사람도 아닌 고다르인데, 라며 동기는 말했고 나는 가능하다면 꼭 찾아달라고 부탁했다. 이후 반년의 시간이 흘렀고 〈김중업〉에 대해선 잊고 있었는데, 목수이자 인테리어 디자이너로 누하동에 있는 회사를 다니며 출근하기 싫은 마음에 밤마다 거리를 몇 시간씩 걸어 다니는 지인인 조규엽이 오랜만에 전화를 걸어 아이디어가 떠올랐다며 만나자는 이야기를 꺼냈다. 아이디어는 잊혀진 건축가에 대한 것으로, 한국전쟁 이후 활동한 건축가의 가상 전기를 만들자는 이야기였다. 누가 지었는지 판명할 수 없는 독특하고 엉망인 건물이 즐비한 서울에서 이 건물들은 언제 무너질지 모르는데 건물을 지을 때 건축가는 무슨 생각을 했을까, 1960년대는 예술의 꽃이 지금과 달리 건축이었고, 각 고등학교의 수재이며 감성이 충만한 까까머리들이 건축과를 선택해 대학을 가곤 했으며, 각종 건축 잡지들이 생겨나고 유학파 건축가들이 출몰하던 시기였기에 잊힌 건축가들도 르코르뷔지에와 프랭크 로이드 라이트를 알았을 텐데 그들의 야망과 꿈은 왜 이렇게 낡고 초라하게 남아버렸나 하는 얘기를 우리는 나눴고, 조규엽은 디자이너로서 내가 쓴 가상의 전기에 가상의 스케치와 사진 등을 넣으면 어떨까 하는 이야기를 했다. 나는 좋은 아이디어라고 생각했지만 건축에 대해선 사소한 취미 수준의 관심밖에 없는 무지한 상태였고, 그래서 건축과 관련된 자료, 건축물 등을 보며 작품을 쓰려고 했지만 작업은 이야기만 된 상태로 여러 달 동안 진행되지 못했다. 그러던 중 내가 알게 된 인물이 바로 이구였고, 이구는 나와 조규엽이 가상의 건축가를 만들어낼 필요가 없는, 가상의 건축가 그 자체였으며, 조선의 마지막 황세손이었다는 그의 사정은 내게는 그다지 중요한 요소는 아니었지만 이구의 삶에 이상한 풍경을 덧씌워주었고, 그가 사실상의 무국적자로 세계를 떠돌았던 과거는 1970년대 내내 망명자로 유럽과 미국을 전전할 수 밖에 없었던 김중업과 겹치며 묘한 매력을 더했다. 자료 속에서 김중업과 이구는 마주치거나 지나치며 1960~70년대의 건축계를 부유했는데, 그건 그들의 대척점에 있던 김수근과 대조적인 풍경을 이루며 과거의 건물과 기억을 새로운 형태로 지어냈다. 파리에 있는 대학 동기에게서 연락이 온 건 그즈음이었다.

차드 프리드리히 감독이 만든 다큐멘터리 〈프루이트 아이고 신화*The Pruitt-Igoe Myth*〉(2011)에 나온 전(前) 프루이트 아이고 거주자 데이비드 넬슨 주니어(David Nelson Jr.)는 과거의 추억을 이렇게 회상한다. 그곳은 저의 마지막 꿈이었습니다. 저는 벽에 루벤스의 그림을 걸어뒀는데 그 그림은 당연히 모조품이었지만 집은 모조품이 아니었어요. 주방은 턱없이 좁고 온수는 나오지 않았으며 밤만 되면 떠돌이 개와 호보, 갱 들이 총을 들고 어슬렁거렸지만 그곳은 제가 처음으로 가진 제대로 된 집이었고 아파트먼트였고 기억이었습니다. 고다르는 프루이트 아이고로 〈김중업〉을 시작한다. 깨진 유리창, 불탄 복도, 도로를 채운 쓰레기와 흑인 갱들이 낡은 오픈카를 타고 노니는 장면. 프루이트 아이고는 1972년 7월, 세인트루이스 당국에 의해 폭파되는데 이 장면은 전 세계로 생중계되었다. 포스트모더니즘 비평가이자 디자이너인 찰스 젱크스(Charles Jencks)는 이날을 모더니즘의 사망일로 선언했지만 고다르는 그렇게 생각하지 않았다. 고다르는 다큐 〈김중업〉을 거의 다 완성했으나 뭔가 부족하다고 생각했고, 그 부족분은 이 영화가 단지 김중업에 대한 것이어선 안 된다는 생각 때문이었음을 프루이트 아이고가 무너지는 장면을 보면서 문득 깨닫게 되었다.

모더니즘 건축과 모더니즘 도시계획의 정점인 프루이트 아이고는 1949년 세인트루이스의 시장으로 취임한 조지프 다스트(Joseph Darst)의 핵심 사업이었고 꿈이었으며 생의 절정이었다. 조지프 다스트는 프루이트 아이고의 완공을 보지 못하고 생을 마감했지만 프루이트 아이고는 건물을 설계한 건축가 야마사키 미노루가 올해의 건축상을 받고 각종 단체와 신문지상에 도시계획의 완성태로, 도시를 빈민과 타락, 범죄로부터 구원해낸 *건축의 배트맨 같은 존재*로 추어올려졌다. 1940년대 이후 세인트루이스의 인구는 기하급수적으로 증가했는데, 사실 미국의 대도시 전반이 그랬다. 세인트루이스시 당국은 끝 모르고 올라가는 인구에 거의 공포감을 느낄 정도였고, 돈 없고 갈 곳 없는 흑인과 라티노, 이탈리아와 유대계, 카리브와 아르메니아계 유랑민들은 다운타운으로 꾸역꾸역 몰려들어왔다. 범죄율, 실업률, 출생률은 역사상 최고치를 찍었고, 5세 이하 영아의 사망률은 오십 퍼센트에 육박해 다운타운에는 빈민들의 아이가 묻힌 임시 공동묘지가 생겨났는데 사람들은 이곳을 *사일런트 힐*이라고 불렀다. 슬럼 거주자와 노숙자, 거지 들은 서로를 죽이거나 섹스를 하고 몸을 팔았으며 중산층 이상의 백인들은 이런 사태를 피해 도시 외곽지로 도망쳤다. 인종과 계층 간의 분리는 극에 달했지만 시와 연방정부는 손을 놓고 언제 다운타운에 미사일을 쏘아야 하는가만 생각했다. 조지프 다스트가 취임한 1949년은 바로 이런 시기였고, 몽상가이자 야심가이며 사회사업가였고 정치인이었으며 인도주의자인 동시에 모더니스트로 스스로를 규정한 조지프 다스트는 이 꼴을 두고 볼 수 없었다. 그는 이전까지 시가 행했던 빈자와 흑인을 향한 탄압을 중지시키고 그들을 위한 파라다이스, 소수자와 가난을 감싸안는 미래형 공공 주거 단지를 구상했으며, 이를 위해 다운타운의 슬럼을 밀어버리고 그곳에 세울 새로운 단지를 국제 현상공모에 붙였다. 당시 웹 앤드 냅(Webb and Knapp)이라는 회사에서 일하던 이오 밍 페이나 무명에 불과한 루이스 칸 등 각지의 건축가들이 이 거대한 프로젝트에 응모했으나 조지프 다스트에게 채택된 건 재미 일본인 건축가 야마사키 미노루였다. 야마사키 미노루는 '라인웨버, 야마사키 앤드 헬무스(Leinweber, Yamasaki&Hellmuth)'라는 이름의 초짜들이 만든 건축가 그룹의 리더로 마흔도 채 되지 않은 애송이였으나 구상은 실용적이고 정교했으며 거대하고 섬세했다. 조지프 다스트는 야마사키가 패전국인 일본 태생이며, 물론 일본어는 하나도 못했지만, 적국이자 패전국 출신의 동양 사내를 이런 거대한 프로젝트의 수장으로 임명한다는 데 전율을 느꼈고, 이로써 자신은 모더니스트이자 인도주의자로서 역사에 이름을 남길 수 있다고 생각했다. 야마사키는 프루이트 아이고를 계기로 세계적인 스타 건축가가 되어 후에 대표작 중 하나인 월드 트레이드 센터를 짓기도 하는데, 월드 트레이드 센터는 프루이트 아이고와 마찬가지로 폭파 장면이 전 세계로 생중계되는 건물이 되었다. 프루이트 아이고의 이름은 조지프 다스트가 손수 지은 것으로 프루이트는 터스키기 에어맨(Tuskegee Airman)의 전설적인 파일럿 웬델 O. 프루이트(Wendell O. Pruitt)에게서, 아이고는 프루이트 아이고의 재정 지원을 통과시키는 데 힘쓴 연방정부의 상원의원 윌리엄 L. 아이고(William L. Igoe)에게서 따왔다. 웬델 O. 프루이트는 조지프 다스트의 고교 동창으로 미군 최초의 흑인 파일럿 집단 터스키기 에어맨에서 B-29기를 몰았고 2차대전에서 혁혁한 공을 세운 전쟁영웅이자 흑백 인종차별 철폐에 앞장선 공공연한 동성애자였지만, 그가 동성애자라는 사실을 언론은 늘 쉬쉬했고, 본인 역시 공적인 자리에서 그런 말을 하진 않았는데, 그건 인종차별과 동성애 차별에 동시에 맞서기엔 통장잔고가 충분하지 않기 때문이라고 조지프에게 말하곤 했다고 한다. 그는 2차대전에서 독일, 특히 함부르크와 드레스덴에 공중폭격을 감행했으며, 그로 인해 얼마만큼의 사망자와 피해자가 발생했는지는 전혀 알지 못했지만 나치가 터스키기 에어맨을 비롯한 연합군 공중폭격기를 두려워했다는 사실에 자긍심을 느꼈으며, 단지 버튼을 누르는 사실 하나에 죄책감을 느껴 에어맨을 탈퇴한 동료, P. J. 하워드(P. J. Howard)에겐 대단히 실망했다고 한 인터뷰에서 말했다. 프루이트는 1950년 앨라배마주에서 열린 에어쇼 도중 동료 전투기와 부딪쳐 사망했다. 누구도 그와 같은 베테랑이 그런 실수를 했다는 것을 믿지 않아서 동료들 사이엔 그가 자살했다는 설이 팽배했지만 전쟁영웅의 명예를 위해 아무도 입을 열지 않았고, 오직 P. J. 하워드만이 이십 년 후 「웬델 O. 프루이트 : 공중비행사의 불안과 공포*Anxiety and Horror in Aerobat*」(1970)라는 글을 통해 프루이트의 죄책감과 정신질환, 애정관계와 취미생활에 대해 알렸다. 조지프 다스트는 웬델 O. 프루이트의 혼이 프루이트 아이고에 깃들었다며 인디언 주술사를 불러 의식을 진행하기도 했는데 세인트루이스시 당국은 이 사실이 발각될까 노심초사했다.

프루이트 아이고는 지어지고 얼마 되지 않아 세인트루이스시의 애물단지가 되었고 조지프 다스트가 죽은 이후로는 누구도 신경쓰지 않았다. 슬럼은 프루이트 아이고를 중심으로 더욱 거대해지고 공고해졌으며, 시 당국은 미사일을 쏘아야 하나를 다시 고심하기 시작했다. 데이비드 넬슨 주니어는 1968년 겨울 프루이트 아이고를 떠났다. 그는 프루이트 아이고 8동 칠층의 왼쪽에서 다섯번째 집에 살았고, 그의 형은 어머니와 8동 육층 오른쪽에서 세번째 집에 살았다. 데이비드 넬슨 주니어는 오른손을 심하게 떨어 커피를 마실 때마다 테이블에 줄줄 다 흘렸지만 그러면서도 쉬지 않고 커피를 마셨고 왼손으로 테이블을 끊임없이 닦았다. 습관이 돼서 괜찮습니다. 그는 지금 뉴욕에 살고 있으며, 그의 아들 데이비드 넬슨 3세는 자동차 세일즈맨으로 1970~80년대 북미를 누벼 그 덕에 그런대로 살 만하다고, 물론 아들과 며느리, 손자, 손녀는 그를 보러 오지 않지만 거기에 대해선 개의치 않는다며 어쨌든 살아 있지 않냐고 말했다. 그의 형은 프루이트 아이고의 주랑에서 갱단의 샷건에 배를 맞았고 그의 어머니는 형의 배에서 흘러내리는 내장을 손으로 밀어 넣으며 그에게 소리질렀는데, 그때 어머니가 밀어넣던 내장과 어머니의 목소리가 아직도 꿈에서 반복된다며, 지금의 수전증도 그때 생긴 것이라고 했다. 꿈은 언제나 악몽으로 끝나는 법이지요. 데이비드 넬슨 주니어는 커피를 내려놓으며 말했고, 프루이트 아이고에 대한 다큐 〈프루이트 아이고 신화〉는 끝을 맺는다.

*

이구는 낙선재에 자리를 잡고 건축가로 활동하며 연세대와 서울대에 출강했다. 그는 계동에서 스쿨버스를 타고 학교로 향했는데 당시 서울대 공대는 공릉동에 있어 버스가 동숭동과 종암동을 지나 삼십 분을 달리는 동안 이구는 조국이라고 알아왔던 나라의 실제 모습, 빌딩은 찾아볼 수 없고 전쟁의 상흔이 남아 가난하고 비쩍 말랐으며 우울하고 적의에 찬 모습으로 돌아다니는 사람들과 발가 벗겨진 건물, 구획도 경계도 찾을 수 없는 거리를 보았으며 매일 쉬지 않고 날리는 흙먼지와 따뜻한 공기 속에서 어른거리는 서울이라는 도시에 대해 생각했다. 이구의 수업을 들은 서울대 학생들은 이구처럼 잘 차려입고 귀티 나는 인물을 생전 처음 보았으며 차분한 말투와 조용한 걸음걸이, 해박한 지식과 수줍은 미소에 호감을 느꼈지만 이구는 한국말을 못한다는 사실이 부끄러워 영어로, 아주 간단하고 필요한 내용만 이야기했으며 개인적인 이야기를 묻거나 궁금증을 표하는 학생들은 피해 다녔다. 그를 제외한 다른 교수들은 대부분 절망적으로 산만하고 오만하며 바삐 오락가락하는 인물들로 기이하기 짝이 없는 헤어스타일에 거의 정신 나간 상태로 강의하길 즐겼는데, 이는 그들이 하는 강의가 국가 재건이라는 거대한 목표에 봉사하는 일이라고 느꼈기 때문에 나오는 제스처였는지, 일제시대에 부역했던 것에 대한 죄책감 때문이었는지, 그도 아니면 전쟁과 분단 이후 그런 인물들만 살아남아서였는지는 알 수 없다. 당시 이구의 강의를 들었던 건축가 김원은 이구를 떠올리며 이렇게 말했다. 저는 미국 유학을 생각하고 있었고, 이구 선생 말고는 누구도 미국에 대해 자세히 알고 있는 사람이 없었지요. 어느 날 제가 4호관 건물을 지나 늪 쪽으로 걸어가고 있는데, 평소에는 아무도 없던 늪 아래쪽의 벤치에 누군가 앉아 있었고, 저는 호기심이 일어 갈대와 잡초를 헤치고 늪 둘레를 돌아 아래쪽으로 걸어갔지요. 안개가 자욱해 근접하기 전까지는 알 수 없었지만 왠지 이구 선생일 것 같다는 생각이 들었습니다. 그건 안개 속에서도 어렴풋이 그가 즐겨 입던 정갈한 감색 정장과 두꺼운 뿔테 안경이 보였기 때문이지요. 그는 늪을 보며 가만히 앉아 있었습니다. 저는 선생의 옆에 조심스레 앉았지요. 그리고 미국에 가도 되는지 의견을 물었습니다. 선생은 미국에 가려면 펜실베이니아로 가라고 하더군요. 이유는 말하지 않았지만 펜실베이니아로 가라고 여러 번 얘기했던 기억이 납니다. 저는 내친김에 설계를 잘하려면 어떻게 해야 합니까, 라고 평소와는 달리 겁없이 물었고 선생은 잠시 생각에 잠겨 물끄러미 늪을 바라보다가 이렇게 말했습니다. 욕실을 그리세요. 그는 자신의 경험, 처음 입사한 회사에서 삼 년 동안 욕실 도면만 그렸던 경험을 이야기하며 그것은 일종의 건축적 면벽 수련입니다, 욕실 안에는 모든 것이 있습니다, 욕실을 그리고 나면 보이지 않는 것을 볼 수 있게 될 것입니다, 라고 말했지요. 이구 선생은 조용하며 상냥했지만 학생들에게는 대체로 무심했는데 그건 그들의 일과 자신의 일이 다르며, 그들의 삶과 자신의 삶이 다르고, 자신은 그들에게 해줄 수 있는 일이 따로 존재하지 않으며, 교수인 자신에게는 그것이 존재해서도 안 된다는 철학 때문이었지만 이는 한국 학생들에게는 익숙지 않은 태도였습니다. 김원은 이구가 공적인 공간에서 얼마나 자신을 숨기기 위해 노력했고, 서울은 그에게 얼마나 어색한 공간이었는지, 일상의 하루하루가 싸움과 투쟁, 연기의 연속이었나 하는 것을 미국에 가서야 조금 이해할 수 있게 되었다고 했다.

김원은 1966년 미국으로 떠나 펜실베이니아대학에서 건축을 전공했지만 틈만 나면 뉴욕으로 가서 친구들과 어울렸고, 낭독회와 거리 공연, 빌딩과 숲을 찾아다녔다고 했다. 뉴욕은 숲과 낭독회의 도시입니다. 김원이 말했다. 뉴욕의 숲은 센트럴파크나 브라이언트파크가 아닌, 로어이스트사이드와 브롱크스의 버려진 건물들, 거리의 어둡고 습하며 외진 곳에 있는데 이것은 자연적으로 생기기도 했으며 인위적으로 만들어지기도 했지요. 뉴욕의 숲을 만든 이들은 그린 게릴라즈(Green Guerillas)라는 사람들로 고든 마타 클라크가 그들의 멤버이기도 했습니다. 그들은 버려진 건물의 원예가로 온갖 잡스러운 식물과 나무를 심고 퍼뜨리며 분재를 하고 정원을 가꿉니다. 그들의 가드닝은 유럽식도 아니고 영국의 영향을 잘못 받은 빌어먹을 미국식도 아니지요. 그들은 원예에 대해 개뿔도 모르는 수십 명의 멤버와 원예가이자 조각가인 사라 퍼거슨(Sara Ferguson)과 리즈 크리스티(Liz Christy)로 시작됐어요. 건물은 기이할 정도로 축축하고 더러운 식물들로 뒤덮였으며, 식물들 사이로 난 길은 끝없이 두 갈래로 갈라지며 브롱크스를 양분했는데, 그 길을 따라가다보면 어느 순간 내가 있는 곳이 뉴욕인지 쿠알라룸푸르인지 헷갈리면서도 곧 뉴욕시티, 라고 소리지르게 되는 이상한 매력이 있지요, 라고 김원은 말했다. 그런 정원을 우리는

*뉴욕의 공중정원(The Hanging Gardens of New York)*으로 불렸고, 한때 그러니까 전 세계적으로 미쳐 있던, 지금까지 단 한 번도 오지 않은 그런 전 세계적인 광기가 세계를 휩쓴 1960년대 후반에는 그런 공중정원이 뉴욕 내에 팔백 개가 넘게 있었어요. 우리는 각 공중정원에 나름대로 이름을 붙였는데, 붉은 계열의 식물이 가득한 보워리의 정원에는 망할 윌리엄 길버트, 로어이스트사이드의 낡은 아파트 사이로 난 정원에는 대만인의 거대한 성기, 또다른 정원엔 미란다, 넬슨, 조지 등 아무런 이름이나 마구 붙였고, 동양 이름을 붙이길 원하는 친구들에겐, 제가 구운몽 따위의 이름을 선사하기도 했지요. 우리는 공중정원에서 낭독회를 자주 열었는데 당시만 해도 낭독회는 요즘처럼 왕따들이 오는 행사가 아니었고, 술을 마시고 싶거나 마약을 하고 싶고 여자를 따먹거나 따먹히고 싶은 놈들이 오는 흥분과 광기, 즐거움이 공존하는 파티였지요. 그곳에서 저는 아파르트헤이트를 피해 도망 온 술리아만 엘 하디(Suliaman El-Hadi)를 만났는데 그는 라스트 포에츠(The Last Poets)의 초기 멤버로 되지도 않는 시를 하루 열댓 개씩 짓는 건물 관리인이었습니다. 당시만 해도 흑인 건물 관리인이 많지 않은 편이었는지 그는 직업에 대한 자부심이 굉장했지요. 라스트 포에츠의 멤버는 남아프리카공화국 출신의 흑인이 대부분으로 이는 그들의 정신적 스승인 '교사 윌리', 본명은 케오라페체 윌리엄 카고시실레(Keorapetse William Kgositsile)이며, 넬슨 만델라와 함께 활동했던 남아프리카공화국의 전설적인 투사인 그가 시를 가르치고 수학을 가르치고 게릴라전과 선전 활동을 가르쳤기 때문이지요. 그

들은 복싱 프로모터이자 플로이드 패터슨의 친구이며 블랙팬서의 자금책 중 하나였던 진 다니의 지원으로 브롱크스의 가건물에 교실을 만들고 다양한 활동을 전개했습니다. 라스트 포에츠라는 이름은 교사 윌리가 남아프리카공화국으로 돌아가기 전에 남긴 시 「윌리 윌 비 백*Willy will be back*」의 구절, "마지막 시인은 대지의 자궁에서 창을 쥐고 솟아오르리라"에서 따온 이름이며, 그들이 만든 첫번째 노래이자 공동 저작 시인 「웬 더 레볼루션 컴스*When the Revolution comes*」(1970)는 라스트 포에츠의 창립 멤버이자 1968년 이스트 할렘의 아파트에서 가스 자살로 생을 마감한 아부 무스타파(Abu Mustafa)의 유서에서 따온 제목이라고 했어요, 라고 김원은 말했다.

> 혁명이 시작될 때
> TV에서는 치킨 광고가 나올 거야
> 우리는 하루종일 치킨을 먹고
> 우리는 말할 거야
> 혁명이군
> 혁명이 시작될 때
> 우리 깜둥이들은 치킨을 먹으며 말하겠지
> 혁명이군
>
> —라스트 포에츠, 「혁명이 시작될 때」

라스트 포에츠의 앨범은 1970년에 발매되어 반문화의 열기를 타고 수백만 장이 팔렸는데, 지금은 누구나 인정하는 랩 음악의 시초가 됐다고 그것은 그야말로 부끄러운 일이죠, 라고 김원은 말했다. 술리아만 엘 하디는 라스트 포에츠를 탈퇴한 후 델란시 스트리트와 이스트 9번지를 중심으로 이루어진 로버트 모지스의 재개발계획에 발을 담그고 본격적인 땅투기를 시작합니다. 그는 맨해튼 남부의 땅을 시작으로 점점 성장해 나중에는 소호의 땅을 사들였는데, 이는 그가 부자가 되는 데 결정적인 영향을 미치게 되지요. 그는 땅투기로 번 돈으로 미술품을 구입하지만 안목이 전혀 없어 온갖 모조품과 잡동사니로 방을 가득 채우고 1992년 원인을 알 수 없는 병에 걸려 시름시름 앓다 바싹 말라죽는데 죽기 직전까지 병에 걸린 이유가 이집트에서 건너온 불길한 단지를 사는 바람에 파라오의 저주에 걸려서 죽는 거라고 생각했지요.

*

이구가 한국에서 지은 건축물은 이제는 거의 남아 있지 않은데 그건 그의 작품이 많지 않으며 그나마 있는 작품들 대부분도 일찍 수명을 다했기 때문이다. 이구가 지은 대표적인 건축물은 광화문에 있는 새문안교회와 명동의 중국대사관이지만 명동의 중국대사관은 2003년 허물어졌으며 새문안교회 역시 새로운 성전을 짓기 위해 곧 허물 예정이라고 했다. 나는 이구에 관한 글을 쓰기 위해 새문안교회를 가야 할 것인지 한참을 고민했고, 결국 갔는데 이 글을 읽는 사람들에게는 가지 말라고 하고 싶다. 어쩌면 글이 발표될 즈음에는 가고 싶어도 갈 수 없을지 모르며 그렇게 된다면 더 좋은 일이 아닐까 하는 생각이 들기도 한다. 이구에 관한 자료와 기사는 꽤 남아 있지만 유명세에 비하면 그다지 많지 않으며 특히 대부분의 자료가 비운의 왕족이라는 그의 가족사에 초점이 맞춰져 있어 1960년대와 1970년대 그가 어떤 철학을 가지고 어떤 건축을 했는지에 대해서는 찾을 수 없다. 몇몇 남아 있는 기사에서 그는 공정하고 신중하며 조심스러운 의견, 그러니까 원론적인 말만 되풀이하는 따분한 사람이었고 동료 건축가들의 회고에서는 바르고 사려 깊은 사람이라는, 고인에 대한 예의와 애정에서 우러나온 평가가 전부였다. 그러던 중 나는 새서울백지계획이라는 지금의 시각으로는 무모한 도시계획에 대해 알게 되었다. 새서울백지계획은 말 그대로 새로운 서울을 짓기 위한 백지계획이라는 뜻으로, 백지계획은 아무것도 없는 허허벌판을 염두에 두고 하얀 도화지에 그림을 그리듯 도시를 그리는 도시계획을 일컫는 말이다. 이는 1966년 취임한 서울시장 김현옥의 아이디어로 김현옥은 급증하는 서울의 인구와 이로 인해 생긴 수많은 난제를 해결하기 위한 박정희의 히든카드였다. 김현옥은 군인 출신으로 최연소 부산시장을 지내며 항만 건설 등 각종 공사에서 예정된 시공 기간을 절반으로 줄이는 신기를 선보이며 명성을 떨쳤다. 그는 흔히 단순무식한 불도저로 알려져 있지만 사실은 대한민국을 새롭게 건설하고 발전된 기술로 국민들에게 꿈과 행복을 안겨줄 희망에 부푼 테크노크라트이자 미래주의자로 그런 그의 원대한 기획이 십분 발휘된 것이 바로 새서울백지계획이었다. 새서울백지계획은 르코르뷔지에의 '삼백만을 위한 오늘의 도시'를 모방

한 것으로 핵심 아이디어는 도시계획 내부의 구성이 아니라 도시의 외곽선을 무궁화 모양으로 만든다는 것에 있었다. 김현옥의 도시론은 '도시는 선이다'라는 구호로 요약될 수 있는데, 그는 무궁화 모양의 외곽선이 기술과 예술의 완전한 합일이라며, 도시의 선이란 무엇인가? 도시는 스피드와 역동성으로 미래의 비전을 제시한다! 고 자문자답하고는 '도시는 선이다'를 쓴 대형 현수막을 서울시청 정면에 걸고 그해의 시정 구호로 삼았지요, 라고 당시 부시장이던 차일석은 회고했다. 차일석은 연세대 교수로 미국에서 도시행정을 전공하고 돌아온 엘리트였는데, 부산 항만에 대한 그의 평가 보고서가 김현옥의 마음에 든 것을 계기로 부시장에 임명되었다고 했다. 김현옥 시장은 하루에도 아이디어가 십수 개씩 떠오르는 아이디어 뱅크로 떠오르는 생각을 즉시 입 밖에 내지 않으면 참지 못하는 성격이었고 그래서 밤이고 낮이고 할 것 없이 전화를 걸어댔습니다. 그의 지론은 자동차는 빨라야 한다는 것으로 수송장교 출신인 그는 자동차에 남다른 식견을 가지고 있었는데 엔진은 왜 있는가, 바퀴는 왜 네 개인가, 질주하는 말의 다리는 네 개인가 스무 개인가, 라는 알 수 없는 질문을 퍼붓곤 했지요. 자동차에 대한 애정 때문인지 그는 걸어 다니는 것을 굉장히 싫어했고 도로를 가로막는 행인이나 소달구지 역시 사라져야 할 구시대의 유물로 생각했습니다. 그의 롤 모델은 마리네티와 헨리 포드, 박정희 대통령으로 자신은 그들에게 예술성과 테크놀로지, 이념을 전수받았다고 했지요. 그는 박정희 대통령의 자서전인 『국가와 혁명과 나』를 강제로 읽게 했고 독후감을 받기도 했는데, 특히 『국가와 혁명과 나』에 나오는 박정희의 시 「불란서 소녀」를 좋아했지요. 김현옥 시장은 스스로도 시 짓기를 즐겨, 「자동차와 나」 「꿈꾸는 바퀴」 같은 시를 짓기도 했습니다. 가끔은 언론에 돌릴 보도자료를 시로 써 기자들을 당황시키기도 했는데, 새서울백지계획 보도자료 역시 시로 작성되었지만 지금은 그 내용이 어땠는지 기억나지 않습니다. 김현옥 시장은 또한 기공식 마니아였습니다. 그가 있을 당시 서울은 천지가 공사판이었는데 그는 하루에도 기공식을 세 탕씩 뛰는 초인적인 체력을 보여줬지요. 게다가 그는 준공테이프 페티시가 있어 자신이 직접 자른 준공테이프는 꼭 집무실 벽에 걸어뒀습니다. 그건 성황당에 걸린 비단처럼 보여 결재를 받으러 들어갈 때면 점을 보러 가는 기분이 들곤 했지요. 차일석은 김현옥에게 몇 개의 준공테이프를 받았다며, 자신은 그와 같은 준공테이프 컬렉터는 아니지만 남은 것이 있을지도 모른다고 했다. 그는 서랍을 뒤져 주황색 테이프를 꺼냈다. 이건 아마도 밤섬을 폭파할 때 자른 것 같습니다. 우리는 여의도를 한국의 맨해튼으로 만들 생각이었어요. 그러기 위해서 둑을 쌓아야 했는데 자원이 부족했습니다. 우리는 한강의 쓸모없는 섬을 폭파해 거기서 나오는 암석을 사용하기로 했지요. 김현옥 시장은 노들섬과 밤섬 중 어느 쪽을 폭파해야 하나 한 시간 정도 고민했던 것으로 기억합니다. 당시 밤섬에는 백여 명 정도의 사람이 살고 있었지만 김현옥 시장은 그 사실을 까맣게 몰랐지요. 아마 부산 사람이라서 그랬을 겁니다, 라고 차일석은 말했다.

김현옥은 1970년 와우아파트 붕괴 사고의 책임을 지고 서울시장에서 물러났으며, 그때 차일석 역시 부시장직을 그만뒀다고 했다.

그는 이후 연세대 교수로 돌아가 경주 보문단지와 제주 중문단지를 만들고 조선호텔 사장으로 부임해 미군들에게 값비싼 와인과 음식을 제공하는 등 한미 우호 증진에 힘썼다고 말했다. 차일석은 그 덕에 지금도 와인에 대해 빠삭하다며 하루 와인 한 잔과 수영 삼십 분이면 건강은 문제없지요, 라고 말했다.

1966년 『공간』은 서울시와 김현옥의 의견을 적극 수용해 새서울 백지계획으로 창간호의 절반을 채웠다. 동아일보와 경향신문, 중앙일보, 조선일보 등도 새서울백지계획을 대서특필했는데 특히 동아일보는 '새서울백지계획에 대한 전문가들의 제언'*이라는 제목으로 건축과 도시설계 분야의 전문가를 불러 그들의 의견을 실었다. 그 때 호출당한 전문가가 이구와 김중업, 윤장섭과 이한순, 손정목이었다. 김중업은 새서울을 지어야 한다는 당위 이외에 백지계획에 포함된 모든 디테일을 개무시하는 의견을 실었는데, 특히 무궁화 모양의 외곽선에 통탄을 금치 못했다. 새서울백지계획의 도면을 그린 박병주는 김중업의 오랜 동료로 그의 비판에 크게 상심했다고 한다. 그는 당시 대한주택공사에 근무하던 도시설계 전문가로 그림과 도면에 특히 빼어난 재주가 있어 그 소문을 들은 김현옥이 일을 맡겼다고 했다. 박병주는 김중업과 한국전쟁 시절 부산에서 만나 1952년 독도 측량을 시작으로 가까워졌다며 당시 서울대 교수이던 김중업과 한양대 교수인 박학재가 중심이 된 독도 조사단은 부산

---

* 동아일보, 1966. 5. 28.

에서 출발해 울릉도를 거쳐 독도로 향했지요, 라고 말했다. 우리가 탔던 배는 진남호라는 해운국 소속의 순시선으로 작은 규모에 열악하기 그지없는 구조로 인해 탑승한 조사단 전원이 극심한 뱃멀미에 시달렸지요. 우리는 그때까지만 해도 독도 측량에 대해 깊이 생각하지 않았고, 독도 영유권이나 해역 등에 대해 생각하기에는 산재한 일이 너무 많았기 때문에, 사명감이나 의무감과는 거리가 먼 단순한 심정으로 독도로 향했습니다. 진남호가 도동항을 떠난 새벽녘에는 평소와 달리 파도가 고요했고, 바다 위에는 짙은 안개가 깔려 우리가 어디에 있는지 어디로 가는지 알 수 없었고, 심지어 지금 움직이고 있긴 한 것인지도 알 수 없었지요. 그때 머리 위에서 한줄기 긴, 선을 긋는 듯한 휘파람 소리가 들렸습니다. 이어 전망대에 있던 선원이 뭐라고 소리를 지르더군요. 우리는 무의식적으로 하늘을 긋는 음향을 따라 고개를 돌렸는데, 얼마 떨어지지 않은 바다에서 불빛이 번쩍하는 게 보였고, 연이어 이제까지 한 번도 본 적 없는 거대한 높이의 물기둥이 솟아올랐습니다. 안개 속에서도 섬광은 선명히 허공으로 퍼져 감감했던 독도의 윤곽이 뚜렷이 보였지요. 그러고는 섬뜩한 고요함 속에서 다시 여러 번의 불꽃이 번쩍였습니다. 그제야 상황을 파악한 선원 일부가 폭격이다, 라고 소리를 지르더군요. 저는 당황한 와중에도 평소 습관처럼 음측을 하기 위해 불꽃을 보고 숫자를 세었습니다. 불꽃이 보인 후 스물을 세고 나니 폭발음이 들리더군요. 저는 일 초에 셋을 세고 음속은 초속 삼백사십 미터이니 독도까지의 거리는 대략 이천사십 미터라는 계산이 나왔습니다. 그 사실을 알리기 위해 주변을 살폈지만 누구에게 이런 사실을 알려야 할지 모르겠더군요. 설사 알린다 한들 어떤 조치를 취할 수 있었을까요. 선상 위의 모든 이가 패닉 상태였고, 저 역시 뒤늦게 찾아온 공포로 거의 마비 상태가 되었습니다. 그러나 다행히 재공습은 없었고 폭격기는 우리가 볼 수 없는 곳으로 사라져버렸지요. 우리는 폭격기가 무엇을 목표로 한 것인지, 우리가 공격 대상은 아니었는지 전혀 몰라 오랫동안 바다 위를 이리저리 떠다녔습니다. 나중에 들은 바에 따르면 미공군 B-29 4기가 독도를 폭격 연습장으로 사용했다고 합니다. 당시 폭격으로 인해 몇 명의 사람이 죽었는지 어떤 피해가 있었는지 구체적으로 알 수 없지만 미군은 피해보상으로 황소 한 마리를 배상했다고 합니다. 두려움에도 불구하고 우리는 그날 측량을 감행했는데 이는 정부에서 시킨 일을 하지 않을 시 우리가 감당해야 할 뒷일이 두렵기도 했거니와 독도 폭격이 그 목적과는 관계없이 우리에게 조사의 중요성을 심어주었기 때문인 것 같습니다, 라고 박병주는 말했다. 김중업 선생과 친밀한 사이가 된 것도 어쩌면 그 폭격 때문인지도 모르겠습니다. 박병주는 전후 김중업과 경주 국립공원계획 등 삼십 년을 같이 일했지만 새서울백지계획의 도면을 본인이 그렸다는 사실은 말하지 않았다. 김중업의 성격상 비판을 철회할 것 같지 않은데다 자신 역시 급조된 도면에 확신이 없었기 때문에 그는 오히려 『공간』 창간호의 지면을 빌려 자신이 그린 괴이한 도시계획에 대해 맹비난을 퍼부었다. 반면 이구는 비판적인 다수의 의견과 달리 애매한 태도를 보이며 새서울을 만들기 위해서는 철저한 사전조사와 오랜 준비 단계가 필요하다는 하나 마나 한 이야기를 했고, 새서울백지계획 자체가 옳다 그르다 따위의 말은 전혀 하지 않았는데, 이는 이런 구상과 도면에 대해 대체 무슨 말을 해야 하나라는 절망과 좌절감 때문이었으며, 그로 인해 오랜 우울증에 시달렸다는 사실을 이구의 조수이자 지인으로 1970년대를 보낸 유덕문의 회고로 나중에야 알게 되었다. 유덕문은 1968년 김현옥이 밤섬을 폭파하기 직전까지 밤섬에 살고 있었다며 그때 김현옥이 밤섬을 폭파하지 않았다면 자신은 밤섬을 떠나지 않았을지도 모른다고 말했다.

1968년까지 밤섬 사람들은 전기와 수도의 혜택 없이 살고 있었다. 그들은 호롱불로 어둠을 밝히고 한강물을 떠다 마시며 자기들만의 왕국, 섹스와 사유재산의 경계가 없는 자율적인 공동체를 이루고 있었는데 밤섬 폭파로 하루아침에 노숙자 신세가 되었다고 했다. 김현옥은 이를 딱히 여겨 새로 건설되는 시민아파트에 밤섬 사람들의 거처를 마련하기로 약속했고, 밤섬 사람들은 자신들뿐 아니라 밤섬을 수호하는 신인 부군당 역시 지켜달라고 부탁했는데 김현옥은 이 역시 흔쾌히 승낙했다. 그러나 그는 밤섬 폭파가 끝난 후 다른 공사가 다망하여 밤섬 사람들을 잊고 말았고, 이후 밤섬 사람들은 살 곳을 찾아 떠돌아야 했다고 유덕문은 말했다. 당시 유덕문은 열일곱 살로 밤섬에서 가장 큰 배목수인 함씨 집안에서 심부름꾼이자 보조 목수로 일하며 홀어머니의 생계를 책임지고 있었다. 밤섬에는 대대로 배목수가 많았어. 왜냐면 서해에서 잡은 조기나 황태, 아니면 염전에서 소금을 실은 배들이 한강 타고 한양이나 평안도로 갈 때 밤섬을 지나거든. 밤섬이 중간 기착지란 말이야. 밤섬에서 노름도 하고 술판도 벌이고 떡도 치고 그랬는데, 그동안 배목수들이 배를 수리해주는 일이 많았고 간간이 함께 배를 타고 고기도 잡고 그랬어. 유덕문의 아버지 역시 배목수였는데 그는 1956년에 일어난 문화인 사육제 배 사고로 목숨을 잃었다고 했다. 그때는 밤섬에서 물놀이도 하고 축제도 하고 많이들 놀았어. 그래서 문총인가 하는 단체에서 문화인 카니발을 열었지. 유명한 문화계 인사들이 마포에서 배 타고 건너와 밤섬 백사장에서 달리기도 하고 활도 쏘고 그랬다는데 나는 기억이 안 나. 어머니 말로는 나 데리고 구경도 시켜주고 노천명이나 김광섭 같은 시인들도 보고 그랬다는데 잘 모르지. 어차피 시인이라 해봤자 어머니도 시인이라니까 시인인가보다 하는 거고 영화감독이라 해봤자 영화 한 번 본 적 없는데 뭘 알겠어. 그냥 곱게 차려입은 뭍사람들이 오니까 어울려 놀고 그랬던 거지. 그랬는데 그 사람들이 밤에 모타보트 타고 건너가다 사고가 난 거야. 그때는 참말 어두컴컴했거든. 먹구름이라도 지면 물이 하늘인지 하늘이 물인지 분간도 안 가게 거무튀튀하고 별도 없고 바람도 없고 으스스한 게 물길이 이리 갔다 저리 갔다 하면 뭍이 어디 붙어 있는지 여가 바다인지 한강인지 오락가락 방향감각도 없어. 한강이 보통 강이 아니거든. 그래서 밤섬 사람도 밤에는 어지간하면 배 안 타고 타도 돛 접고 슬슬 움직이고 그래. 근데 서울 사람들이 술 취해가지고 모타보트만 믿고 작은 배에 수십 명 타고 왁자지껄 간 거야. 배는 그러면 안 되거든. 그런데 애랑 처녀도 태운 배가 그대로 뒤집어진 거야. 밤섬 사람들도 배가 뒤집혔는지 몰랐대. 뭐가 보여야지. 배 가고 남은 사람들 놀고 있는데 빠진 사람 중 젤로 수영 잘하는 사람이 어찌 백사장으로 기어 들어온 거야. 그제야 사람들 다 배 챙겨가지고 구한다고 갔지. 우리 아버지가 제일 빨랐대. 그게 화근이었나봐. 물에 빠진 사람 구하다가 같이 물에 빠진 거야. 어머니가 한참을 기다려도 안 오니 거참 이상하다, 다른 밤섬 사람들 속속 오고 물 빠진 사람들 건져 오는데 아버지가 안 오니 이상하다 싶어 한 배 잡아다가 나가니 아버지도 없고 배도 없고 검검하니 아무것도 없고 그래서 마포까정 갔다가 다시 밤섬 왔다가 스무 번을 한 거야. 밤을 새도 안 보이더라 이거야. 동트고 난 뒤에 경찰이니 뭐니 사람도 오고 해서 시체도 건지고 했는데 시체를 어디 찾을 수 있나. 없어진 사람 중에 두 사람인가 찾았다는데 우리 아버지는 못 찾았어. 이상한 건 배도 없었다는 거야. 배가 왜 없을까, 물에 빠진 사람 구하기 힘들다지만 아버지는 보통내기 아닌데 빠진 것도 이상하고. 그래서 한동안 우리 아버지가 사람 구하는 척하면서 북으로 갔다는 소문이 떠돌았어. 아버지가 평소에도 이승만 얘기만 나오면 민나 도로보데스! 라고 소리치고 그랬대. 민나 도로보데스는 도둑놈 새끼라는 말이야. 그래도 밤섬 사람들 아무도 우리 아버지 흉보거나 뭐라는 사람 없었어. 밤섬에는 남이니 북이니 그런 거 없었거든. 근데 아무래도 내 생각에는 그거 때문에 김현옥이가 폭탄 가져와서 터뜨린 거 아닌가 싶어. 그러지 않고는 가만히 있는 밤섬을 왜 터뜨려. 흙이니 암석이니 다 거짓말이야. 밤섬은 지질이 별로라 폭파시켜도 못 쓰는데, 내가 그걸 나이들고 나서 이구 선생 만나고 알았거든, 하고 유덕문은 말했다.

밤섬 사람들은 밤섬 폭파 이후 와우산에 집단거주지를 마련해 살았다. 그곳에도 수도와 전기가 없는 건 마찬가지였다. 유덕문은 배목수에서 집목수로 업종을 변경했고 이구의 회사인 트랜스 아시아에서 일하며 1970년대를 보냈으며 전두환이 집권한 뒤로는 동료들과 회사를 차려 연립주택 도급업자로 전국을 누볐다고 했다. 이젠 배 못 지어. 88올림픽 때 마포 배목수들 무형문화재 지정한다고 찾아오고 그랬는데, 나는 그랬어. 배 짓는 법 다 까먹었소. 누가 요즘 강배를 타. 몇 개 만들어서 박물관에나 처박아두겠지. 와우산 밤섬 마을은 1996년 재개발로 다시 한번 철거되었으며 그 자리에 지금은 삼성아파트가 들어서 있다. 유덕문은 현재 녹번동에 살며 자신의 죽기 직전인 애완견과 불광천을 걷는 게 유일한 낙이라고, 밤섬 사람들 삼분의 이가 죽었어, 밤섬 사람들 자식들은 밤섬 사람들인지 아닌지 그걸 잘 모르겠어, 라며 밤섬 사람들 자식들의 자식들은 밤섬에 사람이 살았다는 것도 모를지도 모르겠다고 말했다.

*

고든 마타 클라크의 변호사인 제럴드 '제리' 오도버(Jerald 'Jerry' Ordover)는 자신이 고든 마타 클라크를 변호할 때 가장 힘들었던 일이 고든 마타 클라크의 작품을 이해하는 것이었다고 말했다. 고든 마타 클라크는 코넬에서 건축을 전공했지만 건축을 알면 알수록 건축가 새끼들이 미웠고, 뉴욕에 있는 대부분의 건물이 한심하고 머저리처럼 느껴졌다며, 자신의 아버지인 로베르토 마타는 자신에게 미술을 하지 말라고, 너는 멍청하고 손이 무뎌 미술은 못 한다고 했지만 그럼에도 미술을 할 수밖에 없었다고, 그러나 자신의 행위가 정확히는 미술도 건축도 아닌 그 무엇이라며 그러나 사실은 대부분의 행위가 그 무엇도 아닌 그 무엇이지 않냐고 말했다고, 제리는 말했다. 그러나 고든 마타 클라크의 작업이 뭐든 간에 남의 건물에 들어가 벽과 바닥에 구멍을 뚫거나 집을 반으로 쪼개고 개조하는 행위는 불법이 아니겠냐고 제리는 반문했다. 저는 그를 변호하기 위해 현대미술을 처음부터 다시 공부해야 했어요. 제가 예일에서 법을 전공할 때 사귄 여자는 파슨스에서 조각을 공부하던 그레이엄 그레이시로 타는 듯이 붉은 머리칼을 가지고 싶어 매주 염색과 탈색을 반복하는 조금 맛이 간 여자였지요. 그녀 덕분에 모마나 구겐하임에 가거나 이스트 빌리지의 화랑가에 가기도 했지만 미술에 대해선 아는 게 거의 없었고, 그나마 폴록과 워홀을 조금씩 이해하게 되었지만 그 이외의 흐름들, 해프닝이나 미니멀리즘, 플럭서스 같은 그룹은 전혀 이해하지 못했습니다. 그렇지만 그녀의 영향이었는지, 저는 변호사가 된 뒤 예술가의 처우와 법적 문제를 전문으로 다루게 되었고, 뉴욕 돌스나 패티 스미스 같은 가수들, 노먼 메일러나 스나이더 같은 작가들의 변호에도 일익을 담당하게 되었지요. 그들은 대체로 겉멋 든 애송이에 불과했지만 생각보다 예의가 바르고 온순했으며 따분하지 않았습니다. 동료 변호사들이 기업가나 주식 투자자들과 맨해튼에서 고급 콜걸을 불러 헤로인을 하는 동안 저는 낭독회나 전시회를 가고 창고 같은 술자리에서 마리화나를 피웠지요. 고든 마타 클라크는 세드릭 프라이스의 소개로 알게 되었습니다. 세드릭 프라이스의 소논문 「스크램블 에그로서의 도시*The City As An Egg*」를 본 고든 마타 클라크는 흥분에 가득차 세드릭을 찾아갔고, 이후 둘은 꽤 오랜 시간 편지를 주고받으며 학문적이고 예술적인 영감을 나누었지요. 세드릭 프라이스는 아키그램의 정신적 스승으로 존경받았는데 저는 아키그램의 수다쟁이인 피터 쿡과 친분이 있어 세드릭이 뉴욕에 왔을 때 뒤를 봐주며 알게 되었습니다. 그렇지만 저는 아키그램이 뭐하는 이들인지, 그들의 주장이 어떤 의미인지 전혀 이해하지 못했고, 그건 피터 쿡 역시 마찬가지인 것처럼 보였습니다. 피터 쿡은 다만 재미를 좇는 인물로 혁명의 가장 필수적인 요소는 재미인데 이 사실을 망각한 모더니스트들이 세상을 다 망쳤다고 말하곤 했지요. 그는 특히 르코르뷔지에를 증오해, 그런 망상적인 시도, 도시를 바둑판 모양으로 구성하고 사람들을 어디로 걷게 만들고 어디로 들어가게 만들며, 인구가 몇이고 주택은 어느 정도이고 상업지구는 여기고 공업지구는 여기고 하는 식의 이야기에 진저리를 쳤습니다. 피터 쿡은 도시는 형성되는 것이지 형성하는 것이 아니라며 아키그램의 아이디어가 실현되지 않는 페이퍼 아키텍트에 불과한 것은 애초에 실현하고자 하는 의지가 없었기 때문이며 실현하고자 하는 의지가 없는 도면과 구상을 거듭한 것은 실현의 폭력성과 무의미함을 상기시켜주기 위한 칼싸움이었다고, 물론 이것은 아키그램 멤버들과 다른 자신만의 의견이지만, 어쨌든 르코르뷔지에는 개새끼라고 말했지요.

고든이 처음 소송에 휘말린 건 1975년으로 지금은 전설적인 작품으로 기억되는 〈일상의 끝*The End of Day*〉(1975) 때문이었습니다. 〈일상의 끝〉은 맨해튼 서쪽 부두에 있는 존 매덕스(John

Maddux)의 방치된 선착장 벽에 반달 모양의 구멍을 낸 작품으로 그 구멍을 통해서 허드슨강이 뚜렷이 보이는 장대한 규모의 작품이었지요. 작업할 당시 고든은 나름 뉴욕 바닥에서 유명해지고 있을 때라 존 매덕스에게 이러저러한 작업을 할 테니 협조해달라고 부탁했고, 존은 단칼에 저리 꺼져, 히피 새끼야, 라며 거절했다고 합니다. 고든은 동료 둘을 이끌고 야밤에 일을 저질렀지요. 존 매덕스는 참지 않았습니다. 존은 수천 달러의 손배 소송을 제기했지요. 고든은 늘 돈이 궁했으니 야단난 셈이었습니다. 저는 그때만 해도 고든의 작품이 가진 의의를 설명하려고 분투하지 않았습니다. 어차피 저도 모르고 존 매덕스도 모르고 판사도 모르고 뉴욕시도 모를 게 뻔했으니까요. 그냥 미관상의 아름다움, 뉴욕시에 빛과 물, 자연의 은총을 돌려주려는 도시 미화 작업의 일환이었다고 얘기하라고 고든을 설득했지요. 고든은 씨불거렸지만 결국 그렇게 말했고, 소송은 잘 마무리되었습니다. 문제는 이후에 일어났습니다. 고든은 소송이 끝난 뒤 저를 더 보지 않을 것처럼 굴었어요. 사과한 게 마음에 안 들었겠죠. 그렇지만 1976년에 일어난 일 때문에 그럴 수 없었습니다. 일은 이렇습니다. 고든 마타 클라크는 피터 아이젠먼의 도시건축연구소(IAUS)에서 주최하는 전시에 초대받습니다. 미술과 도시, 건축의 삼각관계를 묘파하고 전망하는 상당한 규모의 전시로 뉴욕 파이브 중 셋인 피터 아이젠먼, 리처드 마이어, 마이클 그레이브스가 참여했지요. 당시 뉴욕 파이브는 뉴욕 최고의 유명인사로 1950년대 폴록, 1960년대 워홀이 지녔던 명성을 가지고 있었습니다. 뉴욕 내에서 그들을 건드릴 사람은 아무도 없었어요. 폴록이

나 워홀과 달리 뉴욕 파이브에게는 건축과 도시라는 실질적인 힘이 있었으니까요. 고든이 초청받았다는 것은 뉴욕 신에서 그를 진짜배기 예술가로 인정했다는 뜻이었습니다. 고무적인 일이었지요. 고든은 원래 특유의 '자르기' 작업을 선보일 예정이었습니다만, 오픈 직전 콘셉트를 바꿉니다. 그는 사우스브롱크스의 깨진 유리창을 찍은 사진을 전시장 창문에 붙이겠다고 했지요. 큐레이터인 앤드루 맥네어는 고든의 아이디어에 늘 대찬성이었으니, 바뀐 콘셉트에도 무조건 오케이 사인을 보냅니다. 그렇게 일은 순조롭게 진행됐습니다. 전시 당일까지 말입니다. 고든의 속이 왜 뒤틀렸는지는 아무도 모릅니다. 전시 당일 새벽 세시, 고든은 동료들을 데리고 전시가 예정된 도시건축연구소로 진입합니다. 고글과 헤드기어를 끼고 손에는 모스버그사의 BB탄 샷건을 들고 말입니다. 이후 두 시간은 전쟁을 방불케 합니다. 고든과 동료들은 전시장의 유리창을 단 한 장도 남기지 않고 깨뜨립니다. 경비가 나왔지만 속수무책이었죠. 경비는 그들의 총이 실탄인지 BB탄인지도 구분 못했어요. 비명소리와 총성, 유리창이 깨지는 소리가 뒤섞인 악몽 같은 밤이었다고 하더군요. 주최측은 당연히 발칵 뒤집혔습니다. 특히 피터 아이젠먼은 고든을 나치라고 부르며 길길이 날뛰었습니다. 앤드루 맥네어는 고든을 섭외한 죄로 전시 내내 피터를 피해 다녀야 했지요. 주최측은 그날 오전에 유리를 모두 갈아끼웠습니다. 오후에 오픈 파티가 예정되어 있었고 그곳엔 저를 포함한 유명인사가 대거 참여하기로 되어 있었으니까요. 미술계와 건축계 모두 한목소리로 고든을 비난했습니다. 그가 얼마나 치기 어리고 어리석은지, 그는 예술과 현실을 구분 못하며, 그의 행동이 액티비스트들을 얼마나 궁지로 몰아넣는지 알아야 한다고 말입니다. 다 맞는 말이었죠. 고든은 이렇다 할 응답을 하지 않았습니다. 속이 뒤집힐 노릇이었지요. 왜냐하면 제가 고든의 변호사였으니까요. 피터 아이젠먼과 도시건축연구소는 고든을 주거침입 및 기물 파손으로 구속시킬 태세였어요. 저는 고든이 한 행동이 전위예술의 차원에서 이루어진 일이라고 변호해야 할지 그냥 선처를 베풀어달라고 매달려야 할지 갈피를 잡을 수 없었습니다. 고든은 그건 단지 복수였다고 짧게 말할 뿐이었습니다. 복수라니요! 〈택시 드라이버〉(1976)는 너무 많은 사람을 망쳐놓은 게 틀림없습니다.

제럴드 제리 오도버는 고든이 사우스브롱크스의 고속도로 건설에 대한 저항의 의미로 유리를 깨뜨렸음을 고든이 죽고 난 뒤에야 알게 되었다고 했다. 마이클 그레이브스는 뉴욕시가 진행한 고속도로 건설과 집합주택의 실행자였으며 그로 인해 사우스브롱크스는 슬럼의 길로 들어섰다. 사우스브롱크스의 주민들은 미국 전역으로 뿔뿔이 흩어지거나 갱이 되어 총격전을 벌였다. 고든은 이렇게 말했다고 합니다. 사우스브롱크스에 가보라. 깨진 유리창은 일상이다. 제가 궁금한 건 왜 고든이 당시에 그런 이야기를 하지 않았는가 하는 점입니다. 이유가 분명하다면 그 정도 행위는 용납 가능했지요. 그러나 고든은 끝까지 함구했습니다. 제 의문에 앤드루 맥네어는 이렇게 답하더군요. 그건 프로테스트가 아니라 이그지비션이었으니까. 앤드루는 늘 그런 식이지요. 그는 막내라서 그런지 책임감이 없습니다. 저는 고든의 행동이 프로테스트였다고 생각합니다. 그는 장

남이었고 정신병을 앓는 쌍둥이 동생인 바탄을 책임질 줄 아는 사내였기 때문이지요. 바탄은 1976년 아파트 난간에서 추락사했습니다. 고든 마타 클라크는 1978년에 암으로 죽었지요. 그의 나이 서른다섯이었습니다.

이구는 1967년 신한항공이라는 측량회사를 차리고 1972년 트랜스 아시아의 부사장으로 부임했다. 1970년대 내내 동남아시아와 중동으로 외유를 다녔다고 하지만 정확히 무슨 일을 했는지 알 수 없다. 트랜스 아시아에서 그의 역할은 얼굴마담에 불과했고 신한항공은 1979년 도산했다. 사기를 당했다고 하고 사업 수완이 없었다고도 했다. 나는 유덕문과 함께 와우산 자락에 있는 밤섬 부군당에 들렀다 내려오는 길에 이구에 대한 이야기를 들었다. 유덕문 역시 1970년대 내내 이구가 무엇을 했는지 잘 모른다고 했다. 나는 말단 사원이었고 그는 황족 출신의 사장이었으니 당연하지. 다만 이구는 밤섬의 기억 때문인지 자신에게 각별했다고 말하며 1975년쯤인가 프랑스를 다녀온 뒤 가진 회식 자리에서 자기 옆에 앉아 이렇게 말했다고 했다. 내가 지은 건물이 얼마나 잘못되었는지, 지금 지어지고 있는 건물과 앞으로 지어질 건물이 얼마나 잘못되었는지 생각하기 시작하면 벌써부터 숨이 막혀오고 정신이 아득해집니다. 나는 선 하나 제대로 그을 수 없는 지경에 사로잡히지만 임박해온 마감 날짜와 시공 날짜 때문에 스스로를 기만하며 그림을 그리고 설계를 하는데, 그런 다음에는 견딜 수 없는 자기혐오와 좌절에 사로잡히지요. 수십 년 동안 거리를 채우고 있을 콘크리트 더미를 생각하면 지금도 구역질이 납니다. 이구는 집을 기계로 짓기 시작한 이후 몰락이 시작됐다며 직접 벽돌을 지고 손에 흙을 묻혀야 합니다, 집은 손맛입니다, 라고 말했어. 나는 그 말에 웃었고 이구 역시 말을 마친 뒤에 미소를 지었어. 그는 유머감각이 특출났는데 아무도 그 사실을 모르지. 그가 웃기면 사람들은 웃지 않고 당황하거든. 이구는 1975년 아랍에미리트와 알제리를 거쳐 파리에 도착한다. 파리에 있는 이구의 지인인 마르크 프티장은 당시 레알(Les Halles) 지역의 재개발 현황을 팔 밀리미터 필름에 담고 있었는데, 이구는 그를 따라 레알 지역을 방문했다고 한다. 레알 지역은 중세부터 드골에 이르기까지 추진된 개발 과정이 고스란히 녹아 있는 유서 깊은 지역으로 연식이 이백 년은 된 건물이 즐비한 곳입니다. 현재는 지스카르데스탱의 진두지휘 아래 재개발이 한창이지요. 마르크 프티장의 이야기에 따르면 레알 지역은 파리에서 가장 힙한 곳으로 코브라 그룹이나 아스거 요른 등 예술가들이 주변을 얼씬거리며 작품거리를 찾고 있었다. 고든 마타 클라크 역시 그중 한 명으로 그는 파리 비엔날레에 참가하기 위해 왔다가 레알 지역에 둥지를 틀었다고 했다. 그는 17세기에 지어진 타운하우스에 작업을 하고 있었는데 마르크 프티장은 우연히 만난 그의 작업에 매료되어 그 과정을 인터뷰와 함께 필름에 담고 있다고 말했다. 고든의 작업은 크고 위협적입니다. 프랑스의 프티부르주아들과는 다르죠. 프티장은 고든에게 이구를 소개하며 동양에서 온 시인이자 건축가라고 했다. 이구는 아니라고, 자신은 시인도 건축가도 아니라고 했다. 자신은 그저 세계를 떠돌며 각국의 도기와 수공예품을 모으는 일을 하고 있다고, 고향에 돌아가면 작은 가게나 차릴까 생각중이라고 말했다. 이구와 프티장은 고든 무리의 트럭을 타고 파리를 가로질렀다. 날씨가 궂어 빗방울이 흩뿌리지만 기분은 좋다. 프티장은 파리의 재개발에 대해, 상황주의자와 코브라 그룹, 알튀세르와 푸코, 68혁명 이후 섹스가 얼마나 쉬워졌는지에 대해 쉴새없이 떠들었다. 철학자들은 68이 사골이라고 생각하는지 끝없이 우려먹으려고 들지요. 반면 예술가들은 무엇에 집중해야 하는지 금방 눈치챘습니다. 바로 섹스죠. 고든 마타 클라크는 뉴욕도 마찬가지라고 말하며 자신은 뉴욕에서 '푸드'라는 식당을 운영하는데 요리야말로 뉴요커들이 가장 중요하게 생각하는 가치라고 말했다. 우리는 사람들에게 음식을 공짜로 나눠줍니다. 한번은 미슐랭 별 두 개짜리 요리사를 초대했는데 그는 공짜인데도 불구하고 음식을 삼키지 않더군요. 고든은 품에서 사과를 꺼내 이구에게 건넸다. 이구는 빗물에 사과를 닦은 후 베어 물었다. 고든은 이번 비엔날레에서 주목을 받으려면 독일의 무당들을 꺾어야 하는데 자신이 없다며, 본인의 작품은 아무래도 미술이 아닌 것 같다고, 그렇다고 컨템포러리는 더더욱 아닌 것 같다고 말했다. 고든의 작업은 건물의 북쪽 파사드를 원뿔 모양으로 잘라내는 것으로 외부에서 보면 삼층과 사층에 거대한 투창을 쑤셔 박았다 뺀 것처럼 보였다. 이구는 안전모를 쓰고 올라가 고든의 작업을 지켜보았다. 고든의 작업은 무척 더뎠고 고됐으며 시끄러웠다. 프티장은 초반 두어 시간 정도 촬영을 하더니 필름이 다 됐다고 말하며 벽에 등을 대고 주저앉았다. 천장에서 돌 부스러기가 떨어졌고 드릴 소리는 천둥처럼 울렸다. 해가 지기 시작하자 허물어진 벽 틈으로 붉은 빛이 쏟아져 들어왔다. 프티장은 잠이 들었고 이구는 졸렸지만 차마 잘 수 없어 해가 완전히 지기 전까지 버텼다고 한다. 유덕문은 이구에게서 들은 이야기는 여기가 마지막이라며 이후에는 그와 대화를 나눌 기회가 없었다고 했다. 나는 김중업 역시 1975년까지 프랑스에 있었고, 이후 미국으로 건너가 하버드에서 객원교수를 하는 등 나름 괜찮았지만 1979년 귀국한 뒤에는 국내에서 실시된 거의 모든 현상공모에서 떨어졌다고, 그러다 겨우 당선되어 만든 작품이 유작이 된 88년 서울올림픽 평화의 문인데, 대부분의 건축가와 평론가들에게서 비난을 받았다고 말했다. 이구는 1979년 회사가 도산한 후 1980년 일본으로 도피해 스스로를 아마테라스의 현신이라고 칭하는 무당 아리타 기누코와 동거하며 여러 차례 사기 사건에 휘말렸다. 나이든 그의 얼굴은 팔자 눈썹이 도드라져 보기 흉하다. 나는 이불이라는 미술가가 이구의 삶에 영감을 받아 작품을 제작했다고 말했다. 작품명은 '벙커(M. 바흐친)'(2007/2012)이며 아트선재센터에서 꽤 큰 규모의 전시를 했는데 그 전시를 볼 때 나는 이구에 대해 몰랐다고 이야기했지만 유덕문은 이불이 누군지, 작품명이 무슨 뜻인지 이해하지 못했다. 그는 부군당을 와우산 자락으로 옮긴 것은 여기 있으면 한강도 보이고 밤섬도 보이기 때문이라고 말했다. 근데 막상 옮기고 나니 아파트만 보여. 우리는 해가 지기 시작할 때 산을 내려왔다. 부군당으로 가는 길 초입에 공민왕 사당이 있었다. 나는 공민왕 사당을 보며 이곳은 문이 열려 있어 동네 주민들이 오가는데 부군당의 문은 왜 잠가놓냐고 물었다. 유덕문은 부군당은 왕이 아니라 신을 모시는 곳이라서 그렇다고 대답했다.

(『내가 싸우듯이』, 문학과지성사, 2016)

강화길

호수—다른 사람

2017 제8회

강화길

2012년 경향신문 신춘문예에 단편소설 「방」이 당선되어 등단. 소설집 『괜찮은 사람』 『화이트 호스』 『안진: 세 번의 봄』, 장편소설 『다른 사람』 『대불호텔의 유령』, 중편소설 『다정한 유전』 『풀업』이 있다. 한겨레문학상, 제8회 젊은작가상, 제11회 젊은작가상 대상을 수상했다.

호수
— 다른 사람

오 분도 지나지 않아 나는 그와의 동행이 후회되었다. 마음이 내키지 않으니 걸음이 뒤처졌다. 그가 내게 신경쓰지 말고 계속 앞서 걸었으면 했다. 하지만 그는 걸음을 멈추었고, 뒤를 돌아보며 어서 자신의 곁으로 오라는 듯 미소를 지었다. 내가 그의 곁으로 가기 전에는 절대 움직이지 않을 것 같았다. 나는 그에게 먼저 가라고, 뒤따라 걷겠다고 말했다. 그가 부드러운 말투로 대답했다.

"아니에요, 진영씨. 같이 걸어요."

언젠가 민영은 그가 배려라고 생각해서 하는 행동들이 사실 그녀를 숨막히게 할 때가 있다고 말했다. 지금 민영은 병원에 있다. 의식불명 상태다. 삼 주가 넘었다.

나는 다시 그와 걷기 시작했다. 습기 찬 공기 냄새와 짙은 풀냄새가 뒤섞여 풍겼다. 동네에 거의 다 왔다는 걸 나는 항상 이 냄새로 알아차리곤 했다. 지금 같은 여름이면 냄새는 더욱 진하게 풍겼다. 이렇게 습기를 더듬으며 얼마쯤 걸어가면, 어느 순간 오래된 주공아파트 단지 입구가 불쑥 나타났다. 마치 주문에 불려 나온 듯 느닷없이 펼쳐지는 이 풍경을 보며 민영은 말하곤 했다. 다른 세상으로 들어가는 기분이야.

우리는 이 동네를 좋아했다.

"아, 다 왔네요." 그가 말했다.

그리고 단지 입구를 향해 걸었다. 그는 이곳이 익숙해 보였다. 우리 마을은 안진시 외곽의 낮은 산자락 호숫가에 자리하고 있다. 열두 살 때부터 서른두 살인 지금까지 나는 줄곧 이 동네에서 살았다. 어릴 때부터 나는 호수를 찾아 마을에 놀러오는 외지 사람들을 가끔 마주치곤 했다. 그들은 아파트 단지 주변을 빙글빙글 돌며 한참을 헤매다 겨우 호수를 발견했다. 동네 바깥으로 돌아서 가도록 되어 있는 엉성한 표지판 때문이었다. 나는 단지 내를 가로질러 가면 훨씬 일찍 도착할 수 있다는 걸 알면서도 그들에게 가르쳐주지 않았다. 그건 동네 사람들도 마찬가지였다. 누구도 그들에게 우리가 공유한 비밀을 알려주지 않았다. 남들이 모르는 걸 익숙하게 알고 있다는 감각은 내게 묘한 우월감을 느끼게 해줬다. 나는 그들 앞에서 보란듯 고개를 빳빳이 들고 단지 안으로 성큼성큼 걸어들어가곤 했다. 바로 지금 그처럼.

길 양쪽에는 소나무들이 늘어서 있었다. 무성하게 솟은 잎들이 햇빛을 가렸다. 한껏 올라간 체온이 조금 가라앉는 게 느껴졌다. 나는 바지 주머니에 손을 넣었다. 아침에 출근할 때 챙겨넣은 작은 핀셋이 손에 잡혔다. 무슨 의도가 있어서 들고 나온 건 아니었다. 책상 위에 있어서 그냥 집어들고 나왔다. 최근 생긴 버릇이다. 크든 작든 딱딱한 물건을 손에 쥐면 나는 마음이 편해졌다. 딱딱한 촉감을 느끼면 뭔가에 대비한다는 기분이 들기 때문이었다. 아마 나는 앞으로도 그럴 것이다. 끔찍한 일이 있었으니까. 이곳에서. 나는 잊을 수 없을 것이다.

호숫가에 쓰러져 있던 민영을 발견한 사람은 조깅을 나온 남자였다. 그는 민영이 이미 죽은 줄 알았다고 했다. 핏기 없이 창백한 피부가 마치 얇은 조개껍데기 같았다고, 얼굴이 금방이라도 으스러져 내릴 것처럼 보였다고 했다. 그는 말했다. 무서웠다고. 시체를 봤다는 생각에 너무 무서웠다고.

나는 잊을 수 없을 것이다.

그러나 지금 나는 기분이 제법 괜찮았고, 그에게 조금은 농담을 걸어보고 싶은 생각도 들었다. '길을 저보다 더 잘 찾으시네요.' 이렇게.

하지만 말하지 않았다. 그에게는 별 의미 없는 말일 테니까. 민영과 사귀던 날부터 그는 이 동네를 매일같이 드나들었다. 그리고 민영의 사고 후에는 거의 이곳에서 살다시피 하고 있었다. 어쩌면 이제 그는 이 동네에 대해 나보다 더 잘 알지도 모른다.

길의 끝에 다다랐다. 단지 바깥이다. 천변이 보였다. 이번에도 그는 익숙한 걸음으로 그곳에 발을 디뎠다. 나는 그의 뒤를 따랐다. 호수는 여기서 멀지 않다. 천변을 이십 분 정도 걸어가면 산자락으로 이어지는 나무다리가 나오는데, 호수는 바로 그 너머에 있다.

늦은 밤, 잠이 오지 않을 때면 민영과 나는 몰래 집을 빠져나와 호수까지 산책하곤 했다. 새벽 내내 호수 주변을 맴돌며 걷다보면, 어느새 살결이 물을 잔뜩 머금어 말랑말랑해져 있었다. 우리는 흐늘거리는 수초가 된 기분으로 호숫가에 나란히 서 있곤 했다. 때때로 누군가를 보기도 했다. 물가에 앉아 힘없이 빨랫방망이를 두드리던 여자. 사람들은 딸 이름을 따와서 그녀를 미자네라고 불렀다. 나도 그렇게 불렀다. 처음에는 나이 지긋한 할머니를 함부로 대하는 기분이 들어 마음에 걸렸지만, 어느 순간부터는 개의치 않고 미자네라고 부르게 되었다. 우리는 이곳에, 미자네는 저곳에 앉아 함께 시간을 견디곤 했다. 그녀에게 인사를 건넨 적은 한 번도 없다.

"진영씨, 뭐 좀 물어봐도 될까요?"

갑자기 그가 나를 불렀다. 그에게로 고개를 돌리는 순간, 하천의 물비린내가 얼굴로 훅 밀려들었다. 심한 지린내에 나도 모르게 인상을 찡그렸다. 그는 여전히 친절한 얼굴로 나를 내려다보고 있었다. 그가 물었다.

"사고 전날, 민영이 만났을 때 말이에요."

"네."

"그날 대화 중에 생각나는 다른 이야기 정말 없어요?"

나는 고개를 저었다. 지금까지 한 이야기가 전부라고, 더는 없다고 말했다.

"정말 없어요? 다시 잘 생각해보세요."

그가 다시 말했다. 여전히 부드러운 말투였지만, 나는 조금 추궁

당하는 기분이 들었다.

"있으면 바로 말했겠죠." 나는 대답했다. "지금까지 말한 게 정말 전부예요. 밥 먹고, 차 마시고, 사는 이야기 했어요."

민영은 내가 거짓말을 하면 티가 난다고 말하곤 했다. 그가 다시 물었다.

"그럼 혹시 제 이야기는 안 했어요?"

나는 기억이 없다고 했다.

"정말 없어요?"

"네, 없어요."

이런 대화가 처음은 아니다. 사고 전날 민영과 나는 저녁을 먹었다. 그는 우리가 그때 무슨 이야기를 했는지 여러 번 물었다. 그날 민영이 이상해 보이지는 않았는지, 그러니까 기분은 어떤 것 같았는지 묻고 또 물었다. 죄책감 때문이었다. 민영이 사고를 당하던 순간, 그는 잠들어 있었다. 서울 출장에서 돌아온 지 얼마 안 된 시간이었다. 그는 너무 피곤했다. 민영에게 자고 일어나서 연락하겠다는 문자만 보내고는 그대로 곯아떨어졌고, 다음날 경찰의 전화를 받으며 일어났다. 그는 민영과 어떤 대화도 나누지 못했다. 대신 그는 민영이 의식을 잃으며 마지막으로 남긴 말만을 전해들었다.

"호수에 두고 왔어. 호수에."

그게 무엇인지 누구도 몰랐다. 그래서 찾아야만 했다. 민영의 사고와 관련이 있을지 몰랐다. 그 무언가를 찾아낸다면 민영이 그곳에 왜 그렇게 쓰러져 있어야 했는지, 이유를 알아낼 수 있을지 몰랐다. 민영의 가족들은 매일 호수에 가서 무언가를 찾았다. 뭘 찾아야 하는지 몰랐지만 어쨌든 호수를 이잡듯 뒤지고 다녔다. 경찰에 신고도 했고, 잠수부를 고용해서 호수 속까지 살폈다. 아무것도 찾지 못했다. 그러자 그는 민영의 주위 사람들에게 일일이 전화를 해서 그들과 민영이 마지막으로 나눈 대화에 대해 물었다. 그는 대화 속에 호수의 무언가에 대한 단서가 있을 거라고 생각했다.

특히 내게 계속 물었다. 민영과 나는 이십 년을 알고 지낸 사이였고, 서로의 비밀을 조금씩 알았으니까.

나는 민영과 나눈 이야기를 있는 그대로 차근차근 말했지만 그는 계속 되물었다. 정말 그게 전부인지, 기억나는 다른 이야기는 없는지 계속 물었다. 그의 질문은 늘 비슷했다.

"이상한 낌새는 없었어요? 뭔가 다른 느낌을 받지는 않았어요?"

나는 매번 그런 적 없다고 대답했다. 하지만 그는 만족하지 못했다. 내가 숨기는 이야기가 있다고 생각하는 것 같았다.

사람들은 그의 집요함을 이해해줘야 한다고 말했다. 그의 소중한 사람이 다쳤으니까. 제대로 된 인사도 못했으니까. 어떻게든 진상을 밝히려는 그의 노력을 지지해줘야 한다고 했다. 그러나 나도 진실을 알고 싶은 사람이었다. 나도 궁금했다. 왜 나의 가장 친한 친구가 새벽녘 호숫가에 그런 식으로 쓰러져 있어야 했는지, 알아야만 했다. 오늘 호수에 가기로 결정한 것도 그 때문이다.

이전에도 그는 내게 호숫가에 함께 가달라고 여러 번 부탁했다. 그는 나라면 다른 사람들이 알아보지 못하는 걸 찾아낼 수 있을 거라고 했다. 나는 응하지 않았다. 호숫가에 가고 싶지 않았기 때문이다.

어제 그에게서 전화가 걸려왔다.

"뭔가를 찾았어요, 진영씨."

그게 뭐냐고 물어보자 그는 머뭇거리며 대답하지 못했다. 설명을 못하겠다며 말을 얼버무렸다. 그러더니 대뜸 "장도리 같아요"라고 말했고, 이어 "아뇨, 머리핀처럼 생겼어요"라고 말을 바꿨다. 나는 그게 무슨 말이냐고 되물었다. 그는 한숨을 쉬었다. 어떻게 말해야 할지 모르겠다고 하더니 내가 호수에 직접 와서 봐줄 수 없겠냐고 했다. 다른 사람들은 쓸모없는 물건이라고 말하지만 자기 생각에는 살펴볼 필요가 있는 것 같다고 했다.

"그럼 한번 가지고 와보실래요?"

내가 말하자 그가 한숨을 쉬며 대답했다. "그렇게는 못해요."

물건이 보기보다 무겁다고 했다. 그리고 옮기기 복잡한 상황이라고 했다. 직접 보면 자기가 무슨 말을 하는지 알 수 있을 거라고 했다.

"그러니까, 호수에 한번 나와줄 수 있어요?"

나는 대답하지 못했다. 그는 언제든 생각이 바뀌면 말해달라고 하며 전화를 끊었다. 그는 나를 이해한다고 했다. 그도 민영이 쓰러진 곳을 매번 다시 보는 일이 쉽지 않다면서. 그건 사실이었다. 하지만 꼭 그 이유 때문만은 아니었다. 나는 그와 함께 있는 시간이 불편했다.

이전부터 그랬다. 이상한 일이었다. 그는 평판이 좋은 사람이었고, 실제로도 굉장히 좋은 인상을 줬다. 그는 매일 민영을 집까지 데려다줬고, 수시로 연락해서 민영을 신경썼으며 가족의 대소사도 꼼꼼하게 챙겼다. 나는 지난겨울에 다른 친구들과 함께 그를 본 적이 있다. 여러 사람 가운데 있자 그가 얼마나 매력적인 남자인지 새삼 알 수 있었다. 그는 예의바르고 잘생겼을 뿐만 아니라 유머감각도 좋아서 분위기를 잘 이끌었다. 그는 자신이 마음만 먹으면 누구든지 웃길 수 있다고 착각하는 유형의 남자가 아니었다. 그는 정말로 재미있는 남자였다. 그의 주변에서는 계속 웃음소리가 났다. 내가 이상하다고 생각한 건, 정작 민영이 별로 웃지 않는 걸 발견했을 때부터다. 물론 그날 민영은 만나기 전부터 피곤하다고 말하긴 했었다. 감기몸살 때문에 며칠간 고생했다고 말이다. 그러면 약속을 미루라고 내가 말하자 민영은 전화 너머에서 힘없이 웃었다. 그가 바빠서 오늘밖에 시간이 안 된다고 했다. 나는 불만스러웠지만, 모임에서 그가 민영을 알뜰히 챙기는 걸 보고 마음이 조금 풀렸다. 그는 사람들과 대화하면서도 민영에게서 눈을 떼지 않았다. 그녀의 기분이 어떤지, 피곤한지 아닌지 계속 살피는 것 같았다. 그녀가 물을 마시고 싶어하면 바로 떠다 줬고, 추워하면 외투를 몸에 걸쳐줬다. 카운터에 가서 히터를 세게 틀어달라고 말하기도 했다. 그때마다 친구들이 부러움 섞인 야유를 했다. 민영아 좋겠다. 민영이는 좋겠네. 와, 대단하다. 대단해. 여자친구를 알뜰히 챙기는 일로 왜 그런 놀림을 받아야 하는 건지는 모르겠지만, 어쨌든 다행이라고 생각했다. 그러던 중이었다.

그가 내게 술을 권했다. 나는 거절했다. 그는 웃었다. 그리고 또 술을 권했다. 나는 원래 술을 마시지 않는다고 대답했다. 그는 민영의 남자친구였다. 나는 최대한 정중하고 부드럽게 거절했다. 그러자 그가 다시 웃음을 터뜨리며 말했다.

"여기 재미없게 사시는 분이 한 명 더 있었군요."

그러면서 민영을 바라봤다. 이전에 민영은 그와 술을 마시는 일이 거의 없다고 말했었다. 그가 술을 즐기지 않아서 그런다고 했다. 하지만 함께 시간을 보낼 재밌는 일은 얼마든지 많다며 좋다고 했다. 그의 반응을 보며 나는 민영이 그와 술을 마시지 않는 이유가 내게 말한 것과는 반대라는 걸 눈치챘다. 하지만 이유가 있겠지. 대충 넘어가야겠다고 생각했는데, 옆에 앉은 다른 친구가 큰 소리로 웃으며 말했다.

"민영이가 술을 안 마셔요?"

"네. 안 마시죠. 못 마시잖아요?"

그가 자신만만하게 대답했다. 그러자 친구가 또 웃었다. "와, 속고 계시네요."

순간, 그의 표정이 약간 굳었다.

당시 그 친구는 조금 취했고, 기분이 좋았다. 악의는 없었다. 그 친구는 민영이 대학 시절 술을 마시고 학교 잔디밭에 드러누워 있던 이야기를 꺼냈다. 너무 취해서 친구 둘이 업어가도 정신을 차리지 못했다는 이야기도 했다. 노래방 테이블 위에 올라가 춤을 췄다는 말도 했다. 나도 기억하는 이야기다. 모두 추억이다. 다른 친구들도 한마디씩 보탰다. 물론 모두 좋은 사람들이었고, 민영을 곤란하게 할 만한 이야기는 하지 않았다. 이전 남자친구라든가, 술김에 그녀에게 무심코 고백한 어떤 남자들에 대한 것들을 말이다. 분명 꽤 유쾌한 분위기였다. 그의 굳은 표정은 풀어진 지 오래였다. 솔직히 그의 표정이 딱딱했던 적이 있기나 했는지, 나는 확신이 들지 않는다. 그는 친구들과 농담을 주고받으며 민영의 옛날 일에 대해 듣고 또 들었다. 그러다 내가 민영에게 시선을 돌렸을 때였다. 민영이 무표정한 얼굴로 가만히 앉아 있었다. 피부가 창백했다. 나는 물었다.

"민영아, 왜 그래. 어디 아파?"

민영이 고개를 끄덕이며 괜찮다고 대답했다. 하지만 얼굴은 점점 더 파리해졌다. 긴장한 것 같기도 했고, 어딘가 정말 아파 보이기도 했다. 그녀는 신경쓰지 말라고 했지만 나는 걱정이 되었다. 나는 옆에 앉은 그에게 손을 뻗어 어깨를 툭툭 두드렸다. 그가 얼굴을 돌렸다. 모르겠다. 아마 기분 탓이었을 것이다. 나를 보는 그의 눈길이 서늘했다. 왜 즐거운 시간을 방해하느냐며 나를 귀찮아하는 것 같았다. 하지만 그건 잠시였다. 그는 민영을 보자마자 무척 놀란 표정으로 자리에서 급히 일어났다.

그날 모임은 그렇게 끝났다. 그는 민영을 집에 데려다준다며 먼저 일어났다. 나는 친구들과 한 시간 정도를 더 있었다. 나는 찜찜한 기분에 민영의 술버릇을 공개한 친구를 나무랐다. 왜 그런 소리를 하냐고, 눈치도 없냐고. 그 친구는 그게 뭐 어떠냐며 대수롭지 않아했다. 친구는 그가 겨우 술버릇 가지고 여자친구에게 뭐라고 할 사람 같지 않다고 했다. 다른 친구들도 내게 신경쓰지 말라고 했다. 그들은 말했다. 그는 무척 좋은 사람 같다고. 민영은 행복하다고. 나는 중얼거렸다.

"그건 모르는 거야."

친구는 한숨을 쉬며 고개를 저었다. 그리고 내게 말했다. 제발,

남자를 좀 믿으라고. 나는 아무 말도 더 할 수 없었다. 사실 어떻게 이야기할 수 있는 것도 없었다. 나도 뭐가 뭔지 확신할 수 없는, 그저 느낌에 사로잡혀 있을 뿐이었으니까.

그 일 이후 나는 그가 계속 불편했다. 민영이 폭행을 당한 건 정황상 확실했다. 경찰이 말했다. 그녀가 어떻게 왜 호숫가에 있게 되었는지가 문제였다. 호숫가에서 사고를 당한 것인지, 아니면 다른 곳에서 호숫가로 옮겨진 건지 불확실하다고 했다. 알리바이 때문에 주변 사람들 모두 조사를 받았다. 그도 경찰의 조사를 받았다. 민영이 사고를 당했다고 추측되는 시간 몇 분 전에 그의 차가 거주중인 빌라 주차장으로 들어오는 모습이 카메라에 찍혔다. 그가 차에서 내려 엘리베이터를 타고 집으로 들어가는 모습까지 나왔다. 그는 적극적으로 조사에 임했다. 범인을 잡을 수 있다면, 얼마든지 협조할 수 있다고 했다. 나는 그가 조금 신기했다. 그저 '조사'일 뿐이라는 걸 알았지만, 나는 경찰을 만나는 일이 어렵고 겁이 났기 때문이다. 그는 감시 카메라가 설치되지 않은 빌라 뒷문에 대한 질문에도 당황하지 않고 대답했다고 들었다. 반면 나는 아는 사실을 말할 때도 더듬거렸다.

내내 차분하던 그가 감정적으로 반응한 건 병원에서다. 민영의 몸에는 상처가 많았다. 의사는 모든 상처가 사고 때문인지, 아니면 그전부터 있던 것들인지 정확하게 알 수 없다고 했다. 근래에 생긴 건 분명하다고 했다. 그는 의사들이 무능하다며 화를 냈다. 나는 의아했다. 나는 멍자국이 언제 생겼는지 알아내는 것보다, 왜 생겼는지를 살펴보는 일이 더 중요하다고 생각했기 때문이다. 그러나 그는 상처가 언제 생겼는지, 그러니까 그걸 알 수 있는지 없는지 유별나게 신경쓰는 것 같았다. 나는 아무 말도 하지 않았다. 사람마다 다르게 받아들일 수 있는 거니까. 그리고 내가 그를 보며 떠올리는 생각들은, 어쨌든 그의 슬픔을 모욕하는 일처럼 느껴졌다.

사람들은 말했다. 민영은 그에게 충분한 사랑을 받았을 거라고. 그러니까 그를 도와줘야만 한다고. 그러나 민영을 아끼는 사람은 그 혼자가 아니다. 나는 그와 이야기할 때면 몸의 어딘가에 난 깊고 붉은 상처를 들여다보는 기분이 들었다. 쓰리고 욱신거리는 통증이 묵직하게 몸을 짓누르는 느낌. 하지만 언제 어디서 다쳤는지는 모르는, 나도 모르게 몸에 박힌 상처를 발견하는 기분. 그래서였다. 나는 대부분의 이야기를 반복해서 털어놓았지만 결국 모든 것을 말하지는 않았다.

사고 전날, 민영은 내게 무섭다고 말했다.

그가 걸음을 멈췄다. 나를 또 불렀다.

"진영씨."

그는 이번에도 나를 내려다보고 있었다. 무언가를 물을 때면 그는 꼭 이런 식으로 가까이 다가왔다. 그는 키가 백구십 센티미터에 가까웠고, 때문에 항상 나를 내려다볼 수 있었다. 나는 그를 보기 위해서 고개를 한껏 들어올려야 했다. 그러면 상대가 나보다 얼마나 큰 사람인지 확실하게 알 수 있었다. 게다가 그는 어깨가 넓고 몸 근육이 단단하게 잡힌 덩치가 상당한 남자였다. 그의 앞에 서면 주변 공기가 무거워지는 게 느껴졌다. 그가 나를 내려다보며 말했다.

"그럼 이전에는 민영이가 제 이야기 한 적 없어요?"

나는 미소를 지었다. 화를 내기에 마땅한 이유가 없었기 때문이다. 자신이 원하는 대답을 듣기 전까지 그가 나를 이런 식으로 계속 몰아붙일 거라는 생각이 들었다. 이전에 민영은 그가 매사에 빈틈이 없는 사람이라고 말했다. 그 말을 듣고 나는 민영을 놀렸다. 이제 너는 꽉 잡혀 지내게 될 거라고, 넌 이제 끝났다고.

나는 말했다.

"전에 말했잖아요. 편하고 좋은 사람이라고 했다니까요."

그가 딱딱한 말투로 대답했다. "그랬죠."

"네. 그게 전부예요."

그는 입을 다물었다. 다시 조용했다. 이대로 호수까지 가면 좋겠다고 나는 생각했다. 먼저 발걸음을 옮기는데, 그가 또 물었다.

"그럼 다른 친구 이야기는 한 적 없어요?"

"네?"

"여자들은 그러잖아요. 친구 이야기라고 하면서 자기 이야기를 모두 털어놓죠."

마치 자신이 여자라도 된다는 듯한 말투였다. 나는 그를 가만히 바라보았다. 바로 이 기분이었다. 그는 민영의 이야기가 궁금하다면서 그녀가 자신을 어떻게 생각했는지, 그러니까 그녀가 그에 대해 어떤 말을 했는지 은근슬쩍 캐물었다. 민영이 아니라, 그에 대해 대답하고 있다는 이 느낌 때문에 나는 그를 믿을 수가 없었다. 심지어 그는 나를 잘 속이고 있다고 확신하는 것 같았다. 만일 내가 그라면, 여자친구가 사고로 누워 있는 상황이라면 그녀가 자신에 대해 어떤 말을 하고 다녔는지 캐묻고 다닐 것 같지는 않았다.

"그런 적 없어요."

나는 단호하게 대답했다. 민영은 자기 사생활을 일일이 털어놓는 부류가 아니라고, 누군가를 이용해 자신의 이야기를 하는 '그런 사람'도 아니라고 대답했다. '그런 사람'이라는 단어를 말할 때 나는 목소리에 힘을 줬는데, 민영이 어떤 사람인지 그가 전혀 알지 못한다는 뜻을 전하고 싶었기 때문이다. 그러자 그의 표정이 미묘하게 일그러졌다. 그는 자신이 화가 났고 기분이 좋지 않다는 걸 감추는 사람이 아니라는 생각이 들었다.

나는 주머니에 손을 넣었다. 손안에 꽉 쥐어지는 딱딱하고 작은 핀셋. 오늘 아침 나는 그에게 문자를 보냈다. 퇴근 후 호수에 함께 가자고. 그가 무슨 생각을 하는지 알고 싶었다. 그 물건이 대체 어떻게 생긴 건지 한번 보고 싶었다. 대체 그가 내게 왜 그런 질문들을 하는 건지, 정확히 알고 싶었다. 사람들은 그가 절박하기 때문이라고 말했지만, 내가 보기에는 무언가를 확인하고 싶어 안달난 것 같았다. 내가 아는지 모르는지, 그러니까 민영이 그렇게 된 이유를 내가 찾아낼 수 있는지 없는지 말이다. 때로는 그가 나를 어떻게든 호수로 끌어들이려 한다는 느낌을 받기도 했다. 나는 이런 기분이 싫었다. 그가 나를 시험한다는 느낌에 사로잡혀 있는 것도 싫었고, 남모를 의심을 혼자 간직하는 것도 싫었다. 그래서 내가 직접 확인해야겠다고 생각했다. 호수에서 그가 무슨 말을 하는지 어떻게 행동하는지, 그리고 만일 '무언가'를 찾아낸다면, 그가 어떤 표정을 지을지 보고 싶었다. 그렇다면 이 기분도 어떤 식으로든 분명 해결되겠지. 반드시.

퇴근길, 집에 전화를 걸어 호숫가에 들렀다 가겠다고 말했다. 엄마는 놀라며 나를 말렸다. 그와 함께 갈 거라고 했더니 그제야 안심이 된다는 듯 알았다고 대답했다. 엄마는 말했다.

"그래, 그럼 괜찮겠구나."

괜찮지 않다. 엄마는 바보가 아니다. 그냥 내가 괜찮을 거라고 믿고 싶어할 뿐이다.

민영은 분명 무서워했다.

처음에는 버스 때문이라고 생각했다. 그날 그때 우리는 카페에 있었다. 주문한 커피가 나오자마자 갑자기 민영이 말했다.

"요즘 뭔가 무서워."

"뭐?"

나는 핸드폰을 만지작거리며 다른 생각을 하던 중이었다. 민영의 말에 나는 놀라서 고개를 들었다. 내가 제대로 들은 건지 확인하고 싶었다. 하지만 내 반문에 민영은 대답하지 않았다. 대신 그녀는 아이스 아메리카노가 담긴 유리컵을 손으로 살며시 쥐었다 놓기만 반복했다. 컵에 맺힌 물방울이 민영의 손끝을 적셨다. 그때 민영의 어깨에서 카디건이 흘러내렸다. 민영은 팔뚝 아래로 떨어지는 카디건을 끌어올렸다. 날이 덥다면서 차가운 음료까지 주문해놓고 왜 카디건을 입고 있는 건지 의아했지만 크게 신경쓰지는 않았다. 나는 민영이 먼저 이야기를 하도록 기다리는 중이었다. 민영은 솔직한 친구였지만, 자신의 진짜 감정을 표현하는 데는 서툴렀다. 분위기가 무거워지면 부담스러워하면서 입을 다물어버리는 편이었다. 그래서 나는 민영이 말이 없어도 한참 동안 그냥 기다렸다. 커피를 다 마셔갈 즈음이었던가, 민영이 입을 열었다.

"오늘 버스에서 이상한 남자를 봤어."

버스에서 민영은 앞에서 세번째 좌석에 앉아 있었다. 그녀의 앞에 중학생으로 보이는 단발머리 여자아이가 앉아 있었고, 그 건너편에는 피부가 보기 좋게 그을려 생기 넘쳐 보이는 날씬한 여자가 앉아 있었다. 버스가 커브를 돌자 민영의 자리 쪽으로 햇빛이 내리쬐었다. 앞의 여학생이 빛을 피해 고개를 오른쪽으로 기울였다. 여학생의 단발머리가 찰랑, 흔들렸고 하얀 목덜미에 옅은 주름이 잡혔다. 그 순간이었다.

"아, 씨발!"

뒷자리에서 어떤 남자가 고함을 질렀다.

민영은 돌아보지 않았다. 앞의 여학생도, 건너편의 여자도 뒤를 보지 않았다. 그들 모두 약속한 것처럼 계속 앞을 바라보았다. 버스 기사 아저씨만 룸미러를 통해 뒤쪽을 힐끔 봤다. 그러나 모르는 척했다. 민영은 룸미러도 바라보지 않았다. 그래야 할 것 같았다. 다음 정류장에서 여학생과 여자가 동시에 내렸다. 남은 승객은 민영과 남자뿐이었다. 남자는 계속 욕을 했다. 고함과 짜증이 민영의 귀에 박혀들어왔다. 버스 기사도 그에게 아무 말 안 했다. 귀찮은 일에 휘말리고 싶지 않았을 것이다. 민영은 음악을 들을까도 생각했지만, 귀에 이어폰을 꽂지는 않았다. 그 상황에서 남자가 무슨 말을 하는지 듣지 않는 건 현명하지 못한 선택처럼 느껴졌다. 두 정거

장만 더 가면 되었지만, 민영은 결국 다음 정거장에서 내렸다. 벨을 누르고 자리에 가만히 앉아서 기다렸다가, 버스가 멈추자마자 재빨리 일어나 뒷문으로 뛰어내렸다. 남자가 뒷문 바로 앞좌석에 앉아 있다는 걸 그때 알았다. 하지만 그녀는 남자가 어떻게 생겼는지 전혀 기억하지 못했다. 버스가 떠난 뒤에도 민영은 정류장에 내린 자세 그대로, 그러니까 고개를 숙이고 뒤돌아선 자세로 정류장 바닥을 바라보며 한참 동안 서 있었기 때문이다. 남자가 소리를 지르던 순간부터 되뇌던 말을 속으로 계속 중얼거리면서.

눈을 마주치면 안 돼. 눈을 마주치면 안 돼. 눈을 마주치면.

안 돼.

이야기를 마친 후 민영은 가만히 나를 바라보았다. 그녀의 말이 이어지기를 기다렸지만, 내 친구는 무슨 말을 할 듯 말 듯 계속 망설이기만 했다. 그러더니 조심스레 물었다.

"너도 내가 유난스럽다고 생각해?"

나는 민영의 눈을 가만히 마주보았다. 대답했다. "무슨 소리야? 누가 그런 말을 했어?"

민영은 고개를 저었다. 그런 말을 한 사람은 없다고 했다. 나는 또 물었다.

"민영아, 뭐가 무섭다는 거야? 버스?"

민영은 고민하는 표정으로 나를 바라보더니, 이내 결국 아무것도 아니라고 대답했다. 나는 민영이 무슨 말을 하는지 알 수 없었다. 그녀의 말을 잘못 들은 것 같기도 했다. 그래서 나는 민영이 제대로 다시 말해주기를 기다렸지만, 민영은 그냥 해본 말이라며 신경쓰지 말라고 했다. 그 순간이었다. 민영의 카디건이 아래로 흘러내렸다. 그녀의 가느다란 팔뚝이 내 눈에 들어왔다. 푸르스름하고 동그란 멍자국이 민영의 팔뚝에 찍혀 있었다.

내가 물어보자 민영은 어디서 다쳤는지 모르겠다고 대답했다. 그냥 오다가다 어딘가에 찧은 것 같다고 했다.

"모르겠어. 그냥 실수였던 것 같아."

실수로 다쳤다는 건가, 아니면 다친 일이 실수였다는 건가? 무언가 이상했다. 민영이 대충 넘어가려 한다는 느낌도 들었다. 그러나 내가 재차 따져 묻기도 전에 민영이 먼저 다른 말을 꺼냈다.

"너는 별일 없지?"

"응, 없어."

"뭐야. 또 거짓말하네."

그러고서 민영은 웃었다. 나도 따라 웃었다. 그래야 할 것 같았다. 그날 나는 더는 아무것도 묻지 않았다. 우리가 이야기할 다른 날이 금세 다시 오리라 생각했다.

나는 이 이야기를 경찰에 했다. 그들은 내 말을 듣는 내내 무표정이었다. 그래서 내 이야기가 중요한지 아닌지 알 수 없었다. 다만 그들은 확인하고 싶어했다. 민영이 뭘 무서워한 것인지. 버스 안의 남자를 말하는 건가요? 아니면 다른 사람인가요? 그들은 정확한 대답을 듣고 싶어했다. 처음에 나는 아니라고 대답했다가 나중에는 그렇다고 말했다. 그리고 다시 말을 바꿔서 모르겠다고 말했다. 그들이 나를 믿지 못하는 것이 느껴졌다. 하지만 나는 정말로 헷갈렸기 때문에 그렇게 대답할 수밖에 없었다. 경찰들은 내 이야기가 도움이 되었다고, 참고하겠다고 말했다. 듣기로는 버스 정류장 주변도 탐문하고 그 버스 기사도 조사했던 것 같다. 그 이후 수사가 어떻게 진행되었는지 모르겠다. 그들은 내게 아무것도 알려주지 않았고, 실제로 새로운 소식이 들려오지도 않았다. 내가 별다른 도움이 되지 못한 것 같아 괴로웠다. 아마 내가 혼란스러워했기 때문일 것이다. 내가 조금 더 분명하게 알고 있었다면, 상황을 정확하게 전달했다면 뭔가 달라졌을 것이다. 그러나 지금도 나는 모르겠다. 문제는 뭐였을까. 어디서 잘못된 걸까, 너는. 민영아 너는 어떻게 된 걸까.

나는 그의 얼굴을 살짝 올려다봤다. 조금 전보다 훨씬 험악한 표정이 떠올라 있었다. 갑자기 심장이 빠르게 뛰었다. 나는 그와 같이 걸어가기 싫었다. 나는 혼자 빠르게 걸었다. 그가 뒤처졌다. 문득 실수라는 생각이 들었다. 그를 나보다 앞세워 걸었어야 했다. 그가 뒤에서 따라오고 있고, 내가 그걸 볼 수 없다는 생각이 들자 불안했다. 여기서 벗어나고 싶었다. 나는 더 빨리 걸었다. 나무다리가 저 앞에 있었다. 나는 거의 뛰다시피 앞으로 걸었다. 그렇게 다리에 도착한 순간이었다.

그가 등뒤에서 내 팔뚝을 거세게 잡아당겼다. 머리 위에서 낮고 차가운 목소리가 들렸다.

"진영씨. 내가 계속 부르잖아요. 안 들려요?"

나는 소리를 지르며 그를 밀쳤다. 그러자 그가 더 거칠게 내 팔을 움켜쥐었다. 엄지손가락으로 팔뚝을 세게 눌렀다. 살이 동그랗게 눌리면서 엄청나게 아팠다. 나는 다시 소리를 질렀다. 그제야 그가 화들짝 놀라며 내게서 손을 뗐다. 내가 그렇게 반응할 줄 몰랐다는 듯 얼굴에 당황스러운 표정이 떠올랐다. 그가 빠르게 주변을 살피는 것이 보였다. 등에 소름이 돋았다. 주위에는 아무도 없었다.

그가 다정하게 말했다. "미안해요, 진영씨."

그리고 한 발짝 뒤로 물러섰다. 마치 내가 그에게 위협을 줘서 물러선다는 태도였다. 기가 막혔다. 그가 또 사과했다.

"정말 미안해요. 내가 경솔했어요."

그는 나를 아프게 할 생각은 없었다고 말했다. 내가 너무 빨리 걸어가서 따라잡으려 하다보니 이렇게 가까이 오게 되었다고 했다. 그는 억울해하며 말했다.

"몇 번이나 진영씨를 불렀어요. 못 들었어요?"

내가 그의 말을 무시하고 계속 걸어가서, 나를 멈춰 세운다는 것이 자기도 모르게 세게 움켜쥐고 말았다고 했다. 준비한 것처럼 자연스러운 이야기였다. 하지만 나는 그가 부르는 목소리를 듣지 못했다. 그가 나를 정말로 불렀는지 의심스러웠다. 그가 간곡한 말투로 다시 말했다. 미안하다고, 정말 미안하다고.

"실수였어요. 이런 일은 다시 없을 거예요."

그는 정말로 내게 미안해하는 것 같았다. 진심으로. 나는 혼란스러웠다. 어쩌면 나는 민영이 세상을 떠날지도 모른다는 생각 때문에 그를 탓하고 있는 건 아닐까. 그렇다면 나는 지금 엄청난 실수를 저지르고 있는 걸지도 모른다. 마음이 물렁하게 움푹 파이는 순간, 나는 정신이 번쩍 들었다. 그날, 내가 멍자국에 대해 물었을 때 민영은 말했다. "실수였던 것 같아."

그래. 모두 실수를 저지르곤 한다. 함부로 실수를 저지르곤 하지.

늘 이곳에 있었던, 새벽녘의 호숫가에서 힘없이 빨랫방망이를 두드리던 여자. 미자네는 항상 낡은 두건을 머리에 푹 눌러쓰고 나와 있었다. 미자네가 이상해 보였던 나는 어른들에게 물어보곤 했다.

"미자네 집에는 세탁기가 없어? 왜 호수에서 빨래해?"

한동안 누구도 내게 대답을 해주지 않았다. 언젠가 엄마가 지나가듯 이렇게만 말했다. 미자네는 집에 있기 싫어서 그러는 거라고. 그 의미를 알아차리는 데 오랜 시간이 걸리지 않았다.

열세 살 초등학교 시절, 호숫가로 야외수업을 갔다. 그날도 미자네를 보았다. 그녀는 얕은 물가에 쭈그리고 앉아 힘없이 방망이를 두드리고 있었다. 짓궂은 남자아이들이 낄낄대며 그녀를 곁눈질했다. 무슨 일이 벌어질 것 같다고 느낀 순간, 남자아이들이 미자네의 두건을 낚아채 달아났다. 그때 나는 소문으로만 듣던 미자네의 머리를 목격했다. 울긋불긋한 두피 위엔 머리카락이 정말로 거의 없었다. 이후, 다른 소문이 났다. 미자네 남편은 이제 더는 움켜쥘 머리카락이 없어서 그녀의 목덜미를 잡고 집안 곳곳으로 끌고 다닌다고 했다. 그날, 황망한 표정으로 호숫가에 앉아 있는 미자네를 보며 민영은 울었다. 그리고 선생님께 일러바쳤다. 남자아이들은 선생님에게 하소연했다. "실수였어요. 실수요. 어쩌다보니 그랬어요." 선생님은 알았다고 대답했다. 그렇게 돌아선 남자애 중 한 명이 민영을 노려보며 말했다.

"야, 너도 세컨드지?" 민영은 울음을 멈추지 않았다.

그런 일이 있었다. 이곳에서.

잊을 수 없을 것이다.

나는 그에게 신경질적으로 물었다.

"민영이에게도 그랬어요?"

"뭘요?"

그가 무슨 소리냐는 듯 반문했다. 나는 손이 떨렸다. 물었다.

"이렇게 무섭게 했냐구요."

그가 황당해하는 얼굴로 나를 봤다. 그 얼굴에는 방금 전까지 나를 불편하게 했던 분위기가 전혀 남아 있지 않았다. 익히 내가 봐왔던 얼굴이었다. 친구들이 민영을 부러워하게 했던, 엄마가 걱정을 덜게 만들었던, 좋은 사람, 좋은 남자. 다정하고 친절한 사람의 얼굴. 누군가를 사랑했고, 그 사람을 잃어버릴까봐 고통에 찬 표정.

"민영이가 그렇게 말했어요?" 그가 말했다.

나는 그를 노려보았다. 그는 절망한 것 같았다. 그렇게 보였다.

"내가 무섭다고 그랬어요? 민영이가?"

그가 물었다. 당당한 눈길을 마주하자 다시 자신이 없어졌다. 나는 그의 시선을 피했다.

"몰라요."

나는 대답했다. 민영은 말했었다. "모르겠어." 그건 내 말버릇이기도 했다. 속내를 털어놓을 자신이 없을 때, 상대의 눈을 피하며 얼버무리는 습관. 민영은 그걸 잘 알았다. 하지만 나는 항상 민영에게 끝까지 모른다고 했다. 스물다섯 살 여름, 사귀던 남자가 내 목을 졸랐을 때, 목에 시퍼런 멍자국이 남아 있는데도 불구하고 나는 민영에게 모른다고 했다.

"여기가 왜 이러지? 어디서 다쳤는지 모르겠어."

작년 즈음 그 남자에게 다시 연락이 오기 시작했다는 말도 나는 하지 않았다.

그가 간절한 말투로 말했다.

"진영씨. 내가 이상해 보이는 거 알아요. 하지만 나는 진짜 궁금해서 그러는 거예요."

그는 말을 이어나갔다. 민영에게 자신이 정말 좋은 남자였는지 궁금했다고. 그는 요즘 밤에 침대에 누우면 항상 민영이 생각난다고 했다. 못 해준 것들이 생각나고, 그녀를 외롭게 했던 일들이 떠올라서 괴롭다고 했다. 이제 민영에게 직접 물어볼 수 없을 거라는 생각 때문에, 만회할 기회를 영영 잃어버린 것 같다는 생각 때문에 너무 힘들다고 했다.

그가 내게 한 발짝 다가왔다. 나는 뒤로 물러났다.

"그러니까 진영씨. 부탁할게요. 생각나는 게 있으면 제발 말해줘요. 민영이가 나를 무서워했나요? 나한테는 정말 중요한 문제예요."

나는 여전히 그를 믿을 수 없었지만, 동시에 나 역시 실수를 저지르고 있는 것인지 모른다는 생각도 여전히 들었다. 그가 말을 이었다.

"힘들다는 거 알아요. 여기까지 와준 것도 정말 감사하게 생각해요. 여기서 그런 일들이 계속 있었잖아요. 지금 예민할 수밖에 없다는 거, 저는 이해해요."

나는 주머니에 손을 집어넣었다. 핀셋을 잡았다 놓았다. 그의 말은 사실이었다. 여기에 오기로 결정한 건 쉬운 일이 아니었다. 나는 이곳에 서 있는 것이 힘들다. 그래. 끔찍한 일이 있었으니까. 잊을 수 없는 일이. 민영이 두고 온 무언가를 찾는다고 동네 사람들까지 동원된 와중에도 민영의 엄마는 내게 어떤 부탁도 안 했다. 그녀는 내가 호숫가에 가는 걸 싫어하리라고 생각했다. 그건 사실이었다.

이곳에서 벌어진 일은 나와 내 가족들에게도 영향을 미쳤다. 동네 사람들에게도.

작년 여름부터 전 남자친구는 내게 직접 만나서 사과를 하고 싶다는 문자를 보내왔다. 나는 답장하지 않았다. 하지만 계속 연락이 왔다. 나는 이렇게 오랜 시간이 지났는데 그게 무슨 의미가 있느냐며 거절했다. 얼마 뒤 다시 연락이 왔다. 진심으로 미안하다며, 꼭 만나고 싶다고 했다. 나는 그 말에 마음이 흔들렸다. 내가 당한 일을 사과받는다면 오랫동안 마음에 묵혀둔 상처가 사라질 것 같았다. 그가 내게 한 일이 어린 나이에 어쩌다 저지른 실수처럼 느껴지기도 했다. 그런 감상적인 기분에 젖어들자 내가 그를 너무 냉정하게 대한다는 생각이 들었고, 조금 미안해졌다. 나는 그에게 호수에서 만나자고 했다. 이후 내게, 그를 왜 호수로 불러냈느냐고 질책하던 사람들과는 이제 연락하지 않는다. 그는 사과했다. 나는 곧장 사과를 받아들이지는 않았다. 그렇게 쉽게 넘어갈 수는 없는 일이었다. 나는 그에게 뭘 잘못했다고 생각하는 거냐고 따져 물었다. 나는 정확한 말을 듣고 싶었다. 너를 함부로 대해서 미안해. 단지 그 말이 듣고 싶었다. 그 말이 중요했다. 그는 말했다. 내가 장난을 받아주지 못하는 유형의 사람이라는 걸 파악하지 못했던 것 같다고. 그제야 나는 그가 취해 있다는 걸 알았다. 그리고 순식간에 몸이 굳어버렸다. 움직일 수가 없었다. 그가 미소를 지으며 말했다.

"넌 진짜 하나도 안 변했구나." 그가 손등으로 내 볼을 툭, 툭, 쳤다.

"장난이잖아. 장난도 못 받아줘?"

나는 가만히 서 있었다. 어느 순간 갑자기 앞이 하얗게 번쩍였다. 나는 가만히 있었다. 바닥에 쓰러졌을 때도, 그 이후에도 가만히 있었다. 습관이었다.

나는 주머니 속 핀셋을 다시 꼭 쥐었다. 지금 그는 나를 이해한다고 말했다. 내가 겪은 일 때문에, 그를 의심하는 걸 말이다. 정말일까. 하지만 팔뚝의 통증이 뚜렷하게 느껴졌다. 그가 애원하는 눈길로 나를 보고 있었다. 오히려 내가 해서는 안 될 짓을 저지른 기분이었다.

"좋아요 그럼." 그가 말했다. 그러고는 내게서 더 멀리 떨어졌다.

그는 자신이 앞에서 걸어갈 테니 내게 뒤에서 따라오라고 했다. 자신을 믿을 수 없다면 막대기든 뭐든 무기로 삼을 만한 걸 들고 와도 좋다고 했다. 그는 내 오해를 풀 수 있다면 뭐든 할 거라는 듯 굴었다. 그는 내 대답을 듣기도 전에 앞서 걸었다. 나는 그의 뒷모습을 바라보다 조심스레 발을 앞으로 내디뎠다. 어쨌든 여기까지 온 건 민영 때문이다. 그녀가 잃어버린 무언가를 찾기 위해서다. 나는 길가에 놓인 나무막대기를 주워들었다. 더 단단하고 강한 물건을 손에 쥐자 마음이 안정되었다. 나는 막대기를 힘껏 쥐었다. 그는 뒤돌아보지 않았다.

다리를 건너자 산길이 나왔다. 여기서부터는 얕은 오르막길이다. 그의 머리 위로 하늘이 보였다. 나무들 사이로 희멀건 안개가 새어

들어왔다. 익숙한 냄새가 났다. 물기를 잔뜩 머금은 저녁 공기를 나는 깊이 들이마셨다. 땅바닥이 조금 물러진다 싶은 순간이었다. 호수가 드러났다.

그와 나는 민영이 쓰러져 있던 곳으로 향했다. 그는 눈감으면 저 일대가 환하게 떠오를 정도로 그곳을 자주 들여다봤다고 했다. 그는 말했다.

"낮에는 햇빛이 많이 들어요. 벌레도 없고, 물비린내도 별로 안 나요. 호숫가에서 가장 깨끗한 곳이더라구요."

그는 새로운 사실을 발견한 것처럼 설명했지만 나는 아무 생각도 들지 않았다. 모두 내가 아는 이야기였다. 바로 그곳에서 미자네가 늘 빨래를 했다. 민영과 내가 앉아서 시간을 보냈다. 내가 전 남자친구를 만난 곳도 역시 그곳이다. 그는 다른 의미를 부여하는 것 같았다. 다른 곳도 아니고, 저곳에 민영이 누워 있었다는 건 특별한 뜻이 있는 거라고. 그리고 그 물건도 바로 그곳에 있었다고 말했다.

"무슨 뜻이 있는 건데요?"

나는 물었다. 확신에 찬 목소리가 들렸다.

"뭔가 다른 장소라는 거죠."

틀렸다. 여긴 그냥 물가다. 그의 말대로 햇빛이 많이 들고, 벌레도 없고, 물비린내가 별로 안 나는 깨끗한 곳이라서 사람들이 많이 드나드는 곳일 뿐이다. 민영은 특별한 곳에서 발견된 것이 아니다. 매일 드나들며 일상을 보내던 곳에 있었던 것이다. 그러나 나는 그에게 반박하지 않았다. 어쩐지 피곤한 대화가 이어질 것 같았다. 내가 아무 말이 없자 그는 이상했는지 뒤를 돌아보았다. 그는 내 손에 들린 막대기를 보고는 싱긋 미소를 지었다.

"진짜 주웠네요." 그가 말했다.

약간은 서운해하는 것 같기도 했고, 우스워하는 것 같기도 했다. 어쩌면 이곳은 그에게 특별한 장소가 맞을지도 모르겠다. 민영이 발견된 곳. 그녀가 누워 있던 곳. 의식을 잃은 곳.

그건 그녀를 짓밟은 사람에게도 마찬가지겠지. 나는 다시 막대기를 꽉 쥐었다. 하지만 이번에는 마음이 편해지지 않았다. 내가 이걸 들고 있다고 해서 뭘 어떻게 할 수 없다는 건 아마 그가 더 잘 알 것이다. 나도 알고 있다.

그래, 그 여자처럼.

밤이었다. 여자는 친구들과 호프집에서 맥주를 한잔 마셨다. 그리고 일어나 집으로 향했다. 동네 입구에 도착했을 때, 누군가가 뒤에서 따라오는 걸 느꼈다. 남자였다. 여자는 걸음을 빨리했다. 남자의 걸음도 함께 빨라졌다. 열 걸음 너머에 그녀의 아파트가 보였다. 그녀는 뛰었다. 엘리베이터가 일층에 서 있었다. 그녀는 엘리베이터 열림 버튼을 누르고 안으로 들어간 뒤, 재빨리 닫힘 버튼을 눌렀다. 그때 남자가 엘리베이터 안으로 뛰어들어왔다. 그녀는 거의 소리를 지를 뻔했다. 핸드폰 키패드로 112를 눌렀다. 손이 떨렸다. 남자가 말했다.

"저기, 연락처 좀 알 수 있을까요?"

남자는 그녀가 너무 마음에 들어서 술집에서부터 따라왔다고 말했다. 중간에 말을 걸 틈이 없어서 여기까지 왔다고. 그녀는 고개를 저었다.

"안 돼요? 제가 마음에 안 드세요?"

남자가 말했다. 그녀의 집은 십오층이었고, 이제 겨우 오층이었다. 그녀는 숨이 막혔다. 남자는 키가 크지는 않았지만, 운동을 많이 한 사람처럼 팔뚝이 무척 굵었다. 단단해 보였다. 그녀는 더듬거리며 자신의 전화번호를 말했다. 남자가 씨익, 웃으며 들고 있던 핸드폰에 숫자를 입력했다. 그리고 통화 버튼을 눌렀다. 그녀의 핸드폰이 울렸다.

"지금 뜨는 번호가 제 번호예요."

남자가 말했다. 그녀는 아주 오랫동안 멍청한 여자들에 대해 들어왔다. 마음을 함부로 주는 여자들, 쉽게 승낙하는 여자들, 상황을 주도하지 못하고 끌려다니는 여자들. 그녀는 위험한 남자들보다 멍청한 여자들에 대한 경고를 더 많이 들어왔다. 쉽게 보이면 안 돼. 그건 네 값을 떨어뜨리는 일이야. 이제 십삼층이었다. 그녀는 남자에게 애써 미소를 지었다. 그래야 할 것 같았다. 남자가 말했다.

"정말 친절하시네요."

그리고 엘리베이터 문이 열렸다. 여자는 서둘러 내렸다. 남자는 따라 내리지 않았다. 마치 그게 굉장히 신사적인 태도라는 듯이. 예의를 아는 남자라는 걸 보여준다는 듯. 그녀에게 말했다. "조심히 들어가세요." 그리고 연락을 할 테니 꼭 받아달라고 했다. 그녀는 다시 미소를 지으며 고개를 숙였다. 남자는 엘리베이터 열림 버튼을 누르고 있었다. 그녀가 어디로 가는지 보려는 것 같았다. 그녀는 그에게서 최대한 시선을 떼지 않은 채, 그러니까 그가 거절당했다는 느낌을 받지 않도록 따뜻한 표정을 유지하면서 현관문 쪽으로 팔을 뻗었고, 초인종을 미친듯이 눌러댔다. 가족들이 있을 거라고 생각했다. 밖에서는 소리가 나지 않았지만, 집안에는 띵동 하는 소리가 연이어 울려퍼졌다. 띵동 띵동 띵동 띵동 띵동 띵동 띵동 띵동 띵동 띵동 띵동 띵동.

물가에 도착했다.

"그건 어디에 있어요?"

나는 물었다. 그는 대답하지 않았다. 주위를 두리번거리며 중얼거렸다.

"이상하네. 여기 있었는데."

나는 그에게서 조금 물러났다. 그는 찾아볼 테니 내게 여기서 기다리라고 말했다. 그러고는 앞쪽으로 뛰어갔다. 주변을 둘러보는 모습이 정말로 뭔가를 잃어버린 사람처럼 보였지만, 뭔가 어색했다. 그래도 어쨌든 그가 내게서 멀어지자 속은 편했다. 나는 숨을 크게 들이마셨다. 호수가 눈앞에 있었다. 오랫동안 봐왔던, 손끝만 내밀면 닿을 곳에서 잔잔히 출렁이던 호수가.

이미 많은 사람이 오갔다. 그들이 매번 아무것도 찾지 못한 건 아니었다. 단지 민영이 두고 온 것을 찾지 못했을 뿐, 항상 무언가를 건져올리긴 했다. 정체를 알 수 없는, 그러니까 어디서 어떻게 오게 된 건지 알 수 없는 물건들이 많았다. 목걸이. 귀걸이. 머리카락. 물에 불은 편지. 풀 수 없는 굵은 매듭. 핸드폰. 오르골. 고양이의 뼛조각. 누군가의 옷. 이젠 더는 누군가의 일부였다고는 상상할 수 없는 잡다한 물건들. 이 호수는 얼마나 많은 사람의 사연을 얼마나 깊이 담고 있는 걸까. 이곳에 도착하기 전까지만 해도 내가 뭔가를 찾을 수 있을 거라는 자신이 있었다. 그러나 막상 호수를 앞에 두고 있자 무엇도 보이지 않았다. 내가 뭘 찾을 수 있겠는가. 모든 걸 이야기할 수 있는 사람은 오직 민영뿐이다. 나는 고개를 돌렸다.

앞쪽 저편에 그가 보였다. 이상했다.

그가 호수에서 허우적대고 있었다. 나는 앞쪽으로 걸어갔다. 뛰었다. 그가 나를 발견하고 소리쳤다.

"여기 있어요!"

"뭐가 있는데요?"

그가 물속에 양팔을 넣은 채로 내게 외쳤다. 무언가 들어올리려 하는 것 같았다.

"혼자서는 못하겠어요. 바닥에 꽉 박혀 있어요."

내게 도와달라는 뜻이었다. 나는 당황했다. 그는 무척 흥분해 있었고, 상황을 냉정하게 판단하지 못하는 것 같았다. 나는 그에게 물에서 나오라고 소리쳤다. 사람들을 부르겠다고 했다. 그러나 그는 내가 무슨 말을 하건 상관없다는 듯 물건을 들어올리려 애를 쓰더니, 아예 물속에 고개를 처박았다.

나는 집에 전화를 걸었다. 민영의 엄마에게도 전화를 걸었다. 그가 뭔가를 찾았다고, 어서 도와달라고 소리쳤다. 내가 그렇게 말하는 사이 그가 고개를 물 밖으로 내밀었다. 숨을 크게 들이마시고는 다시 물속으로 들어갔다.

나오지 않았다.

"이한씨?"

나는 그를 계속 불렀지만, 물위는 잔잔했다. 나는 고민했다. 어떡해야 하지. 어떡해야 현명한 거지. 나는 올바른 판단을 하고 싶었다. 올바른 판단을 하는 사람이 되고 싶었다. 내 의지로 판단하고 싶었다. 상황에 휩쓸리는 건 이제 지긋지긋했다. 그러나 그는 물속에 있었다. 나는 신발을 벗고, 바지를 걷어올렸다. 혹시 하는 생각으로 들고 온 나무막대기를 손에 쥐었다. 심호흡을 한번 하고서 나는 물속으로 들어갔다.

금세 물이 허리까지 와 닿았다. 여름이었지만, 호수의 물은 차디찼다. 축축하고 지저분한 촉감이 다리를 휘감아왔다. 바닥은 온통 돌덩이였는데 미끄러웠다. 걸을 때마다 나는 휘청거렸다. 역겨운 냄새가 머리카락에 스며들었다. 나는 그를 불렀다. 조용했다.

수면이 잔잔해진 때, 그가 물속에서 불쑥 튀어나왔다. 나는 놀라서 소리를 질렀다. 그가 후아, 후아, 숨을 몰아 내쉬었다. 나보다 두 배는 거대한 남자가 온몸이 젖은 채, 역겨운 냄새를 풍기며 내 앞에 서 있었다. 나는 돌아가고 싶었다. 그가 말했다.

"바로 밑이에요."

"네?"

내가 서 있는 곳 아래에 물건이 있다고 했다. 그가 내게 물밑을 더듬어보라고 했다. 팔이 닿지 않을 것 같다고 하자, 그는 고개를 저었다. 그는 물건이 생각보다 훨씬 수면 가까운 곳에 놓여 있다고 말했다. 그가 내게 강요하듯 말했다.

"어서 만져봐요."

나는 싫었다. 고개를 저으며 대답했다. 사람들에게 연락했다고. 나는 나가서 기다릴 테니 이한씨도 어서 밖으로 나오라고. 그렇게 몸을 돌리는 순간, 그가 내 손에 들린 나무막대기를 덥석 쥐고는 순식간에 물속으로 잡아당겼다. 내 손도 딸려들어갔다. 무슨 짓이냐고 화를 내려는데, 막대기 끝에 딱딱한 게 닿는 느낌을 받았다. 나도 모르게 막대기를 놓쳤다. 손바닥을 펼쳤다. 그리고 몸을 조금 숙였다. 그곳에 정말로 무언가가 있었다. 딱딱하고 단단한, 길고 얇은 물건이 바닥에 있었다. 위쪽인지 아래쪽인지 모르겠지만 한쪽으로 갈수록 점점 얇아지고 있었고, 조금은 날카로운 느낌도 들었다. 뭔지 알 것 같기도 했고 전혀 감이 오지 않기도 했다. 저녁이었다. 사위는 어둑어둑했고 원래 불투명했던 호수의 색은 더 짙어져 있었다. 물 밖에서는 아무것도 보이지 않았다. 이게 뭔지 종잡을 수가 없었다. 궁금했다. 그러나 물속으로 더 들어가고 싶지는 않았다. 그때 그와 눈이 마주쳤다.

그가 말했다. "그런데 진영씨."

나는 손으로 물건을 계속 더듬으며 대답했다. "네?"

그가 말했다. "민영이가 정말로 나 무섭다고 했어요?"

그 순간, 수면이 흔들렸다. 발이 돌덩이 위에서 미끄러졌고, 나는 중심을 잃었다. 나는 물에 빠졌다. 차가운 물이 온몸을 감싸안았다. 살결이 축축해졌다. 나는 눈을 떴다. 아무것도 보이지 않았다. 시커먼 세상이 나를 짓눌렀다. 차갑고 지저분한 물속에 나 홀로 있었다. 나는 팔을 허우적댔다. 손에 무언가 와 닿았다. 그 물건이었다. 나는 얇고 단단한 그것을 꽉 움켜쥐었다. 딱딱한 촉감이 손바닥에 착

달라붙었다. 마음이 차분하게 가라앉았다. 그리고 많은 것들이, 호수의 무수한 기억이 내 손바닥으로 스며들었다. 호수에 여자가 있었다. 그녀는 강간을 당했다. 두들겨맞았다. 발가벗겨진 채로 발견되었다. 왜냐하면 상대가 원했기 때문이다. 상대가 원했기 때문에 그녀는 원하지 않는 일을 당했다. 여자는 구급차에 옮겨지는 순간 정신을 잃었다. 사람들은 말했다. 구급대원들이 그녀를 일으키자, 여자의 거기에서 돌멩이가 후드득 떨어져내렸다고. 물론, 다른 이야기도 있었다. 밤새 홀로 누워 있던 그녀의 몸이 얼마나 차가웠는지, 그녀가 흐릿하게 맴도는 의식을 어떻게 간신히 붙잡았는지, 어떻게 눈을 부릅뜨고 견뎠는지, 그러나 정작 누군가 도와주려 손을 내밀었을 때는 잔뜩 겁에 질려 몸을 부르르 떨고 말았다는 것에 대해 다들 한 번씩은 이야기했다. 그러나 자잘한 돌멩이들이 바닥에 떨어지며 냈던 그 소리에 대해서만, 오직 그 이야기만 사람들의 입에 끈질기게 오르내렸다. 그러니까 조심했어야지. 그랬어야지. 그래. 그랬어야지. 그러게 호수에 왜 갔느냐고? 왜 왔느냐고?

시큼하고 텁텁한 물이 입속으로 들어왔다. 귓속으로 파고들었다. 차가운 물이 어깨를 무겁게 짓눌렀다. 체온이 식어가는 게 느껴졌다. 머리카락이 흔들렸고 살결이 물에 불어났다. 눈동자에 물속의 벌레들이 달라붙었다. 호수에 왜 갔느냐고? 왜 왔느냐고? 무슨 소리를 하는 거예요. 당신이 원한 거잖아요. 그래서 따라 들어온 거잖아요. 아니에요? 물이 목구멍 너머로 꿀꺽꿀꺽 넘어갔다. 나는 캄캄한 물속에서 기침을 했다. 나는 물건을 쥔 손에 더 힘을 주었다. 물건을 꽉 잡고 다리를 아래로 뻗었다. 발가락 끝이 간신히 바닥에 닿았다. 어깨가 수면 위로 올라가는 게 느껴졌다. 나는 고개를 들어올렸다.

공기가 얼굴로 밀려들었다. 목구멍 속에서 물컹한 것들이 역류해 쏟아져나왔다. 혀끝에 텁텁하고 비릿한 맛이 남았다. 나는 숨을 몰아 내쉬었다. 고개를 들자, 그가 보였다. 그의 왼손에는 내가 내내 들고 있던 막대기가 쥐어져 있었다. 그가 내게 뭔가를 말했다. 그러나 나는 알아듣지 못했다. 귀가 먹먹했고 내 숨소리밖에 들리지 않았다. 오래전, 미자네는 두건을 빼앗아 달아나는 남자아이들을 보며 황망한 표정으로 호숫가에 앉아 있었다. 그 모습을 보고 민영은 울기 시작했다. 무서워. 무서워. 나는 민영의 어깨를 도닥였다. 신경 쓰지 마. 네가 신경쓸 것 없어. 우리와는 다른 사람이야. 완전히 다른 사람이야. 그때, 돌아선 남자아이들이 우리를 노려보았다. 우리를 함께 바라보았기 때문에 정확히 누구를 지목하는지 알 수 없었다. 신경이 팽팽하게 당겨지는 순간, 남자아이 하나가 우리를 향해 외쳤다.

"야, 너도 세컨드지?"

그 남자아이와 내 눈이 마주쳤다. 나는 민영의 어깨에서 슬며시 손을 내려놓았다. 그래야 할 것 같았다. 민영은 울음을 그치지 않았다.

물을 가로지르며 그가 내게 다가왔다. 어두운 그림자가 내 머리 위를 덮었다. 그의 몸에서 호수의 냄새가 났다. 물속에서 꽉 쥐고 있는 물건의 촉감이 선명하게 느껴졌다. 그것은 무척이나 딱딱했다. 그 순간, 그가 내게 말했다.

"내가 유난스럽다고 생각해요?"

나는 천천히 그의 눈을 마주했다. 그리고 해야 할 일을 했다. 그래야 할 것 같았다.

(『괜찮은 사람』, 문학동네, 2016)

문학동네 젊은작가상 수상작품집
젊은작가상 수상작품집 10주년 특별판
— 수상 작가들이 뽑은 베스트 7

1판 1쇄 2019년 4월 5일
1판 17쇄 2024년 6월 28일

지은이 편혜영 김애란 손보미 이장욱 황정은 정지돈 강화길
책임편집 김내리 | 편집 정은진 이성근 이상술
디자인 김마리 유현아 | 저작권 박지영 형소진 최은진 서연주 오서영
마케팅 정민호 서지화 한민아 이민경 안남영 왕지경 정경주 김수인 김혜원 김하연 김예진
브랜딩 함유지 함근아 고보미 박민재 김희숙 박다솔 조다현 정승민 배진성
제작 강신은 김동욱 이순호 | 제작처 영신사

펴낸곳 (주)문학동네 | 펴낸이 김소영
출판등록 1993년 10월 22일 제2003-000045호
주소 10881 경기도 파주시 회동길 210
전자우편 editor@munhak.com | 대표전화 031) 955-8888 | 팩스 031) 955-8855
문의전화 031) 955-2696(마케팅) 031) 955-8864(편집)
문학동네카페 http://cafe.naver.com/mhdn
인스타그램 @munhakdongne | 트위터 @munhakdongne
북클럽문학동네 http://bookclubmunhak.com

ISBN 978-89-546-5583-5 03810

잘못된 책은 구입하신 서점에서 교환해드립니다.
기타 교환 문의 031) 955-2661, 3580

www.munhak.com